Liebe Leserin, lieber Leser,

bei Auftritten werde ich immer wieder nach Hörbüchern zu meinen Mundart-Krimis gefragt. In der Tat, das bietet sich an, und ich habe die nun auch mit Freuden für die ersten beiden Bände ***De Schorle-Peda*** und ***Muffzekopp*** fabriziert.
Ich hätte diesen dritten Roman, ***Die Luddarisch Brick***, natürlich auch gleich oder gar ausschließlich als Hörbuch veröffentlichen können, doch mir geht es zu allererst um das Geschriebene, um dieses wunderbare Medium Buch, auch wenn unser klangmächtiger Dialekt das Alphabet an dessen Grenzen bringt.

Bücher begleiten und bereichern mein Leben. Eintauchen in die Gedankenwelt eines Autors, eigene Bilder und Töne im Kopf entstehen lassend, mir behagt der Gedanke, meine ***Luddarisch Brick*** liegt zu diesem Zweck irgendwo auf einem Nachttisch.

Aber es kostet Mühe. Das Schreiben wie das Lesen. Sie müssen sich auf mein System, meine Regeln einstellen. Wie klingt das Ooo, wie ein Iih? Immer wieder erfahre ich, dafür hat sich lautes Lesen bewährt. Tun Sie das! Lesen Sie sich vor! Und anderen!

Mein Traum ist es ja, ich sitze eines Tages an der Nordsee, und aus dem benachbarten Strandkorb ertönt **„Geh mol dange!“**
„Wofür?“

Alla!

TV-Kommissar gesucht!

Für eine brandneue, action- und spannungsgeladene Fernsehproduktion im Raum Heidelberg-Mannheim suchen wir den Hauptdarsteller. Stimmen Sie ab! Wer soll den Kommissar in der Rhein-Neckar-Region spielen? Zur Auswahl stehen viele namhafte Stars. Wer würde Ihnen am besten gefallen?
Erstmals in der deutschen Fernsehgeschichte dürfen die Zuschauer entscheiden, wer die Hauptrolle in einem Krimi bekommt. Jeder, der in der Region lebt, darf mitmachen. Sie sind der Programmchef!

„Wer um alles in der Welt ist das denn?"
Sören Senger starrte gebannt auf den Bildschirm, der nun schon geraume Zeit ein farbiges Diagramm zeigte. Der graue Balken am rechten Rand überragte die anderen deutlich.
„Worum gehts denn, Sören?"
Constanze Schieble unterbrach die Lektüre der Einschaltquoten vom Vortag und schaute zu ihrem seit Neuestem bärtigen Redaktionskollegen. Ein Anblick, der sie immer noch irritierte. Es war einer der seltenen Fälle, da ein Bart unmännlich wirkte.
Das Produktionsbüro der Film- und Fernsehgesellschaft *HeiGo!* in der Kölner Südstadt war von außen nicht als solches zu erkennen, sah man vom kunstvoll geschwungenen Namenszug auf dem Messingschild neben der Eingangstür mit der mehrfach gesprungenen Milchglasscheibe ab. Nichts deutete darauf hin, dass hier vor Kurzem eine neue Keimzelle deutscher Fernsehunterhaltung entstanden war, bereit, diesem in die Jahre gekommenen Medium bahnbrechende Impulse zu geben.
„Um was wohl?", antwortete Sören Senger ungehalten. „Womit befassen wir uns denn seit drei Monaten? Dieser Provinzkrimi in dieser angeblichen Metropolregion."
„Gibt es denn schon erste Zahlen?"

„Das ist es ja, die kommen gerade rein."
„Und? Wer liegt vorne? Lass mich raten, der Smartling aus der RTL-Seifenoper."
„Falsch."
„Schon klar, doch einer von den großen Namen. Promihöriges Volk!"
„Nein. Einer, der gar nicht auf der Liste stand. Ich hab dir gleich gesagt, das ist eine Schnapsidee, diese Rubrik *Ihr Vorschlag*."
„Daniel Craig, hahaha."
„Falsch."
„Leonardo di Caprio? Rudolfo Valentino? Dick und Doof?"
„Schlimmer: Kommissar Günda. Keine Ahnung, wer das sein soll. Schon mal was von dem gehört?"
„Kommissar Günda? Nee. Wahrscheinlich irgend so ein Scherzkeks. Ein pickliger Nerd, der seine Kumpels dazu gebracht hat, ihn zu wählen, vielleicht hat er sich sogar ins System gehackt. Lass mich mal schauen, ich kläre das."

Zwanzig Minuten später kehrte Constanze Schieble zurück und betrat das Büro mit sorgenvoller Miene.
„Die Zahlen sind echt, Sören. Dieser Typ liegt eindeutig vorne. Allem Anschein nach ein Local Popstar."
„Und jetzt?"
„Pff, drehen wir einfach ein bisschen dran."
„Das geht nicht, Conny, wir haben doch die Regionalmedien eingeschaltet, die haben die Zahlen, aus der Nummer kommen wir nicht raus."
„Das heißt?"
„Ich fürchte, wir müssen da durch. Einen Vorteil hat die Sache wenigstens."
„Nämlich?"
„Er ist billiger als alle anderen."

„Seid ihr wahnsinnig? Ihr könnt doch nicht irgendeinen dahergelaufenen Provinzdödel für die Hauptrolle in einem bundesweit zur Prime Time ausgestrahlten Fernsehkrimi einkaufen!“
„Wir können nicht, Harald, wir müssen.“

Eigentlich hatte das Meeting als Spontanfeier ablaufen sollen. Zum Anlass des Produktionsbeginns hatte man sich im kleinen Kreis im Büro des Firmenchefs eingefunden. Anschließend war eine Presse-Erklärung vorgesehen, bei der der Hauptdarsteller für den neuen Rhein-Neckar-Krimi bekannt gegeben werden sollte. Die Agenten der Schauspieler, die im Vorfeld diskret ihr Interesse bekundet hatten, warteten bereits auf eine entsprechende Mitteilung, um ihren Schützling gegebenenfalls zu unterrichten.

„Kommt nicht infrage. Lasst euch was einfallen.“
„Wir haben hin- und herüberlegt. Es wissen zu viele Bescheid. Die Bürgermeister, die Tourismusbüros und vor allem natürlich die regionalen Medien. Die waren ja alle bei der Abstimmung eingebunden, das war ja Sinn der Sache. Wenn wir jetzt einen anderen Sieger aus dem Hut zaubern, gibt es bestimmt einen, der nicht dichthält. Das können wir uns nicht erlauben.“
„Habt ihr diesen Heini schon kontaktiert? Wie heißt der gleich?“
„Kommissar Günda.“
„Bescheuerter Künstlername. Bestimmt so ein durchgeknallter Rapper aus Mannheim, der hofft, auf dem Wege groß rauszukommen. Da hat er sich geschnitten. Habt ihr ihn schon informiert?“
„Nein, wir wollten erst hören, was du dazu sagst.“
„Was soll ich dazu sagen? Ihr lasst mir ja keine Wahl. Obwohl … Vielleicht gibt es eine andere Möglichkeit. Als erstes müssen wir Zeit gewinnen. Noch wird nichts nach draußen gegeben. Macht mir den Kerl ausfindig. Wir schauen uns den

Typen mal an. Vielleicht können wir ihm ein bisschen Angst einjagen, und er kriegt Schiss vor der eigenen Courage. Das wäre das Einfachste. Er verzichtet selbst, wir geben ihm eine kleine Nebenrolle, von mir aus als Leiche, und alle sind zufrieden."

Die beiden Redakteure sahen sich an und nickten nicht ohne Zuversicht. Es wäre nicht das erste Mal, dass Harald Heist einen Ausweg fände. Schon so manche verfahrene Situation hatte er mit einem untrüglichen Gespür für die verborgenen Schwächen seiner Mitmenschen ins Lot gebracht.
„Dann halten wir das Ergebnis also noch zurück?"
„Genau. Und ich werde gleich mal telefonieren."

„Sandy? Ich bins. Ich brauche dich. Und bring das kleine Schwarze mit."

Zuerst hatte Harald Heist nicht so recht gewusst, was er davon halten sollte, als er erfahren hatte, dass es sich bei jenem Kommissar Günda um einen echten Kriminalbeamten handelte. Was mochte das für ein Staatsdiener sein, der sich aufgerufen fühlte, derart in die Öffentlichkeit zu treten? Wahrscheinlich einer von diesen Zeitgenossen, die nichts Besseres zu tun haben, als sich nach jeder Fernsehsendung zu beschweren, dass angeblich irgendein Detail, ein Abzeichen, ein Bügeleisen, eine Frisur, eine Uniform nicht korrekt ist. Eine graue Maus mit zwanghaftem Hang zur Besserwisserei.
Dann hatten ihn diese Gedanken sogar noch bestärkt, Sandy Bergmann einzusetzen, sprach doch einiges dafür, dass ein Provinzbeamter dem Charme und den Reizen dieser routinierten Um-den-Finger-Wicklerin erliegen würde. Allemal, so befand er, war es eine gute Idee gewesen, Sandy zur festen *Redakteurin mit besonderen Aufgaben* zu machen, nachdem ihre Tauglichkeit als Gespielin mit Erreichen des 35. Lebensjahres doch etwas gelitten hatte. Vor wie hinter der Kamera. Eine für beide Seiten annehmbare Lösung. Er sorgte für ihr Auskommen, und sie sah ihm nach, dass ihre Beziehung sich auf das beschränkte, was beiden zu genügen hatte: Unverbindlichkeit.

Und so hatte sich die Allzweckwaffe der HeiGo!, blond, langbeinig und sich ihrer Wirkung auf nahezu alle Männer stets bewusst, zunächst auf den Weg ins Mannheimer Polizeipräsidium gemacht, um dort jedoch zu erfahren dass dieser Kommissar Günda Chef einer sogenannten *Sokodo* sei, die in einem malerischen Städtchen namens Glickerbach residierte. Der ältere Mann hinter der Scheibe, der vermutlich sein Gnadenbrot an der Pforte verdiente, nachdem er für den Dienst außer Haus zu behäbig geworden war, hatte sie mit unverhohlener Bewunderung gemustert, was Sandy Bergmann nicht weiter überrascht hatte. Was sie irritiert hatte, das war sein breites Grinsen bei der Erwähnung des Begriffes *Sokodo* und der unerklärliche Singsang, den er diesem Wort verliehen hatte. Beides vermutlich Zeichen restmännlicher Überforderung.

Kurz darauf stand Sandy Bergmann verwundert vor dem Gebäude, zu dem sie ihr Navigationsgerät geführt hatte. Ohne jeden Zweifel handelte es sich um eine Dorfkneipe. Hatte sich dieser Trottel einen Scherz mit ihr erlaubt, oder hatte sie ihn derart verwirrt, dass er ihr eine falsche Adresse genannt hatte?
Sie sah sich einer unwesentlich jüngeren, aber ungleich farbloseren Frau in blass geblümter Kittelschürze gegenüber.
„Entschuldigung, ist das ein Wirtshaus?"
„Nää, des is des Heidlbäiiga Schloss! Un isch, isch bin die Kuafüaschdin. Un jetz wäa en Hofknicks guud. Wenn des gähngt[1] mit denne Kletz an de Bää[2]."
Marion Helche, die Wirtin im Roten Ochsen, deutete auf die beängstigend hohen Absätze ihres Gegenübers.
„Ich habe mich anscheinend in der Adresse geirrt, vielleicht können Sie mir helfen, ich suche die Polizei, Abteilung Sokodo."
Auch jetzt sorgte die Erwähnung dieses Begriffs für ein Grinsen, was Sandy Bergmann doch etwas beunruhigte.
„Ah, vasteh schun, sachs doch glei!"
„Können Sie mir da weiterhelfen?"
Zu ihrer Verwunderung wurde Sandy Bergmann nun hineingewunken.
„Hinne reschts! Do hogge die."

Sie war auf alles an männlicher Tumb- und Plumpheit gefasst. Umso überraschter war Sandy Bergmann, als sie hinter der dunklen, schweren Eichentür mit der Aufschrift *De blooe[3] Salong* einen smarten Mittdreißiger vorfand, der sie hinter seinem

---

[1] ginge
[2] diesen Klötzen an den Beinen
[3] blaue

Schreibtisch mit einem gewinnenden Lächeln begrüßte.
„Was kann ich für Sie tun?“
„Bergmann, Sandy Bergmann.“
Fritjof Freese stutzte: „Ich kenne Sie.“
„Ach.“ Für die Angesprochene keine sonderlich überraschende Eröffnung.
„Ja. Aus dem Fernsehen. Sie machen doch die Werbung für diese Partnerbörse.“
Wesentlich lieber hätte Sandy Bergmann an ihre früher regelmäßigen Auftritte in etlichen Vorabendserien erinnert, aber die in Freeses Worten mitschwingende Anerkennung für ihre einzig verbliebene TV-Tätigkeit tröstete sie darüber hinweg.
„Bin ich hier richtig bei der Sokodo?“
„Ja, durchaus. Was führt Sie hierher? Gibt es ein Problem? Hoffentlich nichts Schlimmes.“
„Wie mans nimmt. Es geht um den neuen Fernsehkrimi.“
„Aha. Und was habe ich damit zu tun? Brauchen Sie fachlichen Rat?“
„Haben Sie nicht davon gehört?“
„Wovon?“
„Nun, es stand doch in allen hiesigen Zeitungen.“
„Tut mir leid, aber die lese ich nicht. Ich bevorzuge andere Quellen, wenn ich mich auf dem Laufenden halten will.“
„Das heißt, Sie wissen von nichts?“
„Sie machen es ganz schön spannend, Frau Bergmann.“
„Sandy.“
„Sandy.“
„Darf ich mal ganz kurz telefonieren?“
Die Besucherin verschwand hinter der Tür, und Fritjof Freese schnappte lediglich ein paar Gesprächsfetzen auf.
„Sogar verdammt gut. Wenn ichs dir sage … Die Kamera wird ihn lieben … Moment … Haben Sie Kamera-Erfahrung?“
Sandy Bergmann lugte durch die Tür, das Smartphone am Ohr.
„Wie bitte?“

„Standen Sie schon einmal vor der Kamera?"
Fritjof Freeses fragendes Mienenspiel gefiel ihr.
„Nun, ich habe eine Zeit lang gemodelt."
„Hast du gehört? Gemodelt. Vertraue mir."
Sandy Bergmann beendete das Telefonat und stöckelte in Freeses Richtung. Beide beäugten sich nun eingehender. Und beiden gefiel offenkundig, was sie sahen.
„Darf ich?"
„Verzeihung! Bitte nehmen Sie Platz."
Der Rock hätte bei dieser Gelegenheit ein wenig nach unten gezogen werden können. Was Sandy Bergmann geflissentlich unterließ.
„Gemodelt haben Sie? Interessant."
„Ja, ich war das Gesicht einer Sanitärfirma im Odenwald. Das war ganz witzig, mein Chef hat das eingefädelt."
Sandy Bergmann achtete weniger auf den Inhalt seiner Aussagen. Ihr Gegenüber hatte etwas. Die Stimme war angenehm, die Aussprache etwas verwaschen, aber da war er beileibe nicht der einzige in der deutschen Fernsehlandschaft. Das könnte man mit einem eher handlungsbetonten Drehbuch auffangen. Je genauer sie ihn betrachtete, desto besser konnte sie sich vorstellen, wie dieser überaus ansehnliche Mann etliche Stimmen aus dem weiblichen Lager erzielt hatte.
„Schauspielerfahrung haben Sie ebenfalls?"
„Nun ja", erklärte Freese nicht ohne einen Anflug von Stolz. „Interessant, dass Sie das fragen. Ich habe in der Schule Theater gespielt, später auch in einer Laienspielgruppe an der Polizeiakademie mitgewirkt. Witzigerweise war ich immer der Mörder."
„Originell."
„Nicht wahr? Wenn man sieht, was heute aus mir geworden ist. Dürfte ich nun erfahren, worum es eigentlich geht?"
„Ich habe eine Mitteilung, die Sie bestimmt überraschen wird. Ich bin Redakteurin bei der HeiGo!, wir suchen für den neuen

Krimi im Rhein-Neckar-Raum den Hauptdarsteller. Es gab eine Ausschreibung über alle Tageszeitungen und die regionalen Medien. Und die Wahl ist auf Sie gefallen."
„Auf mich? Aber wie soll das gehen? Ich habe einen Job."
Freeses Einwand kam ein wenig schnell und verblüffte in der Sache. Zu erwarten wären Bedenken gewesen wie *Aber ich bin doch kein Schauspieler!* oder *Eine Hauptrolle? Um Himmels Willen!* oder schlicht *Ich weiß nicht, ob ich das kann.* Sandy Bergmann jedoch konnte diese Reaktion sehr gut nachvollziehen, hatte ihre eigene Karriere doch ganz ähnlich begonnen. Auch ihr waren niemals Zweifel an ihrer Kameratauglichkeit gekommen. Sie hatte mit dem Satz *Ich bring dich ganz groß raus, Baby!* nach Einsetzen der Pubertät im Grunde jederzeit gerechnet.
„Vielleicht können Sie für die Dreharbeiten freigestellt werden."
„Tja." Freese wirkte nun erstmals nachdenklich.
„Ich kann mir schon vorstellen, dass Sie schwer zu ersetzen sind."
„Schon ..."
„Wissen Sie was? Wir machen das ganz offiziell. Schriftlich."
„Hm."
„Und wenn alle Stricke reißen, werde ich persönlich mit Ihrem Chef sprechen."

Dass Letzteres fruchten würde, das konnte sich Freese wiederum gut vorstellen.

Oliver Theisen, in dessen Zuständigkeitsbereich die Sokodo fiel, war nicht nur einverstanden, er war regelrecht begeistert von der Idee. Jahrelang war ihm Kommissar Günda, dieser starrsinnige Eigenbrötler, schon ein Dorn im Auge. Immerhin war er aus seinem direkten Umfeld verschwunden, weil für ihn die Sokodo als Abstellgleis geschaffen worden war. Die wenigsten wussten überhaupt, was dieser Name bedeutete. Es war eine dieser seltsamen Sprachschöpfungen aus dem Hause G.: Sonderkommission für *da*, woraus dieser hartnäckige Dialektsprecher ein *do* fabriziert hatte. Was Theisen stets betont hochdeutsch aussprach. Und noch lieber ganz vermied.
Mit Fritjof Freese hatte er wenigstens einen verständlich sprechenden Mitarbeiter in diese renitente Ein-Mann-Abteilung eingeschleust, wenn auch seine Erwartungen bitter enttäuscht worden waren. Er hatte damit gerechnet, diesen Kurpfälzer Sturkopf mürbe zu machen und ihn so über kurz oder lang zum frühzeitigen Quittieren seines Dienstes zu bringen. Stattdessen schien sich zwischen dem alten Rechthaber und seinem jungen, alerten Assistenten ein Vertrauensverhältnis entwickelt zu haben, das sich Theisen durch nichts zu erklären wusste.
Nun endlich schien der Himmel ein Einsehen zu haben. Er würde auf die schriftliche Bitte der Filmemacher nach außen zähneknirschend, aber innerlich mit Freuden diese Nebentätigkeit genehmigen, die den unerträglichen Kauz hoffentlich bald so sehr in Anspruch nehmen würde, dass dieser endlich den Polizeidienst verließe. Vielleicht begünstigt durch körperliche Blessuren bei den Dreharbeiten. Ein überaus reizvoller Gedanke. Dem könnte er durch eine kleine Formulierung im Antwortschreiben bestimmt nachhelfen: *Von gefährlichen Stunts bitte ich im Hinblick auf das fortgeschrittene Alter meines Mitarbeiters abzusehen.* Er kannte seinen Pappenheimer. Das würde auf ihn geradezu herausfordernd wirken. Wohlan, du Möchtegern-Fernseh-Held! Mögest du dich voll und ganz übernehmen!

„Hea mol, Freese, vastehsch du des? Was isn des fan koomische Brief vun unsam Owwahannebambl. Doo, guck da des mol oo!“ Kommissar Günda schob seinem Assistenten das dienstlich abgefasste Schreiben zu. Fritjof Freese las halblaut vor: „… *werden Sie bis auf Weiteres für die Dreharbeiten von allen Aufgaben in der Sokodo freigestellt. Für Ihre neue Tätigkeit, die sicherlich Ihre ganze Kraft und Zeit in Anspruch nehmen wird, wünsche ich Ihnen den verdienten Erfolg.*“
Freese konnte nunmehr ein Siegerlächeln nicht unterdrücken.
„Was gibtsn do zum grinse?“
„Tschief, ich muss Ihnen etwas gestehen, das Schreiben ist nicht für Sie bestimmt.“
„Sondann?“
„Für mich.“
„Hä?“
„Haben Sie den ersten Abschnitt nicht gelesen?“
„Glese schun, awwa nix vastanne. Irgendwas mit dassisch gwählt worre bin. Fa waas?“
„Nun, Tschief, sie suchen einen neuen Fernseh-Kommissar für einen Krimi, der hier in der Region spielt. Und die Kurpfälzer durften abstimmen.“
„Des hawwisch aa gheat. Unn? Weida!“
„Die Wahl fiel auf, raten Sie?“
„Uff de Blume-Peda.“
„Nein, die Wahl fiel auf …“ Freese machte eine dramatische Pause. „Mich!“
„Hä? Awwa du kannsch doch gaa kähn Dialekt, Freese.“
„Das macht nichts, in Fernsehkrimis spricht sowieso niemand Dialekt.“
„Bairisch schun.“
„Das ist etwas anderes.“
„Stimmt, die gheere jo eigendlisch zu Öschdreisch. Do hosch du rescht. Weesch wie isch des find, dass sunscht kähna so babbelt, wie sischs gheat? Grad bei uns?“

„Na?“

„Umeeglisch. Awwa, hea mol Freese, was annares, was heeßtn des, *freigstellt*? Heeßt des, du derfsch irgendwu rumjoggle, un isch, isch schaff dann do alläā? Do hawwisch vleischt aa noch was mitzumschwätze. Weil, gugg mol, isch bin jo doin Tschief.“

„Klar, deshalb habe ich auch die Produktionsfirma gebeten, sich mit Ihnen in Verbindung zu setzen. Anscheinend haben die sich jetzt aber gleich an die höhere Ebene gewandt. Sie müssen natürlich auch noch Ihr Einverständnis erklären. Gegen Ihren Willen mache ich das selbstverständlich nicht.“

„Hm. Schää vun dia. Awwa ähns vasteh isch net, Freese.“

„Nämlich?“

„Wisso dass de Theise, dea Owwahannebambl, wisso dass dea on misch schreibt?“

„Zur Kenntnis, ganz einfach.“

Fritjof Freese nahm sich den Brief noch einmal vor, und sein Blick fiel auf den Adressaten.

„Tatsächlich. Seltsam. Mein Name taucht gar nicht auf.“

„Doch, gonz unne.“

„*Die Federführung der Sokodo übernimmt mit sofortiger Wirkung Fritjof Freese.* Das muss ein Missverständnis sein.“

„Moment. Des hammia glei.“

Kommissar Günda griff sich das Telefon.

„Hoisch, Addo, isch bins, de Günda. Hä?“

Ein Schrei gellte durch den Hörer: „A, endlisch!“

„Waas?“

Kommissar Günda wurde still. Fritjof Freese versuchte, dem krächzenden Wortschwall zu folgen.

„Gradn Moment, Addo, isch stell mol uff Lautspreschla. Deedsch des grad nochmol vazehle?“

Norbert Schroth, wegen seiner Adorno-Leidenschaft seit Studienzeiten von allen kurz Addo genannt, schilderte, wie die gesamte Kurpfälzer Medienlandschaft nur darauf wartete, öffentlich zu verkünden, was intern längst kein Geheimnis mehr

war: die meisten Stimmen bei der Wahl zum künftigen Fernsehermittler im Rhein-Neckar-Krimi waren auf Kommissar Günda entfallen.
„Hä, wie kummtn des?“
„Unna uns, Günda: mia hawwe doch als Stammdisch. Un wie mia des gheat hawwe vun derre Abstimmung, hawwe mia uns glei mol uffgregt, wenn die alles vorgschlaache hawwe. Vun denne kann jo kähns so babble wie mia babble. Tibbisch Fänseh. Blouß de ledschde Paddolooge, dea schwätzt bissl Dialekt. Als Feigeblatt. Awwa dea kanns aa net rischdisch, weil dea hots ärschda lärnne misse. Un des geht jo net. Umeeglisch.“
„Do sachsch du was, Addo!“
„Un donn sescht de Menges Siggi: *Wissda was? Unsan Günda, dea muss des mache. Dea is doch schun Kommissaa bei de Bollezei.* Un do ware glei alle begeischdat. *Des wäa mol ä Sach!* Un donn …“
„Donn?“
„Betriebsgeheimnis, Günda. Unne? Wann gehtsn lous mim Krimi?“
„Kä Ahnung, Addo. Isch hea des graad frisch, des gibts jo net. Isch im Fänseh, isch glaab, isch wärdd Häsch[4]. Äh, was annares, isch muss donn. Isch meld misch. Servela!“
Kommissar Günda blickte zu seinem Assistenten. Zum ersten Mal konnte er sich vorstellen, dass auch Freese altern konnte. Dieser sonst so strahlend straffe Mann saß in sich zusammengesunken und starrte immer noch auf das Schreiben.
„Wie kummsch du eigendlich druff, dass du des wäasch?“
Freese erzählte ihm tonlos vom Besuch der Redakteurin.
„Morgen ist die Pressekonferenz, ich habe vorhin eine SMS bekommen.“
„Hea mol, Freese, isch muss des net hawwe, vun mia aus kannsch du des mache, wenn du des ubedingt willsch.“
„Wie soll das denn gehen?“

[4] Hirsch

„A, gonz äfach, du gehsch hie: *Hallole, isch bins, de Günda!*“
„Ich kann mich doch nicht für Sie ausgeben, alle kennen Sie.“
„Sgibt jo Leit, die saache, mia sin uns bissl ähnlisch worre. Voa allem obdisch[5].“
„Wer sagt das?“
„Isch.“
„Seit wann?“
„A, grad eewe.“

[5] optisch

Am nächsten Morgen war Kommissar Günda in Eile. Viel zu spät war er losgefahren, weil er zu lange verschiedene Kleidungsstücke anprobiert hatte. In seiner Verzweiflung hatte er Marion Helche angerufen, hatte auf nähere Erklärungen verzichtet, für welchen Anlass er sich vorbereitete, stattdessen etwas von *schun offiziell, jednfalls mit Foddo, vleischt aa Ffideeoo* gemurmelt, und sie hatte ihm zum einzigen Anzug geraten, der sich in seinem Schrank schon seit nunmehr gut zwanzig Jahren befand und der immer ein wenig nach Mottenkugeln roch. Er trug diesen Anzug für gewöhnlich bei Beerdigungen und offiziellen Verabschiedungen im Präsidium. Das bunte Hawaiihemd schien ihm zwar etwas unpassend, aber im Hinblick auf dessen gebügelten Zustand – er hatte es 1998 aus der Reinigung geholt und seither keinen passenden Anlass gefunden, es wieder anzuziehen – die einzig tragbare Möglichkeit.

Er wäre sogar pünktlich gekommen, hätte ihn nicht die Preisauskunft in der Heidelberger Bergbahn aufgehalten.

„Wie bidde? Was koscht des zum Schloss? Hea mol, isch bin vun doo, isch bin kään Turischt, denn ia ablatze keent. Un isch hab en Tammien[6] do drowwe."

Der Mitarbeiter ließ sich nicht erweichen, Kommissar Günda wiederum zeigte sich nicht bereit, selbst zu diesem besonderen Anlass so tief in die Tasche zu greifen.

„Weesch was, dann laafisch hald. Die Trepp nuff. Des geht eh schnella."

Eine, wie sich rasch zeigte, voreilige Entscheidung. Mehrmals musste Kommissar Günda anhalten, um zu verschnaufen. Als er schließlich hoffnungslos außer Atem im Schlosshof angekommen war, übersät mit Kameras und einer beträchtlichen Anzahl Schaulustiger, darunter etliche bekannte Gesichter, hörte er gerade noch die reißerische Stimme aus den Lautsprechern:

„Die Kurpfalz hat entschieden, Sie haben gewählt. Und heute

---

[6] Termin

stellen wir Ihnen den Sieger vor. Er ist jung, er ist dynamisch, modern, er sieht verdammt gut aus, und wenn es um Recht und Gesetz geht, kennt er keine Gnade, hier ist Mister Kurpfalz 3.0: unser, Ihr Kommissar Günda!"
„Äh … Hallole zamme!"

Aller Augen wandten sich in Richtung des frisch proklamierten Helden. Grundsätzlich bereit zum Jubel zögerte die Menge, denn irgendetwas stimmte offenkundig nicht. Die Fernsehverantwortlichen wirkten alles andere als begeistert.
„Das ist er???"
Harald Heists kaum mehr flüsternde Frage war an Sandy Bergmann gerichtet. Die schien fassungslos.
Kommissar Günda beschloss, die ausstehende Antwort selbst zu geben.
„Isch glaab schun. Soviel isch weeß, bin ischs, de Günda."
Der jetzt umso rascher aufbrausende Beifall mündete alsbald in einen Sprechchor: „Günda! Günda! Günda!"
Der Schlosshof erbebte. Der Gefeierte wiegelte ab.
„Un jetzat?"
„Raiwa un Schanndaam[7]!"
Der Zwischenruf kam aus der Neckargemünder Lokalredaktion.
„Auf! Heidlbäiig geje Monnem[8]!"

So ausgelassen die Stimmung war, die Fernsehmacher ließen sich nicht anstecken und tuschelten wild gestikulierend aufeinander ein. Schließlich löste sich Sandy Bergmann aus der Gruppe, stakste auf Kommissar Günda zu und wäre beinahe vor diesem mit ihren hohen Absätzen auf dem unebenen Pflaster umgeknickt, hätte er sie nicht soeben noch aufgefangen.

---

[7] Räuber und Gendarm

[8] Mannheim

„Ua! Was fan Tschentlmään[9]!“
Unverhohlene Anerkennung aus dem Publikum.
„De Ridda Roscht is än Kees geje unsan Jungga[10] Günda!“
„Wer sind Sie?“ Sandy Bergmann blickte ihrem Retter ungläubig in die Augen. „Ich habe Sie noch nie gesehen, wo ist der junge Mann, mit dem ich alles geklärt habe?“
„Moment. Äh, derft isch Sie grad mol absetze?“ Kommissar Günda machte seiner Erleichterung mit einem Seufzer Luft. „Puh … Äh, isch gugg mol, dea wollt eigendlisch aa kumme. Freese???“
„Hier.“
Fritjof Freese war aus dem Hintergrund aufgetaucht und hob zaghaft die rechte Hand.
Kommissar Günda holte tief Luft: „Alda Schlabbe[11], die is bissl schwerer, als wie dass sie aussieht. Derfisch voastelle? De Freese, moin Assischdent.“
„Denn kennisch!“, ertönte es aus dem Plenum. „Des is doch dea Voanehmbabbla, stimmts?“
„Hajo, demm Günda soin Frischling is des.“
„Was meschtn dea Sseckl doo?“
„Isch weeß“, beschwichtigte Kommissar Günda, „dea babbelt halt bissl koomisch. Awwa dea kann nix defoa. Dea kummt vum Oschde. Un iwwahaupt, des is en kloore Kärll, dass des mol klaa is.“
Seine Verteidigungsrede überzeugte die Massen und sorgte für nachsichtigen Beifall in Richtung des Neubürgers.

Während dieses Zwischenspiels hatte sich Harald Heist mit seinem Team verständigt und bemächtigte sich nun des Mikrofons: „Meine Damen und Herren, Sie sehen und hören es,

---

[9] Gentleman
[10] Junker
[11] Schuh

die Wahl stößt auf breiteste Zustimmung."
Die Redakteure Senger und Schieble verharrten konsterniert, wieder knickte Sandy Bergmann beinahe um.
„Dann frage ich Sie hiermit: Kommissar Günda, nehmen Sie die Wahl an?"
„Hajo! Isch machen eisch!"
„Wie bitte?"
„A, sebvaständlisch!"
„Ich deute das als ein Ja. Prima! Herzlichen Glückwunsch! Das ist also unser neuer Fernsehkommissar. Ein Gesicht, das man sich merken muss."
„Günda! Günda! Günda!"

„Natürlich", Harald Heist hatte angesichts der brandenden Begeisterung Mühe, sich wieder Gehör zu verschaffen, „natürlich werden wir gewisse Veränderungen vornehmen. Das Styling ist noch nicht perfekt. Der Anzug", er rümpfte mit gespielter Verwunderung die Nase, „scheint mir etwas in die Jahre gekommen. Und das Hemd, mehr tot als schick. Hahaha. Aber dafür haben wir unsere Spezialisten. Ich freue mich, dass ich Ihnen hier in dieser einmaligen Kulisse, mit diesem herrlichen Blick auf den äh ..., auf diesen malerischen Fluss unseren künftigen Helden präsentieren kann. Noch dazu ein echter Kriminalkommissar, auch das ein absolutes Novum im deutschen Fernsehen. Das Drehbuch liegt schon vor: ein Knüller, ein Reißer, das Zeug zu einem Straßenfeger. Gut, es werden noch gewisse Feinabstimmungen erfolgen müssen, um es unserem Helden auf den Leib zu schneidern. Dann kann es aber auch schon losgehen. Die Drehorte bleiben zu diesem Zeitpunkt noch geheim, aber ich darf Ihnen versprechen, alle wichtigen Flecken in Ihrer wunderschönen Region werden auftauchen. Und eines steht schon fest: dieser Mann ist ein ganz neuer Typ Kommissar."
„Des stimmt."

„Jetz seh ischs aa."
„Er hat einfach das gewisse Etwas. Unter uns: Er wäre auch meine Wahl gewesen. Gibt es Fragen?"
„Äh", Kommissar Günda meldete sich zu Wort. „Isch deed misch mol gärnn indressiere, kannisch ebba[12] mitbringe?"
„Mitbringen? Zum Dreh, zum Zuschauen? Ihre Frau, die auf den wunderschönen, seltenen Namen *Ebba* hört? Selbstverständlich, für unseren Hauptdarsteller machen wir alles möglich."
„Fraa? Dea hot doch kähni!"
Ein Zwischenruf aus den hinteren Reihen.
„Des spielt jo jetz kää Roll." Kommissar Günda scheute dieses Thema.
Sandy Bergmann flüsterte Harald Heist etwas ins Ohr.
„Keine Frau? Nanana, das dürfte sich nach der ersten Ausstrahlung unseres Krimis schlagartig ändern. Ich bin sicher, unser neuer Held wird sich vor Angeboten kaum retten können."
„Oh liewi Zeit, des fehlt mia grad. Nää, isch mähn, isch brauch jo än Assischdent."
Kommissar Günda nickte vielsagend in Freeses Richtung.
„Gut, dass Sie das anschneiden, lieber Herr Kommissar. Eigentlich sollte das noch ein Geheimnis bleiben. Aber nun verrrate ich es hier und jetzt. Eine gute und eine schlechte Nachricht. Erst die schlechte: Sie werden keinen Assistenten bekommen."
„Ou. Schaad."
„Dafür eine Assisten*tin*! Und das ist sie: unsere, Ihre – Sandy Bergmann!"
„Sauwa!", freute sich Kommissar Günda, und die Ausgedeutete lächelte pflichtschuldigst hinterdrein.

---

[12] jemanden

„Gratuliere, Tschief, Sie sind in allen Zeitungen."
„Isch weeß, isch drau misch schun gaa nimmi uffd Stroß. Awwa weesch, was misch uffregt? Weesch, was misch so rischdisch uffregt?"
„Na?"
„Nix. Awwa was isch net hawwe kann, dass dea Owwahannebambl mit uffs Foddoo kumme is."

Tatsächlich hatte es Oliver Theisen nicht nur verstanden, sich als Kommissar Gündas Vorgesetzter auf das Gruppenbild mit der Fernsehcrew zu drängen, nachdem er eine kurze Ansprache über die besonderen Verdienste *seines Lieblingskommissars* gehalten hatte – *Ich bin und bleibe sein größter Fan!* -, er hatte es sich auch nicht nehmen lassen, Kommissar Günda zu einem Selfie zu nötigen. Dieser Schnappschuss mit einem süßsauer lächelnden Kommissar und seinem dafür umso bleckenderen Vorgesetzten zierte nun die Homepage der Polizei mit der Unterzeile: *Ich habe es immer gewusst.*
„Isch aa. Wassen Sseftl. Äh, was annares, Freese, isch glaab, isch machs doch net."
„Wie bitte?" Fritjof Freese gab seiner Verwunderung mit einer tunkenden Kopfbewegung Ausdruck.
„Mach des nochmol."
„Was?"
„Des Dunge. Des gfällt mia. Wu hoschn des hea? Isch hab mol än Wellesiddisch ghabt, dea hot des aa imma gemacht."
„Lenken Sie nicht ab, Tschief. Was haben Sie eben gesagt?"
„Dunge."
„Sie wissen genau, was ich meine. Davor."
„Ach Gott, wie willischn saache. Isch mach des doch net, des mim Fänseh. Des is nix fa misch."
„Sie wollen die Fernsehrolle nicht annehmen? Nach dem Pressewirbel, den das schon gegeben hat? Doch nicht wegen Theisen."

„Nää."
„Weshalb dann?"
„Äh ... Weil du net mitmache derfsch."
„Also, ich fühle mich geehrt, Tschief, aber das ist Quatsch! Sie haben doch eine sehr attraktive Assistentin, um die Sie viele Männer beneiden werden."
„Eewe drum."
„Zu attraktiv?"
„Nää, zu jung."
„Tschief, das ist eine Frau in den besten Jahren."
„Des sachsch du?"
„Nicht aus meiner Sicht, aus Ihrer."
„Die keent jo mei Dochda sei."
„Mit Mitte 30?"
„Theoräädisch schun."
„Hätten Sie lieber eine gleichaltrige Frau? Warten Sie mal ab, wenn Sie richtig geschminkt und gestylt sind, gehen Sie glatt für Anfang 40 durch."
„Mähnsch?" Kommissar Günda reckte sich und schien sich mit dem Gedanken einer Verjüngungskur anzufreunden. „Isch weeß net. Die is irgendwie zu..."
„Gut, sie ist ein bißchen größer als Sie, aber das werden die Fernsehleute schon ins rechte Bild setzen, flache Absätze, viele Szenen im Sitzen. Oder noch besser, Tschief", er zwinkerte seinem Chef verschwörerisch zu: „Im Liegen."
„Hä? A nää! Bidde net."
„Sagen Sie bloß, das ist so gar nicht Ihr Typ."
„Die? Ach Gott, wie willischn saache. Des hawwisch noch net iwwalegt, awwa uff jedn Fall die is so ... so Sandy hald."
„Tschief, Sie hören sich an, als ob da noch etwas ganz anderes dahintersteckt."
„Freese, du bischen Fuchs."
„Also? Raus mit der Sprache, wovor haben Sie Angst?"
„Ängscht? Ängscht hawwisch kähni nadierlisch."

„Aber ein Unbehagen. Warum? Was stört Sie, Tschief?“
„Unna uns, isch muss glei fortt, so geht de Kees schun mol los.“
„Fort? Wohin?“
„A, ä halwi Weltreis.“
„Die Produktionsfirma sitzt im Ausland?“
„Nää. Net direkt.“
„Wo müssen Sie denn hin?“
„Uff Köln.“
„Köln? Toll. Wie lang?“
„Muundaag nuff, Mittwoch nunna.“
„Was machen?“
„A, was weeßn isch? Proseggo schlotze, dummbabble. Was ma so macht beim Fänseh.“
„Fototermin mit der Klatschpresse.“
„Oh, liewi Zeit. Zum Glick waa isch graad beim Frissea[13].“
Er überprüfte mit beiden Händen den Sitz seiner seit Jahren schwindenden Haarpracht.
„Was gibtsn do zum lache, Freese?“

---

[13] Friseur

Am darauffolgenden Donnerstag kam Kommissar Günda auffallend gut gelaunt ins Büro.
„Na, Tschief? Wie war es in der großen weiten Fernsehwelt?"
„Subba!"
„Bestimmt hatten Sie tolle Erlebnisse."
„Hajo."
„Nette Leute kennengelernt."
„Gönau."
„Also rundum drei gelungene Tage."
„Des kamma saache."
„Schön! Sehen Sie, und Sie hatten erst noch Sorge."
„Unneedisch.Vollischt[14]."
„Wie hat Ihnen denn die Stadt gefallen?"
„Welli?[15]"
„Na, Köln. Oder konnten Sie davon gar nicht so viel sehen?"
„Null."
„Schade. Weil der Terminplan so voll war?"
„Nää."
„Wieso dann?"
„Weil isch gaa net dortt waa", feixte Kommissar Günda. „Isch hab denne vazehlt, isch wäa grad annemme uheimlisch wischdische Fall. Andakaffa[16]. Statz[17] dass isch do rumjoggl, hawwisch misch in moi Holliwuddschaugl glegt un bissl gstillt.
„Ge was?"
„Gstillt hawwisch. Kennsch des net? Was die junge Leit als mache, nochdähm dassie uffgstanne sin."
„Sie meinen, Sie haben gechillt. So heißt das korrekt."
„Nänää, gstillt. Isch still misch als. Gonz still. Unn? Des hawwisch sauwa hiegekriggt, gell?"

---

[14] Völlig
[15] Welche?
[16] Undercover
[17] Anstatt

„Wenn Sie meinen.“
„Waas? Is was, Freese?“
„Nein, nein.“
„A, du hosch doch was, isch meiik des. Auf, mia kannschs saache.“
„Na ja, ich hätte es schön gefunden, wenn Sie mich eingeweiht hätten in Ihre Pläne. Ich dachte, Sie sind in Köln. Wenn ich gewusst hätte, Sie sind in Wahrheit zu Hause, dann hätte ich mich melden können.“
„Eewe. Un desdaweje hawwisch nix gsacht. Dass du mol lärnnsch, allää klaazumkumme. Des musch du nämmlisch, wenn isch demmnäckschd fas Fänseh schaff. Do kann isch net saache in Holliwudd: *Moment, sis graad schlescht mim Osgaa, moin Assischdent will grad was vun mia, sis was bassiat in Neggaraa*[18]. Allo? Unn? Wie waas? So mit oohne misch?“
„Alles in Ordnung so weit. Es gab etliche Leute, die Sie sprechen wollten, ich habe Ihnen eine Liste gemacht. Wenn Sie mal schauen wollen.“
„Jetz net. Mach du des, Freese.“
„Kann es sein, Tschief, Sie sind doch ein bisschen nervös wegen der Dreharbeiten?“
„Isch? Nafföös? Im Leewe net.“
„Na, na, na!“
„Äh, was annares, was meschtn die Muddi? Isch mähn, Freese, du woohnsch doch noch bei de Muddi, odda?“
Fritjof Freese spürte, wie er rot anlief, was er einfach nicht unterdrücken konnte. Dabei hatte er eigentlich gehofft, dieses Thema wäre hinfällig, seit er seinen Chef zu sich nach Hause eingeladen hatte, um ihn mit seiner Mutter bekannt zu machen[19]. Zumal sich überraschenderweise gegenseitige Sympathie zwischen den beiden etwa Gleichaltrigen entwickelt hatte, nicht

---

[18] Neckarau, Mannheimer Stadtteil
[19] siehe *Muffzekopp*, Zweiter Fall für Mister Nochdenkerles

zuletzt ausgelöst durch einen ähnlichen Musikgeschmack: Rockmusik der späten 60er und frühen 70er Jahre. Für Freese eine Vorliebe für *olle Kamellen*, wäre ihm dieser Begriff geläufig gewesen.

„Danke, meine Mutter, äh, Wiebke lässt Sie grüßen. Sie hätte eine neue Bootleg[20]-Aufnahme entdeckt, die Sie bestimmt interessieren wird. Sie hat sie Ihnen schon geschickt. Also neu ist natürlich übertrieben." Freese betrachtete den Kommissar mitleidig. „Neu im Sinne von höchstens 50 Jahre alt."

„Des vastehsch du net, Freese. Mescht nix. Wie, gschickt zu mia? Wuhea kenntn die mei Adress, doi Muddi?"

„An Ihre Mailadresse hat sie das gesandt, die hat sie von mir. Ich dachte, das wäre in Ihrem Sinne."

„On moin Kombjuuda? Ou, do mussisch glei mol gugge. Bessa gsacht, Freese, keentsch du mol …? Du weesch, wies is."

Ja, Freese wusste das. Kommissar Günda verfügte zwar mittlerweile über alle notwendigen Gerätschaften, um elektronisch zu kommunizieren, war jedoch chronisch unwillig und mithin ungeübt im Umgang damit.

„Wo haben Sie Ihren Laptop?"

„Moment."

Freese beobachtete, wie Kommissar Günda das untere Fach seines Schreibtischs öffnete und etwas herauszog.

„Doo."

„Ihr Laptop stand die ganze Zeit hier im Büro?"

„Im *Birroo*, Freese, wie oft sollischn des noch saache, des heeßt Birroo. Awwa: *Tunell*[21]."

„Unfassbar. Aber auch ganz schön fahrlässig."

„Was heeßtn des iwwahaupt *die gonz Zeit*? Des ware jo grad drei Daag, wu isch fortt waa."

„Drei Tage ohne Mailkontakt? Das ist heute eine Ewigkeit. Das

---

[20] heimlicher Konzertmitschnitt

[21] Tunnel

kann man sich nicht mehr erlauben, die Menschen erwarten prompte Antworten."
„Hea mol, Freese, isch hab mol ä Brieffreindin ghabt, in Nuu Tschöassie[22]."
„Wo?"
„Driwwe."
„Hm?"
„De Winnetuue, de Ould Schäddahänd."
„In Bad Segeberg? Da spielen sie doch immer Karl May, alte Männer mit Platzpatronen. Ganz schön albern."
„Nää. Driwwe. Iwwam Deich, iwwam grouße."
„Ach so, Sankt Peter Ording. Den Deich kenne ich auch, ewig lang."
„Hea mol, Freese, willsch du misch utze[23]? Bei de Amarigoona, do hawwisch mol ä Freindin ghabt. Brieflisch, so gsacht."
„Ach so, Sie meinen über dem *Teich*, nicht *Deich*."
„Kann des sei, du hosch des glei rischdisch vastanne? Wolltsch misch bissl neileje? Odda hawwisch misch do gedeischt mim Deisch?"
„Kann schon sein, Tschief", grinste Freese, dem es tatsächlich immer leichter fiel, auch die feinsten Nuancen weichester Laute zu unterscheiden. Das war nicht zuletzt Kommissar Gündas Verdienst, der im Umgang mit ihm von Anfang an keinerlei Rücksicht genommen hatte – *So lärnnsch du was vun derre Sprooch!*
„Und was ist aus dieser Brieffreundin geworden?"
„A, was gehdn disch des oo? Des is priffaat. So guud kenne mia uns jetz aa widda net."
„Aber Sie wollten doch gerade etwas erzählen."
„Isch?"
„Irgendwas mit Ihrer Brieffreundin in den USA."
„A so, sachs doch glei. Stimmt. Mia hawwe uns als gschriwwe."

---

22 New Jersey
23 veräppeln

„Davon gehe ich aus bei einer Brieffreundin."
„Net fresch wärre, Freese. Uff jedn Fall, wenn soen Brief kumme is, weesch, wie des waa? Dann hosch du denn glese, disch gfreit, bissl iwwalegt un hosch dann zrickgschriwwe: *Des is jo indressant!* Odda so ähnlisch. Un ab die Poscht. Un vier Woche späda kummt sie, die Antwortt vun derre vun driwwe. Un was steht drin?"
„Keine Ahnung, es war Ihre Freundin."
„Gönau. Kää Ahnung. Die schreibt: *Günda, isch vasteh disch net. Was mähnsch du mit demm, wu du mia letscht*[24] *gschriwwe hosch? Was is indressant?* Weje warum weil, gugg mol, Freese, die Brieflin, die hawwe so long gebraucht, bis die endlisch ookumme sin. Do hosch du schun widda alles vagesse, was du gschriwwe ghabt hosch."
„Aha. Und weshalb erzählen Sie mir das?"
„Weil des doch angeblisch so wischdisch wäa, dass du heit soffortt Antwortt gibsch, wenn du soe Meel kriggsch. Dorttmols, do hosch du voa allem ähns gebraucht: Geduld. Du hosch als gwaad un gwaad, kummt heit was odda widda net? Hosch de Briefträga abgebasst, un irgendwonn hodda gschrawwe[25]: *Günda, doi Schätzl hot gschriwwe!* Awwa, Freese, des hot aa Voateile ghabt, un zwaa enoam."
„Nämlich?"
„Die Beziehunge, die sin länga gwest, dorttmols. Viel länga. Mindeschdens …"
„Ja, Tschief?"
„Isch iwwaleg grad. Hawwisch iwahaupt mit derre Schluss gemacht? Odda die mit mia? Mia gedenkt des gaa net. Weesch, was des heeßt, Freese?"
„Na?"

---

[24] kürzlich
[25] geschrien

„Die un isch, mia zwee, mia hawwe wahrscheinz ball Goldini[26]. Un alles weje denne Brieflin. Schää, gell? Ramondisch. Hea mol, was is jetz mit denne Buudläcks? Du wolltsch doch mol gugge."
„Ja, zeigen Sie mal her, Tschief."
Fritjof Freese startete den Computer.
„Sie müssen Ihr Passwort eingeben."
„Färzz."
„Doch, Tschief, das macht Sinn. Es soll doch nicht jeder Zugang zu ihrem Laptop haben."
„Eewe drum. Färzz."
„Hm?"
„Des wäa moi Basswortt: Färzz."

Es zog sich, bis Freese die korrekte Schreibweise eingegeben hatte. Nun war Kommissar Günda ungeduldig: „Des dauat un dauat, Freese, do keent die gonz Welt unnagehe in derre Zeit."
„Moment, ich habs gleich. So. Sie haben 187 neue Nachrichten."
„Bidde?"
„Tja, Tschief, da sammelt sich schnell etwas an. Haben Sie keinen Junk-Filter eingerichtet?"
„Schankfilda? Was is jetz des widda fan Kees?"
„Die meisten Nachrichten gehören nun mal gleich in den Papierkorb. Werbung, Werbung, Werbung. Dagegen kann man Filter installieren. Soll ich Ihnen das gleich mal einrichten? Oh, ich sehe gerade, da ist eine Nachricht vom Fernsehen. *Betreff Krimi*. Da sollten Sie schleunigst antworten."
„Fa waas?"
„Der Drehbuchautor schreibt Ihnen. Soll ich vorlesen?"
„Mach halt."
„*Wir sind das Autorenteam Schreibwut. Für den neuen Rhein-Neckar-Krimi sind wir für das Drehbuch verantwortlich. Wie wir erfahren haben, sind Sie unser Hauptdarsteller. Herzlichen Glückwunsch, wir freuen uns*

---

[26] Goldene (Hochzeit)

auf die Zusammenarbeit. Wir haben die Aufgabe, markante Orte der Region in die Handlung einzubauen. Da uns mit Ihnen eine Persönlichkeit zur Verfügung steht, die sich bestimmt bestens in der Gegend auskennt, möchten wir Sie bitten, uns ein paar berühmte Schauplätze zu benennen, die für die Rhein-Neckar-Region typisch sind. Wir suchen die bedeutenden Wahrzeichen der Kurpfalz. Gerne auch Geheimtipps. Wir wären Ihnen dankbar, wenn Sie uns baldmöglichst … Blablabla …"

„Des vasteh isch net. Wie eibaue?"

„Tschief, wenn ich das richtig sehe, ist der Krimi bereits geschrieben, die Handlung steht fest. Jetzt geht es nur noch darum, dafür die richtige Umgebung, die passende Kulisse auszuwählen."

„Hä? Koomisch."

„Nun ja, vielleicht hat sich diese Vorgehensweise bewährt. Und es ist doch toll, dass man Sie fragt und nicht einfach in einem Touristenführer die Nullachtfünfzehn-Orte nachschlägt. Wenn sich einer hier auskennt, dann Sie, Tschief."

„Wu du rescht hosch, hosch du rescht, Freese. Des gfällt mia. Des gfällt mia guud. Die krieje vun mia Geheimdipps. Soggaa gonz geheime …"

Bereits eine Woche später starteten die Dreharbeiten.

„*Engel und Donner.* Brückentotale, die erste. Und Action!"

Dieter *Didier* Hofmann war zufrieden, seine Assistentin hatte ganze Arbeit geleistet. Trotz ihrer jungen Jahre hatte die frischgebackene Absolventin der Ludwigsburger Filmhochschule Gespür für das Wesentliche. Die Produktion hatte alles gut vorbereitet, das musste man ihr lassen. Eines der wichtigsten Wahrzeichen dieser Region, diese berühmte Brücke war offenbar in enger Abstimmung mit der hiesigen Verwaltung freigehalten worden von den gewiss sonst in Scharen hierher pilgernden Touristen. Wenngleich sich Hofmann anfangs schon etwas gewundert hatte, dass ausgerechnet dieses Bauwerk mitten im Wald zwischen Walldorf und Sandhausen Touristenströme aus aller Welt anlocken sollte: die sogenannte *Lutherische Brücke*. Er war kein Fachmann für historisch Bedeutsames, aber diese schlichte, schnörkellose Holzkonstruktion, mittels derer Fußgänger über ein Rinnsal namens Hardtbach gelangten, schien ihm vom Baustil eher unspektakulär. Zumal sie offenkundig erst vor ein paar Jahren errichtet worden war. Vielleicht war die ursprüngliche Bachquerung einem Brand zum Opfer gefallen. Vielleicht hatte man die historischen Reste so raffiniert eingearbeitet, dass sie der unbedarfte Besucher gar nicht erkennen konnte. Auffallend bei der Brücke war in jedem Fall die rein funktionale, aber aufwendige Überdachung. Die wirkte auf Anhieb ulkig, fehl am Platz. Wofür brauchte eine fünf Meter lange Holzbrücke über einen Bach im Wald ein Dach? Überbleibsel eines Wasserschlosses oder einer heidnischen Kultstätte? Hatten sich dort einst Barbaren im Gebälk versteckt, um Christen aufzulauern? Bevorzugt den Lutheranern, was den Namen erklären würde. Heute sah man jedenfalls von einer blutrünstigen Geschichte der Brücke nichts mehr. Was man erblickte, das war ein nüchterner Zweckbau. Freilich ohne

rechten Zweck, ein Steg hätte es auch getan.
Er entdeckte ein unscheinbares Schild, das zur Erklärung diente. Aha. Walldorfer Protestanten waren über diese Brücke nach Leimen gezogen, weil sich dort ihre Kirche befunden hatte. Dann war die Lutherische Brücke also ein Symbol für die enge Verbindung zwischen diesen beiden Ortschaften. Eine religiös begründete Achse zweier Gemeinden. Auch das klang nicht gerade spektakulär. Selbst der Bach wirkte nüchtern, ja künstlich. Hatten den wenigstens die Römer angelegt? Kein Hinweis. Damit würde man doch gewiss wuchern. War dieses Bauwerk Ausdruck landsmannschaftlich typischen Understatements? Nun ja, entscheidend war, wie die Leute diese Brücke sahen, und nach Auskunft des künftigen Hauptdarstellers – laut Produktion ja ein ausgewiesener Experte – war das in der Region der absolute Geheimtipp, ein Magnet für Touristen wie Einheimische. Tja, die Magie eines Ortes rührt eben nicht selten von den Sagen und Erzählungen über die Jahrhunderte her. Da ist es oftmals gar nicht die beeindruckende Optik allein. Wenn er sich umsah, war es die Optik hier sogar am allerwenigsten. Vielleicht spielte auch eine Rolle, dass dieser Ort gerade nicht touristisch erschlossen war, dass gerade keine Busladungen direkt hierher gekarrt werden konnten, man vielmehr einen halbstündigen Fußmarsch auf sich nehmen musste, um zu dieser Kultstätte zu gelangen. Scis drum. Auf jeden Fall war es ein geschickter Schachzug der Autoren gewesen, ausgerechnet diesen Ort als zentralen Dreh- und Angelpunkt des Geschehens zu wählen. Mit dieser Lutherischen Brücke konnten sich bestimmt alle im Rhein-Neckar-Raum identifizieren, denn die lag weder in Mannheim noch in Heidelberg. Was nicht ohne Belang war, wusste man doch um eine gewisse Rivalität beider Städte, wenn es darum ging, in einem Rhein-Neckar-Krimi markante Punkte ausgewogen zu präsentieren. Mit dieser Wahl bevorzugte man keine der beiden und hatte zugleich einen hohen Wiedererkennungswert. Jeder in der Region verband bestimmt

seine ganz persönliche Geschichte mit dieser Brücke.
Zum Glück hatte es auch seitens der Verwaltung keine Schwierigkeiten gegeben, Hofmann hatte vor allem mit Einwänden des Denkmalschutzes gerechnet. Mitnichten. Ohne Probleme hatten sie eine Sondergenehmigung erhalten, um alles Notwendige heranschaffen zu können.

„Und Action! Und stopp!"
Der gut fünf Meter hohe Kamerakran hielt in der Bewegung inne. Eine Gruppe von fünf energisch stapfenden Walkerinnen hatte sich der Lutherischen Brücke genähert.
„Fiona! Eric! Bitte!"
Das war der Nachteil. So schön es war, an diesem abgelegenen Ort fern überlaufener, verkehrsreicher Städte operieren zu können, so anfällig war diese Situation für Störungen anderer Art. Man konnte eben nicht einen ganzen Wald absperren. Regieassistentin und Aufnahmeleiter waren entsprechend gefordert.
„Meine Damen, ich muss Sie bitten umzukehren, es finden hier Dreharbeiten statt."
„Fänseh?"
„Ja, fürs Fernsehen."
„Fa waas?"
„Das ist noch streng geheim." Fiona Engelhard wurde nachdrücklicher. „Ich muss Sie bitten, sich hinter die Absperrung zurückzuziehen. Entweder Sie kehren um oder Sie gedulden sich ein wenig, sonst kommen Sie ins Bild."
„Fiona, warte mal", ließ sich Didier Hofmann vernehmen. Er hatte seinen Regiestuhl verlassen und ging auf die Damen zu. „Ich finde das gar nicht schlecht, wenn ab und zu Leute auftauchen. Das bringt ein bisschen Leben in die Schnittbilder. Darf ich Sie bitten, meine Damen. Wenn Sie noch einmal ein Stück zurückgehen und dann ganz natürlich über die Brücke schlendern."

„Wokke[27]! Mia schlendare net, mia wokke! Des is Sportt.“
„Von mir aus. Bitte. Dann kommen Sie also gewalkt. Was machen Sie jetzt?“
„Ärschda widda warm mache. Mia sin jo schun gonz kihl worre wejem Rumsteh un Dummbabble.“
„Wie dem auch sei, also dann, alle auf Position. Die Damen noch ein Stück zurück, und wenn Ihnen meine Assistentin das Zeichen gibt, laufen Sie los. Verstanden? Kamera läuft?“
„Kamera läuft.“
„*Engel und Donner*, Brückentotale, die zweite.“
„Und Action!“
Der Kamerakran schraubte sich in die Höhe, schwenkte über die Brücke und erhaschte schließlich einen Blick auf fünf winkende Frauen.
„Stopp! Laufen, nicht winken!“
„A, sachs doch glei.“
„Hä, wissoen des?“
„Gonz nadierlisch hawwe Sie doch gsacht, un wenn misch ähna foddografiat, wink isch. So bin isch.“
„Isch aa.“
„Heeflisch[28] halt.“

Nach weiteren fünf Anläufen war die Szene endlich im Kasten.
„Vielen Dank, das wars. Besser gehts nicht. Sie dürfen jetzt gerne die Brücke passieren, wir haben, was wir brauchen.“
„Un wann kummt des im Fänseh?“
„Wissen wir noch nicht.“
„Alla donn.“
„Auf Wiedersehen, die Damen!“
„Mooment, ähns noch: Awwa bloß vun vornne! Dass des mol klaa is.“

---

[27] Walken

[28] Höflich

„Bitte?“
„Isch will net, dass ich vun hinne gezeigt wärdd. Weil die Hos, die trägt bissl uff.“
„Do hosch du rescht, Brigidde. Do sachsch du was, kannsch nix mache. Do kannsch du noch soen schääne Bobbes[29] hawwe, in derre Hos seh isch imma aus wie än Granadsplidda[30].“

---

[29] Hintern
[30] Süßgebäck mit Schokoladenüberzug, kegelförmig

Von alledem bekam Kommissar Günda nichts mit, auch wenn er sich unweit des Geschehens in einem Wohnmobil befand, das gleichzeitig als Aufenthaltsraum, Garderobe und Schminkzimmer diente. Susanne – man duzte sich beim Fernsehen – war schon lange Maskenbildnerin. Sie redete seit einer guten Stunde auf Kommissar Günda ein und wartete mit etlichen prominenten Namen und deren Problemzonen auf. Wen hatte sie nicht schon alles geschönt!
Ihr graue vor dieser Produktion. Wegen Sandy Bergmann – „Unter uns, ich glaube, die trinkt."
Bei ihm, Kommissar Günda, sei glücklicherweise praktisch nichts zu machen. Lediglich die Augenbrauen gehörten ein wenig in Form gebracht. „Zack, da haben wir ihn schon, den Störenfried!"
Sie hielt ihm ein gewundenes graues Haar entgegen und schnippte es lässig davon. Kommissar Günda wurde ein wenig sentimental beim Anblick des langsam herabsinkenden Haares und bei dem Gedanken, daran habe sein Körper womöglich über 50 Jahre gearbeitet, um nun so zu enden. Auf dem Fußboden eines für jedermann mietbaren Wohnmobils.
„Kannisch des hawwe?"
Er bückte sich ächzend.
„Isch sammel als. Mei Millischzäh hawwisch aa noch irgendwu. Äh, was annares, geht des eigendlisch noch lang? Noch aiig?"
„Fernsehen heißt warten, Günda. Kannst du deinen Text?"
„Text? Wella Text?"
„Ah, Sandy, wie schön, dass du da bist! Du siehst wieder phantastisch aus!"

Fasziniert betrachtete Kommissar Günda, wie der Kamerakran immer und immer wieder über die Lutherische Brücke schwebte. Erst in beachtlicher Höhe, dann direkt über das gemächlich dahinfließende, bräunliche Wasser des Hardtbachs. Etwas stromabwärts besah sich ein regloser Reiher das Schauspiel. Ungerührt. Der umsichtige Kameramann hatte ihn bereits entdeckt und näherte sich behutsam dem Vogel, der darauf divenhaft den Kopf wegdrehte. Ein plötzlicher Huster machte die Idylle zunichte und ließ das Tier hektisch davonflattern.

„Entschuldige, Didier, aber der Gestank ist in Wassernähe kaum auszuhalten. Zum Glück gibts noch kein Geruchsfernsehen. Mich wundert, dass das die ganzen Touristen nicht abhält."

„Ist mir auch schon aufgefallen. Wahrscheinlich eine Heilquelle, die den Bach hier speist, stimmts Günda?"

„Wie mas nimmt."

„Hoher Schwefelanteil, bestimmt Kurorte in spe."

„Hmpf", antwortete Kommissar Günda diplomatisch vage.

„So, Günda, nun kommen wir zu deinem ersten Einsatz. Ich nehme an, du hast den heutigen Text gelernt."

„Äh, wie Text?"

„Das Drehbuch! Wir haben es dir doch gleich letzte Woche per Mail zukommen lassen."

„A des. Klaro."

„Schön. Wir drehen also wie angekündigt als erstes die Schlussszene."

„Ähä. Wisso?"

„Bitte?"

„Warumme?"

„Das musst du schon dem Regisseur überlassen. Spaß beiseite. Das hängt nicht zuletzt mit Praktikabilitätsaspekten zusammen. Wir gehen nicht chronologisch vor, sondern nach den einzelnen Spielorten. Der eigentliche Film entsteht erst im Anschluss. Am Schneidetisch. Das Licht ist jetzt ideal für die Schlussszene. Fiona kümmert sich um dich, sie zeigt dir die jeweiligen

Positionen."
Die Regieassistentin bugsierte Kommissar Günda auf die Brücke.
„So, Günda, dort bleibst du. Wo steckt denn Sandy, das Licht ist gleich weg."
„Komme schon."
„Na, endlich!"
„Folgendes, Günda. Du schaust stur in Richtung Wald. Sehr gut. Genau so. Und dann kommt auf mein Zeichen Sandy und stellt sich neben dich. Sie blickt in die gleiche Richtung. Und dann bringt ihr den Text."
„Kamera läuft."
„Und Action!"
Kommissar Günda spürte nun doch etwas, das ihn höchst selten befiel: Nervosität. Es kam ihm vor wie eine Ewigkeit. So lange konnte es doch nicht dauern, bis seine Filmpartnerin die wenigen Meter zurückgelegt hatte. Etwas musste schiefgelaufen sein. Er drehte sich nach ihr um.
„Stopp! Du sollst nicht nach ihr schauen, Günda. Du blickst nur in den Wald. Und Action!"
Das Knarzen war ein gutes Zeichen, jemand betrat die Brücke, stellte sich neben ihn, er spürte das.
„Und jetzt der Text. Sandy!"
„Es ist spät geworden, sehr spät."
„Ach Gott, du bisch des? Mit dia heedisch jetz net gereschlt[31]."
„Stopp! Was ist denn das für ein Text? Günda, entschuldige. Du musst dich schon an das Drehbuch halten. Du bist nicht überrascht. Du bist cool. Supercool. Die Brücke ist zu eurem Treffpunkt geworden. Hier hat der Fall begonnen, hier findet er seinen Abschluss. Es ist eure Schicksalsbrücke."
„Vasteh schun. Wie die Brick am Gwei[32]."

---

[31] gerechnet
[32] Kwai

„Bitte?"
„Die Brick." Kommissar Günda deutete auf die im Mittelpunkt stehende Kulisse.
„Die Brücke, ja. Und weiter?"
„Die Brick am Gwei."
„?"
„Kenne Sie des net? Des issn Film, Kinnoo. Schun alt. Awwa barihmt[33]."
„Ach, jetzt verstehe ich: die Brücke am Geweih. Ein Wortspiel. Putzig, der Humor hier."
„Hm?"
„Also nochmal. Die Positionen bleiben, ihr steht gut. Und nun der Text, bitte."
„Es ist spät geworden, sehr spät."
„Do sachsch du was."
„Stopp! Gut, das ist wahrscheinlich die Aufregung. Fiona, hilf ihm auf die Sprünge."
„Dein Text lautet: *Ja. Aber nach dem Blitz kommt der Donner.*"
„Und Action!"
„Es ist spät geworden, sehr spät."
„Hajo, äh, isch mähn gönau. Awwa nochem Blitz, do kummt de Dunna!"
„Sehr schön. Und jetzt das Ganze nochmal – aber auf Deutsch!"

---

33 berühmt

„Weesch, was misch uffregt, Freese? Weesch, was misch so rischdisch uffregt? Nix. Awwa was isch net hawwe kann: Dummbabbla. Voanehme, hochneessische Dummbabbla."
Es war höchst ungewöhnlich, dass sich Kommissar Günda bei seinem Assistenten zu Hause meldete. Noch dazu zu nachtschlafener Zeit. Freese beschlich der Verdacht, dass er auch nicht mehr ganz nüchtern war.
„Was ist denn passiert, Tschief?"
„Nix. Außa dass isch net schwätze derf, wie isch schwätze du."
Freese ahnte den Hintergrund des Anrufes.
„Es gibt Verständigungsprobleme."
„Die gugge misch oo, wie wennisch Esberando babble deed."
„Nun ja, für Außenstehende hat das Kurpfälzische tatsächlich etwas davon."
„Bidde?"
„Ich verstehe, Sie sollen keinen Dialekt sprechen."
„Gönau. Awwa wie solln des gehe? Ärschdens. Un iwwahaupt."
„Langsam, Tschief. Mich interessiert vor allem, wie liefen denn die ersten Dialoge mit Ihrer Partnerin vor der Kamera?"
„Dialoog? Do lachisch jo. Des waa kään Dialoog. Mia sinn gstanne, newananna[34], un dann sescht de ää was un donn de anna."
„Und wer waren Sie?"
„De anna. Wie imma."
Freese fürchtete, das nächtliche Gespräch könnte nun doch ins Weltschmerzliche abdriften.
„Tschief, ich möchte nicht unhöflich sein, aber es ist halb eins."
„Mescht mia nix."
„Und ich bin nicht allein."
„Guude Idee, dann geb ma sie mol grad, dei Muddi."
„Tschief, ich meine nicht alleine im Sinne von *ich habe gerade Besuch*."

[34] nebeneinander

„Wea?"
„Kennen Sie nicht."
„Sischa?"
„Tschief, das ist jetzt wirklich nicht der geeignete Moment. Aber ich kann morgen gerne vorbeikommen am Set."
„Wu?"
„Am Drehort."
„Nänää, loss des narre[35], mogge hawwisch eh frei, do wärdd gfilmt, wie sie die Leisch finne."
„Spannend. Wer spielt denn die Leiche?"
„Was weeßnisch. Vleischt isch, wenn des so weida geht."
„Tschief, ich schlage vor, Sie schlafen nochmal drüber, und vielleicht können Sie ja etwas gemäßigter sprechen."
„Wie gemäßischda spreschle?"
„Na ja, etwas weniger breit."
„En halwe Günda? Donn loss ischs gonz."
„Also, wir machen Folgendes, wir treffen uns morgen im Roten Ochsen."
„Des geht net."
„Warum?"
„Isch bin net doo."
„Sie sagten doch, Sie haben frei."
„Hea mol, Freese, sebvaständlisch binnisch mogge am Tatortt. Isch muss doch wisse, was bassiat is."
„Aber das wissen Sie doch, Tschief, Sie kennen doch das Drehbuch."
Wäre Freese nicht in diesem Moment sanft und nachdrücklich von fremder Hand daran erinnert worden, dass er gerade seinen Besuch über Gebühr vernachlässigte, worauf er postwendend reagierte – „Tschief, ich muss jetzt leider wirklich aufhören!" -, hätte ihm Kommissar Günda gerne ein Geständnis gemacht. So aber verlor er sich im Ungefähren: „Alla donn."

---

35 nur

„Harald? So kann ich nicht arbeiten." Kommissar Günda war nicht der einzige, der in dieser Nacht das Gespräch suchte. „Ich nehme an, du hast dich ganz bewusst für mich als Regisseur entschieden."
„Schon."
„Oder etwa nicht?"
„Doch, doch, auf jeden Fall."
„Um diesem Rhein-Neckar-Krimi den nötigen *Drive* zu geben, Urbanität, internationales Flair."
„Du sagst es, Didier."
Harald Heist war es gewohnt, dass gerade zu Beginn einer Produktion gewisse Reibereien auftauchten.
„Wo liegt das Problem?", fragte er müde und kannte bereits die Antwort.
„Dieser Kommissar Günda."
„Didier, ich weiß, aber wir haben es mit einem Kamera-Neuling, mit einem Laien zu tun. Da kann es schon mal vorkommen, dass die Nervosität ihn blockiert. Gib ihm etwas Zeit, dann wird er schon aus sich herauskommen."
„Das ist es nicht. Er kommt aus sich heraus. Und zwar nicht zu knapp!"
„Aber?"
„Man versteht ihn einfach nicht."
„Ja, er spricht nun mal diesen putzigen Dialekt."
„Ich meine, einen leichten Akzent würde ich mir gefallen lassen. Aber so?"
„Verstehe. Habt ihr es schon mal mit Lautschrift versucht, auf Tafeln, von denen er ablesen kann?"
„Das ist nicht dein Ernst, Harald."
„War ja nur so eine Idee."
„Und das ist nicht alles. Nicht nur, dass er Dialekt spricht, er hält sich außerdem nicht an den Text."
„Du meinst, er verändert den Inhalt?"
„Keine Ahnung, wir verstehen ja nicht, was er sagt."

„Vielleicht ist es einfach so, dass man den Text aus dem Drehbuch nicht eins zu eins auf den Dialekt übertragen kann. Dann bräuchten wir noch einen Dialogautor. Das ist vielleicht überhaupt ganz gut, mir sind die Dialoge ehrlich gesagt sowieso zu wenig witzig. Du hast doch mal mit diesem Comedy-Autor gearbeitet."
„Aber der ist doch Schwabe."
„Na und? Dialekt ist Dialekt."

Kommissar Günda war weiterhin zutiefst empört über die Behandlung durch die Fernsehleute. Was ihn dabei am meisten wurmte, er konnte sich nicht angemessen zur Wehr setzen, denn er steckte in einem Dilemma. Dass man ihm vorwarf, er würde sich nicht an den Text halten, das war zwar sachlich nicht von der Hand zu weisen, aber er fand, er schlug sich durchaus beachtlich. Das erste Mal vor der Kamera, ein fremdes Team um ihn herum. Dazu eine erfahrene, professionelle Dialogpartnerin. Wenn ihm Fiona den Text soufflierte, war er doch durchaus in der Lage, den zumindest sinngemäß wiederzugeben. Eine beachtliche Leistung, wenn nicht gar bewundernswert, war für ihn doch in diesem Moment so vieles neu. Vor allem der Text.
Das hatte eine etwas unglückliche Vorgeschichte. Als ihn Freese an jenem Tag darauf hingewiesen hatte, er hätte 187 neue Nachrichten erhalten, war er fassungslos gewesen. Da erdreisteten sich völlig Unbekannte, ihm unaufgefordert alles Mögliche zuzusenden. Eine erste Gesamtschau offenbarte Potenzmittel, freizügige Mädchen, die nur darauf warteten, von ihm begafft zu werden, sowie zwei verzweifelte, todkranke Milliardäre, die nicht wussten, wohin mit ihrem Geld. Daraufhin hatte er kurzerhand alle Nachrichten gelöscht – *Fortt mit demm gonze Kees*! Dass sich darunter fatalerweise auch das Krimi-Drehbuch befunden haben musste, das hatte er am ersten Filmtag zu seinem Entsetzen begriffen. Er hatte sich zwar gewundert, wie unvorbereitet man mit ihm arbeiten wollte, aber was wusste er schon vom Fernsehen? Vielleicht war das so üblich, um möglichst unbelastet agieren zu können. Wen sollte er in dieser Situation, angesichts der gestrigen Anwürfe, nach dem Drehbuch fragen? Wem konnte er sich anvertrauen? Niemandem. Diese Blöße würde er sich nicht geben. Jetzt hieß es eben: *Aare*[36] *zu un duasch!*

[36] Augen

Sandy Bergmann wusste, dass sie an diesem Tag nicht gebraucht wurde, aber etwas hatte sie zum Drehort getrieben. Zu sehr geriet sie fern der Arbeit in den Strudel düsterer Gedanken. Von ihrer Agentin wusste sie, dass es derzeit keine Rollenanfragen gab. Dabei hatte sie gerade erst eine neue Set-Karte anfertigen lassen. Offenbar ohne jede Resonanz. Die Werbespots für die Partnervermittlung waren abgedreht, und ihre Befürchtung, damit für andere Projekte aus dem Spiel zu sein, schien sich gerade zu bewahrheiten.
Sie hatte sich eingeredet, es gäbe vielleicht doch noch etwas mit dem Regisseur zu besprechen, vielleicht würde er die Gelegenheit nutzen, mit ihr ein paar zusätzliche Nahaufnahmen zu machen, aber die beiläufige Begrüßung sprach nicht gerade dafür: *Na, feuchte Wohnung?*

Der Tag war wohl auch nicht glücklich gewählt, die Lutherische Brücke war bevölkert mit gut 200 asiatischen Statisten, die dort gar nicht alle Platz fanden und die nach ihrer Ankunft alles und jeden, vor allem sich gegenseitig fotografierten. Die Aufgabe der touristischen Massen bestand darin, auf ein weißes Bündel direkt unter der Brücke zu deuten. Entsetzt, angsterfüllt, kreischend. Insbesondere letzteres gelang vorzüglich.
„Schnitt! Danke. Und Abmarsch!“

Sandy Bergmann beschloss, den beruflich eher frustrierenden Tag für einen Waldspaziergang zu nutzen, was sich mit ihrem Schuhwerk als mühsam erwies. Bereits an der nächsten Anhöhe steuerte sie gedankenversunken auf einen Hochsitz zu, den sie unweit des Weges aus den Augenwinkeln entdeckt hatte, entledigte sich ihrer Schuhe mit einer schleudernden Bewegung und schickte sich an, die sieben groben Stufen zu erklimmen. Sie war nicht willkommen.
„Bsetzt!“
Die Stimme kam ihr bekannt vor, das Gesicht war verdeckt, der

Mann hielt ein Fernglas vor den Augen.
„Sie? Was machen Sie denn hier?“
„Isch? Nix.“
Kommissar Günda fühlte sich ertappt und ärgerte sich über seine Formulierung, die genau das bestätigte.
„Sind Sie etwa der Jäger aus Kurpfalz?“
„Hä? Wisso?“
„Na, das Fernglas, der Tarnumhang.“
„Hmpf.“
„Was gibts denn hier im Wald? Wildschweine?“
„Nää.
„Rotwild? Wölfe?“
„Maiglegglin.“
„Sie schießen auf Maiglöckchen? Na, dann will ich Sie nicht weiter stören.“
„Äh, Sie, Frauä Mändy …“
„Sandy, Sandy Bergmann.“
„Auf! Was solls. Kumme Sie hald nuff!“
Nicht nachdenkend, was ihn dazu veranlasste, winkte Kommissar Günda seine Krimi-Assistentin zu sich nach oben.
Sandy Bergmann zögerte, sie blieb auf der vorletzten Stufe stehen.
„Ich will Sie nicht stören.“
„Ealisch gsacht, vun Ihne deed isch misch gonz gärnn steere losse. Un die Maiglegglin, die hawwe sisch eh grad vasteckIt.“
„Na, wenn das so ist.“
„Alla, hogg disch, äh, isch mähn, deede Sie sisch grad mol hiehogge? Ruisch newa misch.“
„Ja, wo auch sonst.“
Sie nahm neben dem Kommissar Platz, wofür der in Anbetracht der Enge etwas umständlich hin- und herrücken musste.
„Und jetzt?“
„Knutsche ma bissl rum. Wie fria.“
Sie lachte lauthals.

„Nänää, kää Ängscht. Klähna Witz."
„Sagen Sie bloß, Sie haben sich früher mit Ihrer ersten Liebe auf dem Hochsitz getroffen?"
„Hajo."
„Mit einer Wolldecke, die Sie heimlich dorthin geschmuggelt haben?"
„Gönau."
„Eine Thermosflasche dabei mit Tee?"
„Un mit Rum."
„Und dann hat man sich aneinandergekuschelt, ganz schüchtern, weil ja alles noch neu und unbekannt war."
„Zum Glick hot ma nix gsehe, weils drauß schun dungl waa."
„Sie werden es nicht glauben, so war das bei mir auch."
„Hea uff!"
„Das habe ich auch gemacht, damals, mit meinem ersten Freund."
„Äh, awwa isch waa des net dorttmols. Jednfalls zimmlisch sischa."
Das Eis war gebrochen.
„Jetzt mal im Ernst, was machen Sie hier? Haben Sie das Waldstück gepachtet? Sind Sie also doch Jäger?"
„Nää."
Kommissar Günda druckste.
„Sie jagen nicht, aber Sie haben ein Fernglas?"
„Hea mol, bin isch de Kommissaa odda du. Äh Sie. Apropoo. Schlickl Rotwoi?"
„Gerne."
„Allo! Isch bins, de Günda."
„Sandy, also eigentlich Astrid. Aber so hieß in meiner Generation niemand mehr. Und als ich zum Fernsehen kam, hat man mir geraten, ich bräuchte einen Künstlernamen. Also hat mir mein erster Agent den verpasst: *Sandy*."
„Vasteh isch net. Mia gfellt des viel bessa: *Aschdritt*."
„Da sind Sie der einzige. Also gut, dann bin ich die Astrid. Das

muss aber unter uns bleiben."
„Hea mol, Aschdritt, was misch bissl wunnat, du vastehsch misch. Schun geschdan. Alle annare hawwe sisch uffgregt: *Hä, wie schwätztn dea so koomisch*? Awwa du net. Wie kummtn des?"
„Stimmt. Ich verstehe dich sogar sehr gut. Also das meiste. Ich wollte ja eigentlich Tierärztin werden. Bin nach Gießen an die Uni. Dort habe ich Michael kennengelernt. Der war aus St. Ilgen."
„De Mischl vun Dilje?"
„Kennst du den etwa?"
„Nää. Awwa donn isses klaa. Die vun Dilje, die kenne jo gaa net annaschda babble. So wie isch aa."
„Genau. Der hat auch mit mir immer tiefsten Dialekt gesprochen. So habe ich gelernt, eure Sprache zu verstehen. Darf ich dich auch was fragen?"
„Bidde."
„Als ich herkam, hast du die Dreharbeiten beobachtet. Warum?"
„A, isch muss doch wisse, was bassiat."
„Wie? Das weißt du nicht?"
„Äh … " Kommissar Günda zögerte. „Schun. Sebvaständlisch weeß isch des."
„Günda, kann es sein, du hast ein Geheimnis?"
„Vleischt."
Kommissar Günda spürte den Rotwein und das damit einhergehende Ende seiner Verschwiegenheit.
„Ich glaube, ich kenne dein Geheimnis: Du hast das Drehbuch gar nicht gelesen."
„Des wäa … mööglisch."
„Weil du …"
„Pscht!"
Sie flüsterte: „Weil du gar nicht lesen kannst."
„Äh … Gönau!"

Es war einer dieser Momente, da man sich blitzschnell entscheiden muss. Kein Nachdenken, kein Abwägen, die pure Intuition. Und auf seine konnte sich Kommissar Günda eigentlich immer verlassen.
Hier hatte sie ihn davon abgehalten, Astrid Bergmanns Mutmaßung zu widersprechen. Denn nach seiner Einschätzung hatte auch die ein Geheimnis: Sie konnte keines für sich behalten.

Noch am Nachmittag hätte dann tatsächlich der Grundstein für eine denkbar umfassende Verbreitung dieser Enthüllung gelegt werden können durch Astrid Bergmanns spontanen Besuch bei der Maskenbildnerin ihres Vertrauens. Doch sie hatte – nun wieder ganz Sandy – beschlossen, ihre Geheimnisträgerschaft gewinnbringender einzusetzen. Sie ließ lediglich nebenbei verlauten, sie habe den Tag mit dem Hauptdarsteller verbracht und erfreue sich nunmehr ganz dessen Vertrauens. Noch am Abend erhielt sie erwartungsgemäß einen Anruf aus Köln. Nach einem kurzen, taktischen Sträuben weihte sie schließlich Harald Heist ein.

Die Sonne stand tief über dem Hardtbach, und wieder galt es, die Schlussszene aufzunehmen.
Mehrfach hatte Didier Hofmann die Aufnahmen abgebrochen, eine klarere Aussprache, andere Betonungen angemahnt, stets mit einem vielsagenden Blick in Richtung seines Geldgebers, der überraschend aufgetaucht war. Nach dem zehnten Anlauf meldete sich Harald Heist zu Wort: „Darf ich kurz? Danke. Was würden Sie denn in dieser Situation sagen, Herr Kommissar? Also, wenn es nach Ihnen ginge. Stellen Sie sich vor, der Fall ist gelöst, Sie sind noch einmal zum Tatort zurückgekehrt, Ihre Assistentin gesellt sich zu Ihnen. Sie sind zufrieden mit sich und der Welt, vor allem aber mit ihr."
Kommissar Günda schaute fragend zum Regisseur, aber Harald Heist ermunterte ihn: „Nur zu, die Kameras laufen nicht, tun Sie sich keinen Zwang an, frei heraus. Wie würden Sie in diesem Moment reagieren? Was wäre für Sie das ultimative Lob?"
„Kamma losse[37]!"

Didier Hofmann fühlte sich bestätigt, war froh um den prominenten Zeugen und nahm Harald Heist ungehalten beiseite: „Siehst du, genau das meine ich, das versteht kein Mensch. Die ganze Idee des Drehbuchs, die gesamte Stimmung ist auf den Kopf gestellt, das hat überhaupt keine Doppelbödigkeit mehr, die ganze Atmo ist dahin."
„Ich verstehe."
„Das ist absolut unprofessionell."
„Ich gebe dir Recht."
„Noch dazu ist es völlig unverständlich."
„Ich weiß."
„Mit diesem Laiendarsteller gehen wir ein unkalkulierbares Risiko ein."

---

[37] Kann man lassen

„Und dabei bist du, Didier, einer der ganz Großen in der Branche.“
„Es wird in einer Katastrophe enden.“
„Das kannst du dir nicht erlauben, du hast einen Ruf zu verlieren.“
„Du sagst es, Harald. Deshalb gibt es nur eine Möglichkeit.“
„Stimmt! Didier, du hast mir die Augen geöffnet. Ich nehme deinen Rücktritt als Regisseur an.“

Harald Heist verspürte etwas, was er längst verloren geglaubt hatte: die Euphorie der Inspiration. Erinnerungen kamen hoch an seine Anfänge in der freien Theaterszene Kölns, an erste wilde Experimente mit der Kamera, damals noch ein klobiges VHS-Modell. Ohne jedes Konzept, geschweige denn Drehbuch, dafür mit immenser Lust am Improvisieren. Im Vordergrund hatte immer der Moment gestanden, das Werk von selbst gebärend. Wie herausfordernd war diese Arbeit gewesen, die er niemals als solche empfunden hatte, wie befriedigend, wenn man etwas gleichsam aus dem Nichts geschaffen hatte. Nicht immer nachvollziehbar, nicht selten unerklärlich, selbst für die Macher. Und gerade das hatte dafür gesorgt, dass er sich als Künstler fühlte, frei und doch getrieben von dem nie versiegenden Quell der Kreativität.

Bald waren seine Werke, die er bevorzugt mit seinen beiden WG-Mitbewohnern gedreht hatte, auf Undergroundfestivals gelaufen. Der Grünstich der Bilder, eher zufällig entstanden durch die technische Unzulänglichkeit der Kamera, war Markenzeichen. Vor allem die parodistischen Zitate großer Filmdramen mit kleinsten Mitteln hatten rasch Kultstatus erlangt: *Ben Hur*, *Manche mögens heiß*, *12 Uhr mittags*, gefilmt in der immergleichen Kulisse eines verlassenen Autofriedhofs in Köln-Deutz. Zwar hatte er selbst auch das eine oder andere Mal vor der Kamera agiert – seine Spezialität waren ergrünte Blondinen wie Marilyn Monroe und Doris Day –, aber seine eigentliche Berufung war das Filmen, das Inszenieren.

Als auch der Westdeutsche Rundfunk auf sie aufmerksam geworden war, sie ins Studio eingeladen und sogar einen Ausschnitt in der *Aktuellen Stunde* gezeigt hatte, beschloss man, eine Produktionsfirma zu gründen. Geld wurde zusammengekratzt, von Familie und Freunden geliehen, die Eltern des einen Kompagnons waren wohlhabende Architekten, und so

war es sogar gelungen, einen Bankkredit zu ergattern und passable Räumlichkeiten in Köln-Worringen zu mieten.
Von da an ging es finanziell bergauf. Und künstlerisch rapide bergab.

Begonnen hatte dieser Niedergang mit dem Gefälligkeitsdreh beim 50. Geburtstag eines Fans und Förderers, dessen diesbezüglicher Wunsch nicht unerheblich begünstigt wurde durch seine redaktionelle Tätigkeit für den WDR. Ein kleiner, gedrungener, ständig um Aufmerksamkeit buhlender Mann, der regelmäßig bei ihren Präsentationen aufgetaucht war und sich peu à peu in den engeren Zirkel hineinmanövriert hatte. Bereits bei ihrer ersten Begegnung hatte er seine Visitenkarte überreicht und versprochen, seine Kontakte beim Fernsehen spielen zu lassen. Tatsächlich war das Interview in der *Aktuellen Stunde* wohl auf seinen Einfluss zurückzuführen, doch dann stagnierte seine Protektion. Aber, so seine gebetsmühlenhafte Versicherung, er sei dran an *Bio's Bahnhof*. Nun gut, was konnte es schaden, die Gewogenheit noch ein wenig zu befeuern, zumal es hieß, auch Rudi Carrell und Alfred Biolek hätten die Einladung zu diesem Geburtstag angenommen ebenso wie die Chefs von großer Unterhaltung und kleinem Fernsehspiel. Das Filmen der feistbleckenden, selbstgefälligen Partygänger war quälend, schon beim Schneiden des drögen Materials hatte man galgenhumorig gescherzt, man werde nun wohl enden als Hochzeitsfilmer. Aber dann brach sich wieder die Kreativität Bahn mit rasanter Montage der gierig triefenden Münder, die Köstlichkeiten verschlingend, bis zur Unkenntlichkeit verfremdet mit brutalen Schnitten und bizarren Effekten. Besonders der ausgewählte Soundtrack, mit dem die Partybilder unterlegt worden waren, hatte die Stimmung im Schnittstudio gehoben: *This ist the End*, The Doors. Eine bitter-süße Wahrheit, leider auch im Hinblick auf die Filmemacher.
In der Folge hatte es überraschenderweise immer häufiger

Anfragen gegeben, für Firmenfeiern, runde Geburtstage und schließlich auch für eine erste Hochzeit, die der Tochter eines RTL-Produzenten. Harald Heist war sich sicher, das war die Rache des kleinen, dicken Mannes. Aber sie waren damals nicht willens und in der Lage gewesen, dem zu widerstehen. Zu verlockend war die Aussicht, sich auf diesem Wege die nötigen Geldmittel für eine bessere Ausstattung zu verschaffen, um sich der Kunst auf höherem technischen Niveau zu widmen.

Es hatte nicht lange gedauert, und ihr Trio war zerbrochen. Die Vorstellungen, wofür die Mittel Verwendung finden sollten, gingen auseinander, die Höhe der Privatentnahmen war umstritten, die unterschiedlichen persönlichen Entwicklungen taten ein Übriges. Als sich herausgestellt hatte, dass einer seiner Kompagnons das gemeinsame Equipment für seine eigene Hochzeit genutzt und der andere Kollege sogar gefilmt hatte, war das Ende besiegelt. In künstlerischer Hinsicht. In finanzieller jedoch litten alle drei noch Jahre unter den schließlich vor Gericht landenden Streitigkeiten. Als die endlich entschieden waren, war das Equipment längst technisch überholt und eine erhebliche Schuldenlast aufgelaufen.

Harald Heist war nicht umhin gekommen, sich neu zu orientieren. Entnervt, frustriert und auch ein wenig verzweifelt war ihm das wie zufällig auftauchende RTL-Angebot da gerade recht gekommen, als Regisseur für eine Gameshow zu arbeiten. Täglich fünf Folgen, sechs Wochen am Stück, sonntags frei. Routineabläufe, gestanzte Bildschnitte, Fernsehen am Fließband. Aber zum ersten Mal im Leben ein regelmäßiges Einkommen, noch dazu kein unbeträchtliches. Es gab, so hatte er sich getröstet, Schlimmeres.
Die Sendung hatte sich laut Marktforschung und Werbetreibenden großer Beliebtheit beim Publikum erfreut. Die Macher hatten ihr uneingestanden niederträchtiges Werk intern

als raffiniert getarnte Publikumsbeschimpfung gerechtfertigt und sich einem ausgewogenen Mix von Alkohol, Aufputschmitteln und Zynismus ergeben. Wie nicht anders zu erwarten, gab es Folgeaufträge, Anfragen anderer Sender, die Privaten waren auf dem Vormarsch, das Geld saß locker, und schließlich fügten sich auch die Öffentlich-Rechtlichen diesem Trend und schütteten die Fernsehwelt mit verblüffend Ähnlichem zu, interner Deckname der Operation: *Dumm für Dümmer*.

Harald Heist hatte keine Chance, sich gegen den wachsenden Wohlstand zu wehren und beschloss, wenigstens vor den unmittelbaren Niederungen zu flüchten. Weg vom Elend vor Ort, hin zum dirigierenden Produzenten, dem verschiedene Regisseure zuzuarbeiten hatten.
Es zeigte sich, auch darin besaß er Talent. Mittlerweile hatte er nicht nur große Schunkelshows für sämtliche TV-Sender, sondern auch an die 50 Fernsehfilme produziert; Grimme-Preis, Goldene Kamera, Bayerischer Filmpreis waren gleich mehrfach eingeheimst, gehörten fast schon zum Alltag. An Ruhm und Reichtum fehlte es ihm nicht. Jedoch an Anerkennung seines schärfsten Kritikers. Das war und blieb er selbst.

Wenn er des Abends auf der Veranda seiner Mallorca-Finca saß, das Meer in Riechweite, den Rotwein zur Linken, dann keimte regelmäßig der Selbstzweifel, das Hadern auf. All das war für ihn wie *die Sch… am Schuh*. In diesen Momenten wandte er sich für gewöhnlich einem dieser Nachwuchstalente zu seiner Rechten zu, allesamt junge, langbeinige Frauen, hoffnungsfroh und in der Lage, ihn von seiner Bedeutung für die Fernsehwelt wenigstens kurzfristig zu überzeugen.

Doch nun bot sich ihm unverhofft die Chance, zu seinen Wurzeln zurückzukehren, zu beweisen, was wirklich in ihm steckte. Arbeiten wie früher, ohne das Korsett eines starren

Drehbuchs, sich treiben lassen von der Kreativität. Mit diesem Hauptdarsteller würde das möglich sein. Dass der ein Analphabet war, was für ein unverhoffter Glücksfall! Er konnte sich nicht erinnern, wann er ein solches Aufbruchsgefühl zuletzt verspürt hatte. Nun würde er doch noch die Chance haben sich zu verwirklichen. Keine bloße Ersatzbefriedigung. Kein zweifelhaftes Suhlen in Auszeichnungen für stupides Funktionierertum, dem Mainstream verpflichtet, ausgelobt von Leuten, die er selbst geringschätzte. Nun vielleicht endlich die Anerkennung als Filmemacher. Vielleicht sogar international.

Welch ein Geschenk! Was für Fāssbinder Hannah Schygulla, was für Herzog Klaus Kinski, das würde für Harald Heist sein neuer Hauptdarsteller mit dem seltsamen Namen sein.

Das besagte Naturtalent war derweil alles andere als mit sich im Reinen.
„Isch kanns net hawwe!"
Kommissar Günda war genervt. Dass sein Verhalten, seine Äußerungen kommentiert wurden, das war er gewohnt. Als leitender Beamter hatte er oft genug im Kreuzfeuer gestanden. Zu viele, gerade die vom Geschehen am weitesten Entfernten, fühlten sich aufgerufen, die Polizeiarbeit unbehelligt von jeder Kenntnis und Erfahrung zu kommentieren.
Dass jedoch jemand sich erdreistete, ihm nicht nur vorzuschreiben, was er zu sagen hatte, sondern auch noch *wie*, das rüttelte gewaltig an seinem Selbstverständnis.
Die Reaktionen des Teams waren ihm zunächst entgangen, zu sehr war er mit sich und seiner neuen Rolle befasst. Der Regisseur war anfangs auch kaum persönlich in Erscheinung getreten, sondern hatte sich über Lautsprecher vernehmen lassen oder seine Assistentin instruiert.
Als Didier Hofmann seinen Regieplatz vor dem Bildschirm verlassen hatte, um Kommissar Gündas schauspielerische Versuche ein ums andere Mal Auge in Auge zu tadeln, hatte er damit beileibe nicht dessen Ehrgeiz angestachelt. Längst hatte der die Lust verloren, immer wieder die gleichen Sätze von sich zu geben. Mit jeder neuen Klappe war sein Engagement weiter abgeflaut. Dafür hatte er um sich herum süffisantes Grinsen entdeckt, kaum verhohlene Belustigung. Sein Ausflug in die Schauspielerei stand ersichtlich vor dem Ende. Es war nur noch eine Frage der Zeit.

Entsprechend wenig überrascht war Kommissar Günda, als Produzent und Regisseur einträchtig die Lutherische Brücke verließen. Didier Hofmann redete auf Harald Heist ein, der legte ihm beschwichtigend die Hand auf die Schulter, beide nickten einander verschwörerisch zu und schüttelten die Köpfe in seine Richtung. Schließlich blieb der Regisseur zurück, während sich

der Produzent, der sich gewiss gleich als eiskalt erweisen würde, auf den Weg machte, vor versammelter Mannschaft den Exitus des Experiments, das vorzeitige Ende des neuen TV-Kommissars zu verkünden.
Dem würde er zuvorkommen. Als Harald Heist in Hörweite schien, hob er beide Hände.
„Stopp! Kää Wortt. Isch will nix heere. Dass ähns mol klaa is, Fänseh, des issen Kees. Des hawwisch imma gewisst. Awwa dass des so dabbisch is, des heedisch net gedenkt. Am Schluss oofange? Färzz! Un iwwahaupt, des gonze bleede Gebabbl. Kää Wunna, dass des nix gibt. Isch gebbs zu, isch gugg als mol gärnn Fänseh. Grad Krimi. Awwa bei denne Krimi, voa allem bei denne deitsche, do hogg isch als un denk *Hä?* Un am Schluss *Häää???* Isch vasteh die Gschischtlin net. Jedes Mol. Un jetzat weeß isch aa warum: weils nix zum vastehe gibt. So dabbisch, so bleed. Wemm des eigfalle is, wea des gschriwwe hot, demm hawwe sie ins Härnn gschisse. Awwa voll!“

Aus den Augenwinkeln hatte er beobachtet, wie Harald Heist Sandy Bergmann zu sich gewunken hatte, sie diente ihm offenbar wieder als Simultandolmetscherin. Umso besser. Dann hatte er nun endgültig keinerlei sprachliche Rücksicht mehr zu nehmen.
„Wissda was? Macht eian Kees doch allää! Oohne misch!“

Die plötzliche Stille auf der Lutherischen Brücke schien Minuten anzudauern. Schließlich trat Harald Heist nach vorne und wandte sich an seinen aufgebrachten Vorredner: „Ich habe verstanden. Ein Kommissar Günda lässt sich nicht verbiegen. Richtig?“
„Stimmt.“
„Und genau diesen Kommissar Günda, den Unbeugsamen, den will ich für meine Produktion haben!“
Die Überraschung stand allen ins Gesicht geschrieben.

Kommissar Günda, der sich gerade erhobenen Hauptes auf den Weg nach Hause machen wollte, sah Harald Heist entgeistert an.
„Wie siehts aus? Bin ich der einzige? Seid ihr dabei?"
Die Reaktion der Umstehenden ließ auf sich warten. Noch schien niemand verstanden zu haben, was das bedeuten sollte. Einige Blicke wandten sich in Richtung von Didier Hofmann, der selbst aus der Ferne seltsam teilnahmslos wirkte.
„Ab sofort", präzisierte Harald Heist, „werde ich persönlich die Leitung der Dreharbeiten übernehmen. Die starre Trennung von Produktion und Regie entfällt. Kleines Team, kurze Wege. Flexibilität hat oberste Priorität. Wem das zu heikel ist, der hat jetzt die Chance, aber auch die Pflicht auszusteigen. Also, wer von euch ist mutig und flexibel genug? Wer macht mit beim ersten großen Fall für Kommissar Donner? Wer ist Künstler genug?"
Zögerlich hoben sich Hände, bald machten erste Kommentare die Runde: „Wurde aber auch Zeit!" – „Das war derart unprofessionell!"
„Na, was meinen Sie, Herr Kommissar, sind Sie dabei?"
Dieselben, die ihn eben noch offenkundig am liebsten im Trüben des Hardtbachs versenkt hätten, legten nun eine demonstrative Begeisterung an den Tag, die jedoch nur den verwundern konnte, der noch nie mit hierarchischen Strukturen zu tun gehabt hatte. Kommissar Günda war dafür viel zu lange Mitarbeiter einer Behörde, hatte Chefs kommen und gehen sehen. Er kannte das Kippen von Stimmungen nur zu gut, wenn sich wieder mal der Wind drehte. Das war normal. Nicht nur deshalb blieb er skeptisch.
„Mooment", gab er zu bedenken. „Unna ähna Bedingung."
„Bitte!"
„Kähna sacht mia, was isch zum babble hab."
„Einverstanden."
„Kähna sacht mia, wie isch zum babble hab."
„So ist es."

„Un zu meinare Sändy derfisch ian rischdische Noome saache.“
„Einverstanden.“
„Aschdritt.“
„Wie?“
„Aschdritt!“
„Unbedingt. Man merkt bei der Art, wie du sprichst, einfach den französischen Einfluss. Ich finde, das klingt sehr charmant. Ich wiederhole es nicht, denn ich könnte es nie so schön sagen wie du, Günda. Keiner könnte das so schön wie du.“
„Jetz langts aa widda, bissl schleimisch, bissl aiig“, murmelte der unhörbar, doch Harald Heist schien überzeugt und legte nach: „Wisst ihr was? Das wird der Titel unseres Films!“

Fritjof Freese hatte weiterhin wenig, genauer: nichts zu tun und konnte sich liegengebliebenen Berichten zuwenden. Hätte es da nicht einen seltsamen Anruf gegeben.
„Fritjof Freese, Sokodo, was kann ich für Sie tun?"
„Hallo?"
„Ja, hallo! Wer spricht dort?"
„Isch."
„Verzeihung, wer ist ich?"
„Des spielt jo jetz kää Roll. Isch halt."
„Sie möchten also anonym bleiben."
„Hä?"
„Sie möchten Ihren Namen nicht nennen."
„Gönau."
„Warum?"
„Hea mol, is des do ää Kwiss? Ganz äfach: weil weil."
„Schön. Also, was kann ich für Sie tun?"
„Kää Ahnung. Was wären im Oogebot?"
„Hören Sie, Sie haben mich angerufen."
„Wenn hab isch oogrufe?"
„Mich, Fritjof Freese als Vertreter der Sokodo."
„Indressant. Un wenn due Sie do vadreede?"
„Meinen Chef."
„Dann waadisch liewa uff denn."
„Kommissar Günda ist nicht im Haus."
„Isch hab Zeit."
„Ich nicht. Ich habe zu tun."
„Waas?"
„Das, mit Verlaub, geht Sie nichts an. Dienstgeheimnis."
„Un wann kummdan, Ian Scheff?"
„Das kann dauern."
„Ou. Gradn Moment."
Der Hörer wurde beiseite gelegt.
„Hallo? Sind Sie noch dran?"
Aus der Ferne waren Stimmen zu hören.

„Hallo?“
„Ja, hallo?“
„Ää, isch bins nochmol.“
„Schön, ich auch.“
„Wea?“
„Immer noch Freese, Fritjof Freese, Sokodo. Entweder Sie schildern mir jetzt Ihr Anliegen, oder wir müssen das Gespräch an dieser Stelle beenden.“
„Mescht mia nix, isch deed jo eh liewa mit Iam Scheff spreschle.“
„Der ist nicht hier.“
„Imma noch net?“
„Nein.“
„Schaad. Ää, was annares, Ian Scheff, wie finne Sie denn eigendlisch? Isch mähn, so passööhnlisch.“
Freese beschlich ein Verdacht.
„Tschief, sind Sie das etwa?“
„Wea? Isch?“
„Tatsächlich. Da haben Sie mich ja ganz schön drangekriegt. Ich habe Sie nicht erkannt. Ihre Stimme klingt so anders.“
„Tscha, Freese, so simmia, mia Schauspiela. Eewe noch de Fauscht un am näckschde Daag schun de King Kong. Unn, wie leefts in de Sokoodooo?“
„Alles im Griff. Nur manchmal seltsame Anrufe. Und bei Ihnen?“
„Isch? Isch häng voll drin in derre Sach. Glei hawwisch noch ä Gspräääsch.“
„Aha. Und weshalb?“
„Weje weshalb weil de Reschissea[38], denn hots varisse.“
„Oh, es ist ihm etwas passiert? Hoffentlich nichts Schlimmes.“
„Nänää, dea is bloß gfeiat.“
„Gefeuert? Doch nicht wegen Ihnen, Tschief?“

---

[38] Regisseur

„Awa. Weje künschtlarische Diffarenze mim Co-Audoa."
„Es gibt einen Co-Autor, aha. Und mit dem kam der Regisseur nicht klar. Sie aber schon."
„Hajo, kää Problähm, dea Tibb is subba. Soen gonz Nommaale halt."
„Verstehe, ein Typ wie du und ich."
„Mähnda[39] ähna wie isch."
„Ach, sagen Sie bloß, Sie sind jetzt auch noch der Co-Autor, Tschief. Wie kommt das denn? Das müssen Sie mir unbedingt erzählen."
„Machisch, awwa annamol. Weje weil glei hawwisch ä Gspräääsch mim Scheff vun derre gonze Sach."
„Ah, verstehe, mit dem Produzenten."
„Ä-ä, Freese. Mia vum Fänseh, mia saache Brottjuussa[40]."

---

[39] Mehr
[40] Producer

„Halt! Eines vorab!“ Harald Heist legte Gabel und Löffel wieder sorgsam neben den Teller mit den Linguini à la Chef und hob das für Kommissar Gündas Geschmack etwas spärlich gefüllte Rotweinglas: „Bei uns sagt man *du*. Also: Ich bin der Harald. Und wie lautet Ihr Vorname, Herr Günda?“
„De. De Günda. Kläähna Witz.“
„Haha, nein, jetzt im Ernst.“
„A, ealisch. Isch bins, de Günda.“
„Interessant. Vorname gleich Nachname. So ähnlich wie in Skandinavien. Knut Knutsen. Wahrscheinlich hießen alle deine Vorfahren Günda, oder?“
„Außa die Ooma.“
„Hahahaha. Herrlich. Prost, Günda. Auf unseren Krimi. Ich sage dir, wir werden Fernsehgeschichte schreiben.“

Das italienische Restaurant in den Mannheimer Quadraten war Kommissar Günda nie aufgefallen. Und es war ihm auch eine Spur zu nobel. Er vermisste Musik. Andere Musik. Mandolinen, italienische Schlager, die der Kellner lauthals mitschmettert, wenn er seinem Bruder am Tresen die Bestellung überbringt. Hier saß stattdessen ein missmutiger junger Mann im Halbdunkel mit Sonnenbrille vor einem elektronischen Piano, dessen kleine, schwarz-glänzende Ausbuchtung an einen Flügel erinnern sollte. Bereits zum dritten Mal spielte er nun von allen unbemerkt *As time goes by*, offenbar sein derzeit frommster Wunsch.

„Wir werden folgendermaßen verfahren. Ich möchte, dass du völlig frei agierst. Du gestaltest deine Rolle als Kommissar ganz nach deinen Wünschen und Vorstellungen. Ich möchte, dass du deine ganze Persönlichkeit einbringst, aber auch deine immense Erfahrung aus deinem Berufsleben. Etwas Besseres kann uns ja gar nicht passieren, als jemanden am Set zu haben, der schon Dutzende, ach was, wahrscheinlich Hunderte von Kriminalfällen

gelöst hat."
Kommissar Günda blieb bescheiden: „Fimfeneinzisch, bessa gsacht."
Er sah den fragenden Blick seines Gegenübers und schrieb die Zahl auf eine Serviette.
„Na schön, also knapp hundert Mordfälle aufgeklärt. Respekt. Du kennst die Tatverläufe, die typischen Täterprofile sind dir vertraut, und vor allem, du bist den Umgang mit den Menschen, mit Zeugen, mit Verdächtigen gewohnt. Das ist einfach unbezahlbar. Das alles sollst und kannst du einbringen in deine Rolle als Kommissar Donner."
„Dunna!"
„Duhner?"
„Dunna!", korrigierte Kommissar Günda. „Bei uns sacht ma Dunna zum Dunna."
„Ich muss mich noch ein bisschen einhören, aber so langsam verstehe ich mehr. Und zum Glück haben wir ja Sandy." Kommissar Günda hob mahnend die Brauen: „Ä-ä. Aschdritt."
„Genau, Astrid, die kann mir zur Not alles übersetzen, was ich nicht verstehe. Übrigens", er legte ihm die rechte Hand auf den Arm und senkte die Stimme, „bei der Gelegenheit, sie hat mich ins Vertrauen gezogen. Sie hat mir von eurem Gespräch berichtet."
„Ou." Kommissar Günda wurde etwas unbehaglich.
„Ich weiß also um dein Handicap. Und es ist bei mir bestens aufgehoben. Außerdem", seine Stimme wurde wieder euphorisch, „bietet das einen enormen Vorteil für unsere Produktion. Du kennst nicht das Buch, du kennst nicht die Geschichte, du kannst also völlig unbeschwert, unbelastet ermitteln, so wie im richtigen Polizeileben."
„Awwa sgibt doch ä Buch", wand Kommissar Günda ein, immer noch ein wenig misstrauisch durch die bisherigen Dreharbeiten.
„Zum Teufel mit dem Buch, Günda! Wir entwickeln die

Handlung zusammen."
„Hm."
„Du arbeitest so, als wäre es ein ganz normaler Fall. Nur, dass die Kameras mitlaufen. Ein Reality-Krimi. Das wird eine Sensation."
„Hm."
„Es gibt nur die Basis, die Kern-Story: Die Leiche einer jungen Frau wird gefunden. Unter dieser weltberühmten Lutherischen Brücke im Wald. Das haben wir schon im Kasten. Deine Aufgabe ist es, den Mörder zu finden und zu überführen. Alles, was du jeweils wissen musst, sage ich dir. So einfach. Was hältst du davon, Günda?"
„Kemma mache."
„Bitte?"
„Alla guud."
„?"
„Gebongt. Awwa ähns noch."
„Ja?"
„Sei so guud, du ma die Lieb: net Dunna. Dunna, des klingt so künschtlisch. Günda wäa bessa, eschda[41]."
„Verstehe. Kein Problem. Also auch für uns Kommissar Günda, schön, das bist du ja schließlich gewöhnt."
„Fascht, Harald. Mia schaffe als mit Zusatzkonsonande. Des bin isch *gegwööhnt.*"

---

[41] echter

In der folgenden Nacht schlief Kommissar Günda nicht besonders gut. Den Nachtisch hätte er sich sparen sollen und vor allem den Espresso. Ihn plagten Zweifel. Würde er sich zum Gespött machen, seine Reputation als einer der erfolgreichsten Ermittler im Rhein-Neckar-Raum aufs Spiel setzen? Noch dazu unter seinem eigenen Namen. Auf seine Menschenkenntnis konnte er sich eigentlich verlassen, aber dem Medienbetrieb misstraute er zutiefst. Dass Harald Heist ihn ausnutzen, verraten, der Welt zum Fraß vorwerfen würde, das glaubte er nicht. Zu begeistert war der beim Italiener gewesen, zu beseelt von seiner Idee. Aber würde die Öffentlichkeit ähnlich reagieren? Genügte nicht einer, der sich über ihn lustig machte und den ganzen sensationsgierigen Schwarm nach sich zöge? Endlich ein neuer Trottel der Nation! Gut für vier Wochen allseitige Häme. Würde er das im Griff haben?

Auch wenn er ein erwachsener, erfahrener Mann, *en alde Sseckl* war, erlag er da nicht doch nur einer ziemlich plump daherkommenden, überwunden geglaubten Versuchung? Wollte er tatsächlich bloß *barihmt wärre*? Nein. Es gab etwas, das ihm an dem Ganzen gefiel. Nicht die Popularität, die er erlangen konnte – *oukey, bissl schun*. Nicht das Geld – *was latze*[42] *die eigendlisch fa so ebbes*[43]*?* Wie sah es mit Werbeverträgen aus? Hoffentlich gab es keine Sponsoren von der falschen Biersorte! Nein, es war die reine, angenehme Herausforderung, einen Fall zu lösen, der keiner war. Kein echter Toter, kein echter Schmerz der Angehörigen, kein menschlicher Abgrund beim Täter. Alles bloß ein Spiel.
Normalerweise musste er seine Abscheu vor Verbrechen, sein Mitgefühl mit dem Opfer und deren Angehörigen mehr oder weniger mühsam für seine Arbeit beiseiteschieben, verdrängen,

---

[42] bezahlen
[43] etwas

vergessen. Es half durchaus, sich zu konzentrieren auf diesen Reiz des Rätselns, die faszinierende Aufgabe für den Verstand. Das hatte ihn so manches Mal vor trübseligen Gedanken bewahrt. In diesem Fall würde es erst gar keine Gefühle geben, die man bekämpfen müsste. War das nicht im Grunde ideal? Hatte er jetzt also durch Zufall seine eigentliche Berufung gefunden? *De Erküll*[44] *vun doo. Günda Mäckrää*[45].

„Alla hopp!", dachte er, drehte sich um und flüsterte in sein Kopfkissen: „Was solls. Machemas halt. Uffgewwe[46] kamma als imma noch."

---

[44] Hercule (Poirot)

[45] Maigret

[46] Aufgeben

Das hatten diese erfahrenen Schauspieler auch noch nicht erlebt. Zum Neustart der Produktion hatten sie sich zu einer Ansprache in einem großzügigen, salonhaften Wohnzimmer einer Neuenheimer Villa in der Heidelberger Uferstraße einzufinden. Dort wandte sich Harald Heist an die doch deutlich kleiner gewordene Runde: „Schön, dass ihr dabei seid. Ich gratuliere euch, ich gratuliere uns! Damit wir starten können, wollen wir ein paar Grundregeln für die künftige Arbeitsweise festhalten. Diese Produktion läuft anders als alle, bei denen ihr jemals mitgewirkt habt. Wir drehen streng chronologisch. Wir wissen, wie es beginnt, mit einer Frauenleiche unter einer Brücke. Aber wir wissen nicht, was dahintersteckt, wir haben keine Ahnung, wie es ausgeht. Die Geschichte entsteht spontan. Beim Agieren vor der Kamera. Fragen?"

„Ja. Was wird aus meiner Rolle, aus dem Text, den ich gelernt habe?"

„Gut, dass du das ansprichst, Edgar. Die Rollen werden erst einmal erhalten bleiben. Vielleicht. Man wird sehen. Der Text allerdings, der ist aller Voraussicht nach hinfällig."

Gegrummel.

„Ich habe das bereits mit euren Agenten geklärt, ihr könnt gerne in euren Verträgen nachsehen. Ihr seid für die Mitwirkung engagiert, aber es besteht keinerlei Anspruch auf Einhaltung des im Drehbuch enthaltenen Textes. Da hat sich die Produktion wohlweislich Änderungen aus künstlerischen Gründen vorbehalten. Und genau diese Änderungen, die werden wir vornehmen. Nicht zu knapp. Mit euch gemeinsam."

Anschwellendes Gegrummel.

„Langsam, Leute, ich weiß doch, wie ihr arbeitet. Erzählt mir nicht, dass ihr schon euren gesamten Text gelernt habt. Ihr habt das Ganze vielleicht gerade mal überflogen. Ihr bereitet euch doch immer nur von Tag zu Tag vor. Ihr seid Profis. Die meisten von euch haben eine Schauspielschule besucht. Jetzt erinnert euch mal an diese Zeit, an eure Ausbildung. Da habt ihr

auch und gerade das Improvisieren gelernt, auf Zuruf. Und genau das haben wir vor. Deshalb: vergesst alles, was ihr über die Geschichte gelesen habt. Vergesst das Buch! Seid offen! Hört zu! Macht mit! Tragt bei zu unserer Geschichte! Macht diesen Krimi zu eurem Krimi! Und denkt daran: jeder von euch kann der Mörder sein. Außer …“
„Die doo!“
Kommissar Günda deutete auf seine Assistentin.
„Stimmt, unsere Astrid. Und natürlich außer unserem Helden: Kommissar Günda.“
Der winkte verlegen ab.
„Keine falsche Bescheidenheit, mein Lieber. Auf dir ruhen ab jetzt all unsere Hoffnungen und Erwartungen. Du bestimmst die Richtung, Käpt’n. Und jetzt klär uns auf, wie es weitergeht. Eine Leiche ist gefunden worden. Eine junge Frau. Was macht unser Kommissar als Erstes?“

Melanie Kaltschmitt stammte aus Dielheim. Ihre Eltern betrieben dort einen kleinen Elektroladen. Die Nachricht vom Tod ihrer Tochter überbrachte Astrid Engel. Kommissar Günda hielt sich dabei im Hintergrund. Er fühlte sich in solchen Situationen regelmäßig überfordert, fand seine Erscheinung, seine Stimme, seine ganze Art zu grobschlächtig, einfach unangemessen.
„Frau Kaltschmitt? Herr Kaltschmitt?"
Das Elternpaar stand hinter einer schweren alten Holztheke, sie an der Kasse, er machte sich an einem Regal zu schaffen.
„Ja. Was können wir für Sie tun?"
„Astrid Engel, Kriminalpolizei. Das ist mein Kollege Kommissar Günda. Es geht um Ihre Tochter."
„Was? Was ist mit Melanie? Ist etwas passiert?"
„Ihre Tochter wurde tot aufgefunden. Unser aufrichtiges Beileid."
Elisabeth Kaltschmitt stieß einen heiseren Schrei aus und hielt sich entsetzt die rechte Hand vor den Mund. Ihr Mann blieb gefasst: „Ein Unfall?"
„Nein, Herr Kaltschmitt. Allem Anschein nach ist Ihre Tochter einem Gewaltverbrechen zum Opfer gefallen."
„Wurde sie …?"
„Die Untersuchungen sind noch nicht abgeschlossen."
„Wo ist das passiert?"
„Sie wurde unter der Lutherischen Brücke im Wald zwischen Walldorf und Sandhausen gefunden. Wissen Sie, was sie dort gemacht hat?"
„An der Lutherischen Brücke? Keine Ahnung. Vielleicht ist sie spazieren gegangen."
„Nach den ersten Untersuchungen der Gerichtsmedizin ist sie in der Nacht zu Tode gekommen. Offenbar durch einen Schlag mit einem harten, scharfkantigen Gegenstand."
„Sie war nachts im Wald? Das sieht ihr gar nicht ähnlich."
„Ich weiß, es ist schwer, jetzt Fragen zu beantworten, aber ich

muss sie Ihnen stellen. Ist Ihnen in letzter Zeit etwas aufgefallen an Ihrer Tochter? Ich nehme an, Sie haben sie häufig gesehen."
„Wir haben ein sehr gutes Verhältnis zu unserer Tochter."
„Daran habe ich keinen Zweifel. Wann hatten Sie das letzte Mal Kontakt mit ihr?"
Eugen Kaltschmitt dachte nach.
„Vor drei Monaten", stieß seine Frau schluchzend hervor. „Wir haben telefoniert. Ich habe sie angerufen."
„Und Schnitt! Sehr schön. Günda, du warst ziemlich still. Ist das deine Art in solchen Situationen?"
„Stimmt. Awwa …"
„Stopp, keine Mutmaßungen, ohne dass die Kamera läuft. Heb dir das auf für das Gespräch mit deiner Assistentin."
„Oukey. Awwa äh, was annares …"
Kommissar Günda bedeutete seinem neuen Regisseur und seiner Assistentin, ihm nach draußen zu folgen.
„Entschuldigt uns kurz, Produktionsbesprechung. Alles bleibt auf Position, vielleicht müssen wir nochmal nachdrehen."

Mit Unterstützung der Assistentin verstand Harald Heist Kommissar Gündas grundlegende Bedenken zum soeben Gedrehten.
„Hea mol, Harald, sei man net bees, awwa so sprischt kähn Mensch in Diele[47]. Schun gaa net, wenna än Laade dortt hot. Die Lu-ta-rie-sche Brü-ke. Wie des klingt. Do krigg isch de Worxa[48]."
„Du meinst, die Eltern müssten Dialekt sprechen."
„Gönau."
„Verstehe. Da ist was dran, ich gebe das mal weiter. Kommt mit."

---

[47] Dielheim
[48] Würgereiz

„Folgendes Problem. Könnt ihr den hiesigen Dialekt?"
„Entschuldige, Harald, bei allem Respekt, ich bin aus Lüneburg, war auf der Falckenberg-Schule in München und bin immer noch Burgschauspieler. Dialekt, das ist Boulevard. Väter der Klamotte."
„Schon klar, mit anderen Worten, du kannst keinen Dialekt. Wie sieht es mit dir aus, Evelin?"
„Ich könnte ein bisschen Sächsisch."
Kommissar Günda verzog den Mund: „Des gibt jo kähn Sinn."
„Gut. Wir machen einen Anschlussdreh. Sandy fragt euch, und ihr erklärt in dieser Szene, warum ihr hochdeutsch sprecht. Zehn Minuten Bedenkzeit, dann drehen wir."

„Genau so habe ich mir das vorgestellt, großartig!", schwärmte Harald Heist, als sie sich zu dritt im nahegelegenen Eiscafé niedergelassen hatten. „Und? Zufrieden, Günda?"
„Schun. Äh, isch mähn schoon."

In der Tat, die Geschichte klang plausibel. Eugen Kaltschmitt war mit 18 aus seinem Heimatort fortgezogen, hatte sich bei der Bundeswehr verpflichtet und war dreißig Jahre lang vorwiegend in Norddeutschland stationiert gewesen. Entsprechend hatte er seine Muttersprache abgelegt. Seine letzte Etappe war Mölln gewesen, dort hatte er seine spätere Frau kennengelernt. Elisabeth hatte ihre Tochter Melanie mit in die Ehe gebracht.
„Koomisch."
„Stopp, Günda."
Harald Heist fischte aus seiner Umhängetasche eine handliche Digitalkamera und richtete sie auf seinen Hauptdarsteller.
„Und nochmal bitte."
„Äh, schun bissl koomisch."
„Was meinst du, Günda?", erwiderte Astrid Engel, sofort wieder ganz in ihrer Rolle.
„A, wie dea grad reagiert hot, wia heert, dass sei Dochda gstorwe is."
„Nun ja, seine leibliche Tochter ist es nicht. Und der Kontakt schien auch nicht übermäßig eng gewesen zu sein."
„Des stimmt aa widda. Äh, wie siehtsn eigendlisch bei dia aus, Aschdritt?"
„Inwiefern?"
„Wann hoschn du des ledschde Mol telefoniat mit deinare Muddi?"
„Schnitt! Toll, Günda, dieser Schlenker ins Private. Weiter so!"
„Gugg mol, Aschdritt", fuhr Kommissar Günda fort, „de Freese, moin Assischdent, dea woohnt jo soggaa noch bei seinare Muddi."
„Stopp, Günda! Nicht vergessen. Deine Assistentin sitzt vor

dir."
„Hea mol, Harald, des waa jetz graad unna uns, priffaat, so gsacht."
„Privat?", korrigierte Harald Heist lächelnd, aber nicht ohne ernsten Unterton, „privat kannst du in diesen Wochen streichen. Sei ganz du selbst, aber sei immer unser Kommissar. Und nun sprecht über die Zukunft, sprecht über eure Pläne, was liegt morgen an?"
„Äh, Harald …"
„Und nicht zu mir schauen, Günda. Ich bin nicht da. Und bitte."
Kommissar Günda spürte, wie er gerade *soen Hals* bekam.
„Du wirkst angespannt, Günda, was ist los?", sprang Astrid Engel teilnahmsvoll bei.
„Isch? Oogspannt? Pfff. Isch bin vleischt Mössiöö Logga[49] passööhnlisch."
„Ich kenne das, man nimmt immer etwas mit. Die Bilder der Leiche, sie lassen einen nicht los. So eine hübsche junge Frau. Wir sind schließlich keine Maschinen."
Während des letzten Satzes hatte Astrid Engel ihre rechte Hand sanft auf die linke des Kommissars gelegt. Der erstarrte augenblicklich. Es kam nicht oft vor, dass er mit einer Frau, zumal einer jüngeren, in Berührung kam. Er hatte den Eindruck, je älter man wurde, desto rarer wurde Körperkontakt überhaupt. War es das, was Kommissar Günda gelegentlich veranlasste, seinen jungen Assistenten in den Arm zu nehmen? *Kumm mol hea, Freese. Loss disch mol drigge!* Nicht immer kam es dazu, denn der wand sich dann gerne wie ein frisch Pubertierender, den die nahe Verwandtschaft zu einem Begrüßungskuss nötigen wollte: *Auf, geb de Donde*[50] *mol en Schmatza, awwa en rischdische. Net soen oogedeischde*[51]*, wie die des im Fänseh als mache. Fuaschbaa. Do kann ischs*

[49] Locker
[50] Tante
[51] angetäuschten

jo glei losse. Auf, Buuwl! Doo! Doo hie!

Dass er Freeses Nähe überhaupt gelegentlich suchte, das überraschte ihn jedes Mal im Grunde seines Herzens. Denn er hatte noch nie zu denjenigen gehört, die ihre Mitmenschen bei jeder Gelegenheit ungefragt herzten, als habe man sich eine Ewigkeit nicht gesehen und nur noch diesen allerletzten Wunsch im Leben frei. In seiner Generation war das nicht üblich, schon gar nicht unter Männern. Berührungen unter Jungs, das waren in seinen Kindheitserinnerungen in erster Linie Balgereien, Ringkämpfe. Selbstverständlich streng griechisch-römisch, Griffe unter die Gürtellinie verboten sich von selbst. Gut, ein paar kontaktbedürftige Ausnahmen gab es immer. Einer seiner damaligen Freunde hatte die nervtötende Eigenart gehabt, seiner Freude Ausdruck zu verleihen, indem er jedwedem Nachbarn mit der Faust und nicht gänzlich ohne Schwung drei Mal auf den Oberarm trommelte. Was jäh endete, als ein neuer, unbedarfter Mitschüler sich mit einem Hieb in die Magengrube revanchierte. Darüber hinaus gab es auch immer jemanden, der in einer Schlange stehend automatisch das Bedürfnis verspürte, den Nachbarn zu schubsen, um den und möglichst viele andere ins Wanken zu bringen.

Schließlich gab es da noch die Kontaktsportarten. Die scheute er von jeher. Fouls beim Fußball hatte er schon immer weniger als unfair, denn vielmehr als unzulässigen Eingriff in seine körperliche Integrität empfunden.

Ansonsten gab es in seiner Erinnerung keine Gelegenheit und keine Notwendigkeit zur freiwilligen körperlichen Annäherung unter Geschlechtsgenossen. Ihm behagte Abstand zu diesen. Besonders in intimen Momenten. Schon immer beneidete er Frauen um die bauliche Anordnung ihrer Sanitäranlagen. Für ihn war die Antwort auf die Frage, warum Mädchen gerne mindestens zu zweit auf die Toilette gingen, einfach: Sie konnten sicher sein, eine eigene Kabine zu ergattern.

Wenn Kommissar Günda, der ein begeisterter Filmfan war, gerne Western sah, dann vor allem aus einem Grund: Hier konnte man sicher sein vor urinierenden Männern. Wohingegen die in deutschen Filmen fast schon Markenzeichen waren.
Bis heute grauste ihn im Pissoir die Anwesenheit eines Nachbarn. All die damit verbundenen Geräusche, die Gesten, das Gefasel. Denn das Schlimmste war für ihn dabei das lockere Gespräch unter sich gerade unbeschwert Erleichternden. So etwas hatte selbst im Polizeipräsidium Einzug gehalten und machte auch nicht vor der dortigen doch eigentlich so gestrengen Hierarchie Halt. Auch Theisen, sein unmittelbarer Vorgesetzter und ihm alles andere als wohlgesonnen, ließ es sich nicht nehmen, selbst bei fünf zur Verfügung stehenden Entleerungsgelegenheiten diejenige in unmittelbarer Nachbarschaft zu Kommissar Günda zu wählen, um dann sogleich ein lockeres Gespräch über die dieswöchigen Menüpläne der Kantine zu beginnen.
Schupfnuudl gibts? Hea uff!
Nähe war das nicht, nur Distanzlosigkeit.
Das lag gewiss auch daran, dass Theisen einer jüngeren Generation angehörte. Längst war es ja üblich, dass sich Fußballer demonstrativ knäulten und knuddelten. Solcherart Jubel wurde zelebriert, in Szene gesetzt und eilfertig nachgeahmt, war stilprägend für den Umgang miteinander. Ähnliches hatte sogar Einzug gehalten unter den doch eigentlich unsentimentalsten Burschen. Wovon Kommissar Günda direkt betroffen war. Härteste Gewalttäter umarmten, begrüßten und verabschiedeten einander mit großspuriger Zuwendungsgeste, obwohl sie doch lediglich eines verband: der Hang zur Brutalität. Entsprechend beunruhigend empfand Kommissar Günda deren Nachahmung unter achtjährigen Knirpsen, wenn die sich *Alter* oder *Bro* nannten. Seltsamerweise aber nie *alter Bro*.

Was den Körperkontakt zu Frauen anging, so zog er geringste

Dosen vor. Je mehr es üblich wurde, dass sich wildfremde Menschen zur Begrüßung geschlechterübergreifend umarmten und mehr oder weniger angedeutet küssten, umso deutlicher hielt sich Kommissar Günda bei solchen Gelegenheiten zurück. Hob schwerfällig und ungelenk die Arme, ließ es geschehen oder streckte am liebsten gleich sicherheitshalber die Rechte zum förmlichen Händedruck entgegen. Was in seiner Umgebung nicht nur hinter vorgehaltener Hand belächelt wurde.
Ou, bisch heit widda bsunnas schennant[52]*, Günda?*

Dabei hatte es im Hinblick auf Mädchen geradezu forsch begonnen. Womöglich zu forsch. Infolge eines Umzugs seiner Eltern musste Kommissar Günda gegen Ende der ersten Klasse die Schule wechseln. Ganz wie in seiner bisherigen üblich eilte er kurz vor Ende der großen Pause an die Eingangstür und ergriff gewohnheitsmäßig die Hand des Nächstbesten – in diesem Fall fatalerweise eines Mädchens –, um mit dem Läuten zu zweit artig aufgereiht und geordnet das Schulhaus zu betreten.
In der neuen Schule jedoch gab es eine solche Regel nicht, man ließ dem rempelnden, lärmenden Einfall ins Schulhaus seinen Lauf. An diesem Morgen wurde der lauthals begleitet von hämischem Spott: *Guggemol doo, die sin schun vaheiat*[53]*!*

Was ihn bis zum Ende der vierten Klasse begleiten sollte. Bis heute konnte es geschehen, dass ihn ehemalige Mitschüler bei irgendwelchen Gelegenheiten darauf ansprachen.
Hea mol, Günda, was meschtn eigendlisch dPedra?
Wea?
A, dSchuschdas Pedra?
Kää Ahnung. Wisso?
A hea mol, du bisch doch mol mit derre gange.

[52] schüchtern
[53] verheiratet

Schön, aber das ganze drei Meter weit und eine halbe Ewigkeit her. Kommissar Günda hatte es aufgegeben, auf die die Beziehung doch etwas schmälernden Umstände hinzuweisen. Diese Liaison hatte sich tief in das kollektive Gedächtnis gegraben und blieb für viele ein wesentlicher Bestandteil der höchstpersönlichen Günda-Biografie.

De Günda un demm soi Pedra, des waa ä Päale[54]. Wisso sin die eigendlisch nimmi zamme?

A, die Eldan ware degeje.

Un donn hot die jo än annare ghabt.

Letzteres entsprach den Tatsachen. Der andere, das war, wie Kommissar Günda irgendwann durch Zufall erfahren hatte, ein Kurarzt in Bad Dürkheim, den sie mit Mitte Zwanzig geheiratet hatte und von dem sie Gerüchten zufolge längst wieder geschieden war.

De Günda, dea hot donn awwa aa ähni ghabt. Wenn mias rescht gedenkt, waa des dSabbl[55].

Isch weeß. Die waa awwa net vun doo, die waa jo vun Gliggabach.

Gönau, des hot kähn Docht ghabt. Isch kenn die.

Wenn? DSabbl?

Nää, die vun Gliggabach.

So mischen sich Wahrheit und Fiktion, entstehen Mythen und Legenden, an die man irgendwann selbst glaubt. Davor war auch Kommissar Günda nicht gefeit. Es gab Momente, in denen er seine Petra-Beziehung als die wohl dauerhafteste in seinem Leben akzeptierte.

Eines hatte der Vorfall allemal bewirkt, jedwede Berührung mit einer Frau hatte für ihn gleich etwas Bedeutsames. Zumal Kommissar Günda nach diesem Erlebnis niemals mehr den

---

[54] Pärchen

[55] Sabine

ersten Schritt gewagt hatte. Weil er sich den untersagte, hatte er lediglich zu *re*agieren und so die Chance, sich dafür zunächst mit seinem eigenen Empfinden auseinanderzusetzen. Entsprechend ertappte er sich bei nicht nur beiläufigen Berührungen, wie er automatisch eine Einschätzung vornahm. Was verriet ihm dieser Moment? Was löste er aus? Abwehr, Unbehagen, Furcht? Gleichgültigkeit? Desinteresse? Anziehung? Herzklopfen? Es war ein bewährter, zuverlässiger Indikator. Auch deshalb scheute er inflationäre Berührungen, um seine Sensoren wach zu halten, nicht abstumpfen zu lassen. Jeder muss seinen Weg finden zu beurteilen, welcher Mensch ihm etwas oder sogar mehr sagt. Für ihn war das eben die simple Berührung.

Und wie er in diesem Fall sehr deutlich registrierte, ließ ihn die durch die Hand seiner Assistentin alles andere als kalt.

„Äh, was annares…"

Astrid Engels Hand schnellte zurück.

„Was hosch du eigendlisch gschafft, bevor dass du zu mia kumme bisch?"

„Stopp! Günda, das geht natürlich so nicht. Selbstverständlich kennst du die berufliche Vorgeschichte deiner Assistentin, du hast sie ja eingestellt und Einblick in ihre Personalakte genommen."

„Hawwisch des?"

„Das ist der normale Gang der Dinge."

„Ähä. Un was steht do drin?"

„Ach ja." Harald Heist tippte sich an die Stirn. „Stimmt, das hatte ich aus den Augen verloren." Seine Miene hellte sich auf. „Aber das ist natürlich ein schöner, emotionaler Ansatz, wenn wir dieses Handicap einbauen. Ich meine, wir wollen dich natürlich mit allen Stärken und Schwächen zeichnen."

Astrid Engel schaute fragend zu Harald Heist.

„Du kannst offen sprechen. Er weiß, dass ich weiß, was du weißt."

„?"

„Er ist ein …"
Kommissar Günda duckte sich unwillkürlich.
„An-al-pha-bet. Und das ist gut so. Wir wissen Bescheid, und die Welt soll es auch erfahren. Vertrauen ist der Anfang von allem."
„Manschmol aa vum End."
„Bitte, macht weiter! Astrid, wo warst du vorher, bei welcher Dienststelle? Erzähls ihm!"
„Ich war bei der Wasserschutzpolizei in Lübeck. Hast du meine Personalakte nicht gelesen, Günda?"
„Doch, doch, sebvaständlisch. Gonz oft. Imma widda."
„Dann weißt du es ja."
„Klaroo."
„Und du nimmst mich trotzdem einfach, wie ich bin?"
„Des is mei Spezialitäät kwassi."
„Ehrlich? Das tun die wenigsten. Als ich mich nach diesem unglücklichen Ereignis beworben habe, bin ich überall abgelehnt worden. Aber ich wollte, ich musste unbedingt weg, um einer Strafversetzung zuvorzukommen. Und du, Günda, du hast mich dann einfach genommen. Trotz dieses Vorfalls."
„Ach Gott, so schlimm waas jo aa widda net."
„Ich weiß nicht, heute bereue ich mein Verhalten schon. Aber ich hatte doch keine Wahl."
„Isch vasteh des voll."
„Und der Elektroschocker war ja auf die niedrigste Stufe eingestellt."
„Schogga? Elektro? Äh … Nommal."
„In dem Moment war mir egal, ob diesem Typen etwas passieren kann, ich musste mich doch wehren. Gegen diesen …"
„Sseckl?"
„Das steht natürlich nicht in der Akte, die Vorgeschichte. Das war die Bedingung, dass ich ohne ein Disziplinarverfahren gehen durfte."
„Du bisch hald Lärra Kraft un Lädie Gagga in ähm!"

„Er hatte Macht, er hatte Einfluss. Er war mein Vorgesetzter."
„Un dea hot disch beläschdischt?", tippte Kommissar Günda ins Blaue.
„Ja. Nein. So kann man das nicht sagen. Wir hatten eine Affäre."
Harald Heist wurde etwas unruhig, als ihn ein Seitenblick traf.
„Es ging über Monate. Wir trafen uns heimlich. Er war verheiratet. Versprach mir immer wieder, er würde sich von seiner Frau trennen. Alles gelogen. Er wollte nur meinen Körper."
„Klaroo, des vasteh isch voll. Äh, isch mähn: Un donn?"
„Dann? Dann wollte er mich einfach abservieren."
„Weila zrick is zu seinare Fraa."
„Nein, weil er eine andere hatte. Natürlich jünger als ich." Astrid Engel schnaubte verächtlich. „Und hübscher."
„Des glaawisch net."
Kommissar Günda schüttelte bestimmt den Kopf.
„Du bist süß, Günda. Hat dir das schon mal jemand gesagt?"
„Schun."
„Ach ja?"
„Geschdan widda. Mei Bäckasfraa. Weil isch so gärnn Riwweleskuche[56] ess. *Gell, Günda*, hot sie gsacht, *du bisch halt mea son Sieße.*"
„Du hast eine kluge Bäckersfrau, Günda. Eine sehr kluge."
„Äh, was annares: Wu issan heit?"
„Der Mann?"
„Abba[57]. De Elektroschogga."

---

[56] Streuselkuchen
[57] Nein

„A nää, des is bissl aiig, Harald!“
„Ich verstehe deine Einwände, Günda, aber es gibt einfach gewisse Zwänge, denen auch wir uns nicht entziehen können. Außerdem finde ich es durchaus reizvoll.“

Kommissar Günda grummelte und brummelte, während ihm Harald Heist die Entscheidung erläuterte, möglichst viele Dienstbesprechungen in Mannheim, bevorzugt im Freien stattfinden zu lassen. Man habe ihm seitens der Stadt die Sorge zugetragen, die dortigen Sehenswürdigkeiten würden nicht ausreichend präsentiert, zumal man erfahren habe, dass im neuen Rhein-Neckar-Krimi eine berühmte romantische Brücke zentraler Drehort sei. Leider handele es sich dabei nicht um eine Mannheimer Brücke, obwohl es doch auch hier zahlreiche, sogar besungene Flussquerungen gebe. Kommissar Günda erwog darauf hinzuweisen, dass der Romantik-Aspekt bei Joy Flemings *Neckarbrücken-Blues* vielleicht nicht so sehr im Vordergrund stand, zog es jedoch vor, die Brückenfrage allgemein nicht weiter zu vertiefen.
„Mir ist schon klar, Günda, dass du normalerweise in einem modernen High-Tech-Büro sitzt, wenn du deinen Dienst verrichtest.“
„Des glaabsch awwa. Un wie modärnn“, bestätigte Kommissar Günda grinsend und hatte seinen Amtssitz, das Nebenzimmer im Glickerbacher Roten Ochsen, vor Augen. Dabei fiel ihm ein, dass er schon geraume Zeit nicht an Freese gedacht hatte.
„Wir können und wollen die Polizeiarbeit natürlich nicht eins zu eins abbilden.“
„Joo net.“
„Vor allem, Günda, die Zuschauer sollen doch sehen, wo wir sind“, fuhr Harald Heist fort. „Ich kann diese ewigen Außenansichten von irgendwelchen Bürogebäuden, wie sie überall stehen, nicht mehr ertragen. Immer das Gleiche. So schafft man doch keine individuelle Atmosphäre, die dem Drehort gerecht

wird. Das sage ich jetzt als Mann der Bilder. Nächster Dreh also dieser äh … Luisenpark.“
„Ähä. Un mit wemm?“
Harald Heist legte ihm eine Hand auf die Schulter: „Du bist die Hauptfigur, Günda. Noch dazu ein neuer Charakter, den die Zuschauer erst kennenlernen müssen. Ich würde dich deshalb gerne einmal alleine zeigen. Wie du nachdenkst über den Fall. Ein wichtiger Teil deiner Arbeit besteht doch im Nachdenken, stimmts?“
„Stimmt.“
„Genau das machst du jetzt einfach, und wir beobachten dich dabei.“
„Im Luisepaiik?“
„Im Luisenpark. Lass dich treiben, folge deiner Intuition!“

„Ich finde, im Dialog ist er stärker", raunte Kameramann Sven Henschel hinter vorgehaltener Hand.
„Das kriegen wir über den Schnitt hin", beruhigte Harald Heist nicht zuletzt sich selbst und ging in Gedanken die sich doch ähnelnden Motive durch: Kommissar Günda bei den Singvögeln, bei den Schildkröten, Kommissar Günda aus dem Gewächshaus kommend, auf dem Weg zu den Flamingos. Die ganze Zeit über wirkte er orientierungslos, verloren. Das änderte sich plötzlich.
„Was macht er denn jetzt? Er geht auf eine Frau zu? Offenbar hat ihn jemand erkannt."
„Ich mach mal die Kamera aus."
„Nein, lass laufen. Sven, merk dir, unser Mann ist unkonventionell. Es ist sein Park. Er braucht diesen Park zum Auftanken, zum Durchatmen. Wer den Kommissar treffen will, der kommt in diesen Park."

„Des gibts net, weesch, wenn isch grad gedroffe hab?"
Während sich Harald Heist über die Psyche seiner Hauptfigur ausließ, hatte die sich strahlend dem Fernsehteam genähert. In Begleitung.
„Doo, des is issi, dSigrun. Mia hawwe eewisch zamme gschafft bei de Bollezei. Jetz issi in Rende. Die wollts als net glaawe, was isch grad schaffe du."
Harald Heist musterte Kommissar Gündas Begleiterin.
„Ich finde, Sie haben eine tolle Ausstrahlung, Zigrun. Sehr natürlich, aber auch bestimmt. Wären Sie bereit, in unserem Krimi eine kleine Rolle zu übernehmen?"
„Isch?" Sigrun Mechtel reagierte überrascht und ungläubig.
„Hajo", ermunterte sie Kommissar Günda, „sicksch, so waa des bei mia aa. Zack, schun bisch du im Fänseh."
„Was Ihnen unser Kommissar sagen will, Sie sind die ideale Besetzung für seine Hauptinformantin. Die Rolle ist Ihnen wie auf den Leib geschneidert. Stimmts, Günda?"

„Des stimmt."
„Also. Sie haben die wirklich wichtigen Kontakte in dieser Stadt, Sie kennen alles und jeden. Ich habe es schon vor Augen."
Kommissar Günda nickte ihr bestärkend zu. „Kannsch ruisch mache, wärsch barihmt. Wie isch."
Sigrun Mechtel zuckte mit den Achseln.
„Vun mia aus."
„Prima. Kamera läuft?"
„Kamera läuft."
„Bestens. So, Günda, du gehst, bitte, nochmal ein Stück zurück. Danke. Und jetzt marschieren Sie, Zigrun, auf ihn zu. Entschlossen. Genau! Sie schauen ihm dabei direkt in die Augen, fixieren ihn regelrecht. Sie wissen, er ist zwar der Kommissar, er will Informationen von Ihnen. Aber Sie haben nichts zu befürchten, denn Sie betreiben immerhin den exklusivsten SM-Club der Stadt."
„Wie bidde?"
Ansatzlos und ohne zu zögern verpasste Sigrun Mechtel Kommissar Günda eine schallende Ohrfeige.
„Des wüssdisch awwa!"
„Genau so. Großartig! Und Schnitt."

„Hea mol, Harald, donge! Des waa des ärschde Mol, dass mia ä Fraa ähni gschallat hot.“

Das war nicht ganz zutreffend.
Als Kommissar Günda zur Grundschule ging, war die Zeit der ausschweifenden, ritualisierten Züchtigungen zwar vorbei – der Rohrstock war keine Dienstwaffe mehr-, aber es kam durchaus noch vor, dass einem Lehrer die Hand ausrutschte. Was von Elternseite nicht unbedingt missbilligt wurde: *Sie, Frollein, wenn moin Soohn net hoüsche dud, gewwe Sie ihm ruisch mol ähni hinnad Ohre!*

Damals hatte es eine Zweiklassengesellschaft gegeben. Die einen waren für lehrerliche Gewalt tabu, die anderen zur Ohrfeige freigegeben. Da konnte es natürlich geschehen, dass ein Lehrer im Moment der ja meist spontan erfolgenden Züchtigung durcheinander kam und den falschen traf. Was in aller Regel kein größeres Problem darstellte, herrschte doch zu diesen Zeiten auf Seiten der Erziehungsberechtigten der gesellschaftliche Konsens *Des hot noch kähm gschadet. Mia jo aa net.*

Eigenartig, einerseits galt für den Nachwuchs das Ziel *Du sollst es einmal besser haben.* Andererseits gab es da auch diesen Gedanken: *Warum soll es dir besser ergehen als mir?*

Vielleicht war das auch nur Ausdruck von Hilflosigkeit. Denn die Erziehenden waren ihrerseits aufgewachsen mit der unbedingten Pflicht zum Gehorsam. Und genau den begann der Nachwuchs zu verweigern. Gehorchen als Selbstzweck hatte ausgedient. Gehorchthaben, das hatte bei der Aufarbeitung der Vergangenheit oft genug als letzte verbliebene Rechtfertigung für jedes noch so verwerfliche Handeln gedient. Diese Ausrede wurde nicht mehr hingenommen. Man rüttelte fortan am unumstößlich Geglaubten, überkommene Regeln wurden in Zweifel gezogen, Autoritäten, die ihrerseits zur Autoritätshörigkeit erzogen worden waren, sahen sich erstmals und unvermutet auf dem Prüfstand. Sinn und Zweck jeder Anordnung wurde plötzlich hinterfragt: *Warumme?*

Und genau so ein *Warumme?* brachte Kommissar Günda seine erste und für lange Zeit einzige Ohrfeige ein.
Es war im Religionsunterricht. Die schon etwas ältere Lehrerin, Fräulein Hillesheim, gehörte zu den Anhängern einer in jenen Zeiten weithin üblichen, wenn auch eher symbolischen Bestrafung. Wer ihren Unterricht störte, der hatte sich in die Ecke zu stellen. Betroffen waren in aller Regel Jungs, die sich nach Verhängung der Strafe routiniert-lässig aus der Bank schälten, um geradezu aufreizend langsam den Ort ihrer Verbannung aufzusuchen. Unter den bewundernden Blicken der Klassenkameraden und vor allem -kameradinnen, denn die Gemaßregelten galten als die Coolen. In der Ecke stehen müssen, das war keine Strafe, es war eine Auszeichnung, die immer dieselben traf. Manch einer führte gar eine Strichliste, verewigte stolz jede Verurteilung mit einem Ritz in die ohnehin über die Jahrzehnte schon schwer gezeichnete Schulbank.
Kommissar Günda hatte damals ein Problem. Es gab nicht viele Möglichkeiten, die Anerkennung der Mitschüler zu erlangen. Allen voran Sportlichkeit – nicht gerade seine Stärke. Rabaukentum, Raufereien – auch das entsprach nicht seinen Neigungen. Ein aufsehenerregendes Hobby? Er hatte keines. Wenigstens war er kein Briefmarkensammler geworden; ein Onkel *vun driwwe* hatte ihm ein Starterset DDR geschenkt, was er einer Eingebung folgend sogleich in einer Schublade hatte verschwinden lassen. Nicht einmal ein ansehnliches Gefährt konnte er sein eigen nennen. Er hatte das Fahrrad seines Cousins geerbt, mit dem der gewiss in den Fünfzigern Ausflüge an den Bodensee gemacht hatte. Keine Gangschaltung, geschweige denn ein Bananensattel. Kurz, er fühlte sich in jeder Hinsicht normal. Zu normal. Nicht klein, nicht groß, nicht dick, nicht dünn, auch in seinen

schulischen Leistungen war er lediglich Mittelmaß. Dabei wollte er doch etwas Besonderes sein. Und so zog ihn die Klassenzimmerecke geradzu magisch an. In einer Pause suchte er ihn auf, diesen verlockenden Ort, um wenigstens einmal die dortige Warte einzunehmen, den Blick von außen auf das Geschehen zu richten. Aber das war etwas anderes, davon nahm man nur spöttelnd Notiz: *Hea, Günda, willsch Vasteckales spiele? Auf, zähl mol uff drei!*

Eines Tages bot sich ihm die Chance. Die Klasse war unruhig, Fräulein Hillesheim angespannt.
„Kinnas!“ Die meisten Lehrer sprachen damals Dialekt. „Uffbasse[58]!“
Ihre wohlbekannte letzte Warnung. Wer nun nicht folgte, dem drohte ganz gewiss Strafe. Kommissar Günda ahnte die Gelegenheit und drehte sich zu dem hinter ihm Sitzenden um. Betont langsam.
„Günda!!!“
In kaum verhohlener freudiger Erwartung straffte er sich.
„Du hoschs wohl net needisch, mia zum hoiische. Des heedisch net gedenkt vun dia. Vun dia net. Dodefoa musch du …“
Schon machte sich Kommissar Günda bereit, er hatte heimlich das Räkeln aus der Schulbank geübt.
„Zua Strafe schreibsch du hunnat Mol *Isch darf nischt im Unnarischt schwetze*. Äh, isch mähn *stöören*.“
„Hä?“, entfuhr es darauf Kommissar Günda.
„Bidde? Was waren des?“ Den Ausdruck seines Unverständnisses wertete Fräulein Hillesheim als nicht zu duldendes Widerwort. Sie näherte sich ihm bedrohlich, baute sich vor ihm auf und stand nun unmittelbar vor ihm.
„Steh gfälligscht uff, wenn ich mit dia schwätze du, Bärschtl!“
Er reichte ihr im Stehen gerade mal bis zur Brust, die ihm in

---

[58] Aufpassen

diesem Moment geradezu bedrohlich vorkam, setzte an zu erklären, zu bitten, zu fragen, warum ihm diese Mädchenstrafe zugedacht war, ob er nicht würde tauschen können mit der verruchten Ecke, schluckte und hörte sich sagen:
„Warumme?"
Zack, schun hawwisch ähni gfange ghabt.

Diese Geschichte gehörte zu den beliebtesten bei Ehemaligentreffen, wobei Kommissar Günda die Entstehung regelmäßig aussparte. Gegenüber Harald Heist unterschlug er die Episode vollständig. *Zu priffaat.*
„Günda, unter uns, hast du mal was mit dieser Zigrun gehabt? Komm, gibs zu. So, wie die eben ausgeholt hat …"
Der *Tschentlmähn* schwieg und zuckte vielsagend mit den Achseln.
„Wie siehts eigentlich bei dir sonst aus? Verheiratet?"
„Nää."
„Kinder?"
„Ä-ä."
„Geschieden? Affären? Schwul?"
„Hea mol, Harald, was gehtn disch des oo?"
„Entschuldige, Günda, ich drehe mit dir einen Film, du bist die Hauptfigur. Und ich möchte herausarbeiten, was du für ein Typ bist."
„A so", Kommissar Günda war erleichtert. „Isch hab schun gedenkt, des is jetz fas *Goldene Blatt.* Des kannisch nämmlisch net brauche."
„Keine Sorge, das kommt noch früh genug. Aber erst drehen wir unseren Krimi. Also, was für ein Typ willst du sein? Wir entwickeln die Rolle ja erst. Du bist völlig frei. Du kannst bestimmen. Du hast die Wahl. Du kannst dir ein neues Leben aussuchen. Frau, Lebensgefährte, verheiratet, Kinder, Golf, Polo, Schützenverein?"
„Mola."

Es war typisch für Kommissar Günda, dass er nicht zuerst an seinen Familienstand dachte.
Die großen privaten Entscheidungen waren ihm immer schwergefallen. Wie sollte man die auch treffen? *Jetzat wärdd gheiat!* Schön. Aber wer?
Er kannte Mitschüler, die wussten mit 16, wann sie eine Familie gründen würden. Und es gelang tatsächlich. Zum passenden Zeitpunkt fand sich die geeignete Frau. Bedurfte es also nur der Zielstrebigkeit, der entsprechenden Lebensplanung? Fehlte es ihm genau daran?
Beruflich war es einfacher, alles hatte sich in dieser Hinsicht irgendwie gefügt. Der Job bei der Polizei hatte ihn gereizt, schon weil diese Berufswahl damals nicht sehr populär war. Gerade das gefiel ihm daran – *Hä? Du gehsch zu de Bollezei, Günda? Du bisch jo de Häddling*[59].
Dazu kam, er wollte nie weg *vun doo.* Vielleicht hätte es andere Möglichkeiten gegeben. *Unne?*[60] *Fa waas?*

Als in seiner Umgebung die ersten Ehen geschlossen wurden, die ersten Kinder kamen, da häuften sich dann doch die Fragen in der Verwandtschaft: „Wie siehtsn bei dia aus, Günda? Wann heiaschn du endlisch?"
Er tat das Thema ab, verwies auf seine berufliche Angespanntheit, die unregelmäßigen, familienunfreundlichen Arbeitszeiten.
Des, des mescht doch kää Fraa mit.
Do hosch aa widda rescht, Günda.
Und er hatte seine Ruhe.
Dann gab es die erste Scheidungswelle, was ihn zu bestätigen schien.
Sicksch. Mia kann des net bassiere.
Stimmt. Do hosch aa widda rescht, Günda.

---

[59] im Kurpfälzischen ist selbst *der Härteste* noch steigerbar
[60] Na und?

Doch die zweite Ehewelle kam, die dritte, Patchworkfamilien entstanden und bröselten weiter. Singlebörsen buhlten um Nichtliierte und Liierte, die Pflicht zum zweiten Frühling machte die Runde, späte Väter trumpften auf, und die nicht minder bohrende Frage lautete nun: *Hea mol, Günda, wärdd des noch was mit dia? Misse mia da ähni bagge? Odda importtiere? Kää Problähm. Isch bsoiig da än Kadaloog.*
Genervt, die ewigen Fragen leid, rutschte es ihm irgendwann bei der dritten Hochzeit seines Cousins heraus: „Isch? Isch heia ärschda mit seschzisch!“
Ein bisschen Zeit hatte er noch. Aber nicht mehr viel.

Verliebtsein indessen, das kannte er gut. Und es gab auch manche Frau, mit der er sich eine gemeinsame Zukunft hätte vorstellen können. Aber er verbot sich nicht nur den ersten Schritt, er unternahm auch nie den entscheidenden. Doch. Ein einziges Mal. Im Urlaub. Griechenland. Gruppenreise im grauen Bus. Besichtigungen bei sengender Hitze. Er war fasziniert von den antiken Stätten, deren Bedeutung man meist nur noch erahnen konnte. Gehörte stets zu denen, die alles in Augenschein nehmen wollten, während die meisten erschöpft der nächsten Taverne zustrebten. Irgendwann gesellte sich eine Mitreisende mit Sonnenschirm zu ihm. Bot ihm in Olympia wie selbstverständlich Schutz und Unterschlupf, was er verwundert annahm. Rasch hatten sie ihr Thema gefunden. Er war Laie, sie als Latein- und Griechischlehrerin weit erfahrener in antiker Mythologie. Während die Übrigen zum Strand drängten, redeten sie sich fest bei dickflüssigem Kaffee und klebrig-süßem Kuchen. Selbst beim abendlichen Retsina unterhielten sie sich über Athene und Aphrodite, über Hermes und Heraklit.
Sie hätte ihm alles erzählen können. Er verfiel ihrer Art, die alten Geschichten zusammenzufassen, ihrer Geduld für sein unermüdliches Interesse, seine oftmals unbedarften Fragen. Und er verfiel ihrer Stimme.

Am letzten Abend vor der zwanzigstündigen Rückfahrt über den Autoput saßen sie in Thessaloniki in einer kleinen Bar am Hafen, und da geschah, womit er nicht mehr gerechnet hatte. Sie legte ihre Hand auf seine. Und binnen Sekunden erkannte er sie, und er erkannte sich, und ihm entfuhr eine einzige Silbe: „Unn?"
„Was meinst du, Günda?"
„Wie wäas? Heiare ma?"
„Heiraten?" Sie lachte. „Aber ich bin schon verheiratet, Günda."
„Isch doch aa, Dooris, isch doch aa", scherzte er mit einiger Mühe. Und seit jenem Abend hatte er zweierlei abgeschworen. Retsina war das Einfachere.

Isch heia ärschda mit seschzisch!
Das hatte sich offenbar so tief eingegraben, dass ihm auch für seine Fernsehrolle gar nicht erst der Gedanke kam, daran etwas zu ändern.
„Mola."
„Bitte?" Harald Heist hatte doch immer wieder Mühe mit Kommissar Gündas mundartlicher Wortwahl.
„Maa-laa."
„Mein Lieber, vergiss nicht, du bist Kommissar, kein Handwerker."
„Net Mola. Mola! Künschtla, vastehsch?"
Das war tatsächlich ein uralter Traum von ihm. Von dessen Verwirklichung war er allerdings schon immer denkbar weit entfernt gewesen. Bereits seine Lehrer hatten ihm durch die Bank Talentlosigkeit attestiert: *Zwee linke Händ, dea Kärll. Was soll des sei? DMoonaa Lisa? Sieht aus wie ä vahutzelti Arongsch*[61] *mit Ohre.*

Für sein Leben gern hätte er Menschen zeichnen können, mit wenigen Strichen das Charakteristische herausarbeiten, porträtieren, karikieren. Wenn fürs Fernsehen nun alles möglich war,

---

[61] Orange

wisso net?
„Warum nicht?", erwiderte Harald Heist, als hätte er Kommissar Gündas Gedanken gelesen. „Ein Kommissar mit einem besonderen Hobby: Malerei. Ein Analphabet, der dafür selbst Phantomzeichnungen anfertigen kann. Gibts noch nicht, das habe ich noch nie im TV gesehen. Toll. Gekauft."
Kommissar Günda zögerte.
„Entschuldige, Günda. Das war jetzt nicht herabwürdigend gemeint. Jeder hat seine Schwächen."
„Mach Sache. Du aa, Harald?"
„Ob ich Schwächen habe? Oh ja. Jede Menge."
„Zum Beispiel?"
„Frauen."
„Sauwa!"
„Apropos, ich finde, eine Prise Erotik gehört unbedingt in unseren Film."
„Ärroddick? Wea?"
„Natürlich du, Günda. Wer sonst? Ich habe auch schon eine Idee."
„Oh liewi Zeit."

Astrid Engel hatte die Wohnung des Opfers nach Absprache mit Kommissar Günda alleine in Augenschein genommen und erstattete ihrem Vorgesetzten Bericht. Melanie Kaltschmitt hatte seit ein paar Monaten eine kleine Altbauwohnung mit Blick auf den Wasserturm bewohnt.
„Monnem. Isch habs geahnt.“
„Bitte?“
„Isch mähn: Ou, des koscht awwa bstimmt!“
„Sie galt als freundliche, zurückhaltende, unauffällige Mieterin.“
„Wea sescht des?“
„Die Nachbarn.“
„Ähä. Un sunscht, wie siehts aus? Männas?“
„Nein, Männer wurden nicht mit ihr gesehen. Aber wie gesagt, sie wohnte erst seit Kurzem dort.“
„Un voahea? In Heidlbäiig, stimmts?“
„Woher weißt du, Günda?“
„Intuizioon.“
„In einer Frauen-WG. Sollten wir uns auch mal anschauen.“
„Gebongt, des iwwanämm isch. Passööhnlisch.“
Astrid Engel schaute ihren Vorgesetzten prüfend an.
„Nein, nein. Da komm ich doch lieber mit.“

Es war noch früh am Morgen, ein paar wenige Besucher verloren sich im Luisenpark, vorwiegend Mütter mit Kindern. Kommissar Günda konnte gerade noch einer umherschwirrenden Eiswaffel ausweichen. Der Kies knirschte unter ihren Schritten, und er spürte, wie ihm seine Assistentin näher kam. Was ihm, wie er ebenfalls bemerkte, nicht unangenehm war.
„Un wie issi so, die Woohnung?“
„Man merkt, dass alles noch ein wenig provisorisch ist. Toll vom Schnitt und von der Aussicht, aber mir wäre sie zu klein und zu nüchtern. Ich habs gerne ein bisschen romantischer.“
Und wie selbstverständlich hakte sich Astrid Engel bei ihm ein.

„Schnitt! Ortswechsel. Weiter gehts auf dem Wasser!"

Das Bötchensystem im Mannheimer Luisenpark funktioniert für die Fahrgäste äußerst komfortabel. Einmal Platz genommen muss man nichts weiter tun, als den Ausblick zu genießen. Alles Weitere übernimmt ein unsichtbares Leitsystem, das die Boote sicher und mit stabilem Abstand durch das Gewässer gleiten lässt. Kommissar Günda war schon ewig nicht mehr damit gefahren und hatte ganz vergessen, dass Hunderte, eher Tausende von gierigen Karpfen das Wasser bevölkerten, *gonz schää grouß worre sin* und aus seiner Sicht geradezu obszön mit ihren geöffneten Mäulern an die Wasseroberfläche drängten.

Im Boot verloren sich leise vor sich hinglucksende Spuren des letzten Regenschauers, die Kommissar Günda angestrengt besah, um den Karpfenanblick aus dem Kopf zu bekommen, während seine Begleiterin ihm schilderte, was sie durch die Wohnung über deren Besitzerin herausgefunden hatte.

„Rate mal, was Melanie Kaltschmitt beruflich gemacht hat?"

„Schauspielarin? Moddl?"

„Ja, du hast recht, sie war sehr attraktiv."

Astrid Engel stand auf. Das kleine Boot schaukelte.

„Hübscher als ich? Sei ehrlich, Günda!"

Sie stemmte die Hände in die Hüften und drehte sich. Das gelbe Gefährt wackelte nun bedrohlich, das Wasser um sie herum schwappte näher.

„Äh, annaschda."

„Du bist ein Charmeur, Günda. Und ein Diplomat."

„Äh, donge, Aschdritt. Awwa deedsch du disch jetz mol widda hiehogge, sei so guud!"

„Wie du willst."

Astrid Engel ließ sich fallen, das Boot drohte zu kentern. Kommissar Günda schnappte reflexartig ihren Arm und konnte soeben noch verhindern, dass seine Begleiterin ins Wasser fiel.

„Äh, Tschuldischung. Des wolldisch net, disch oolange[62], Aschdritt."
„Ich weiß, Günda, ich weiß. So bist du nicht. Und das gefällt mir an dir. Auch das gefällt mir an dir."

Der leichte Wellengang beruhigte sich im Nu, und Kommissar Günda bemühte sich, ebenfalls wieder ins Gleichgewicht zu gelangen.
„Lehrarin?"
„Falsch." Astrid Engel ordnete Rock und Frisur. „Sie ist, sie war Archäologin. Ihr Diplom hängt eingerahmt über dem Schreibtisch. Alles ist voll mit Fachliteratur, soweit ich das beurteilen kann. Ansonsten das Übliche, Bücherregale, Schreibtisch. Laptop, Drucker. Eine Pinnwand mit Postkarten. Wenig Privates. Ein paar Romane, DVDs."
„Indressant."
„Findest du? Inwiefern?"
„Soä schäänes Wortt. Kenne mia leida net rischdisch ausspreschle."
„?"
„Zeh un Ha, des gibt bei uns imma Sch, kannsch nix mache. Vastehsch? Aa-schää-o-loggin, so deede mia saache. Äh, un als soä Aa-schää-o-loggin kannsch du dia soe Woohnung leischde, dreggt[63] am Wassatuam?"
„Eben. Das glaube ich kaum. Für mich ist der Fall klar."
„Die Eldan misse bleschle[64]."
„Nein. Ich wette, wenn wir uns erkundigen, werden wir rausfinden, dass Melanie Kaltschmitt zwar dort gemeldet ist und gewohnt hat, aber keine Miete zahlt."
„Hä?"

---

[62] anfassen
[63] direkt
[64] blechen

„Klarer Fall, die Wohnung gehört ihrem Sugar-Daddy."
„Wemm?"
„Ach, Günda, das glaube ich, dass du davon keine Ahnung hast, du bist so süß. Sugar-Daddy, das ist ein reicher, alter Sack, der sich eine junge Frau als Geliebte hält und sie mit Geld und zum Beispiel mit einer solchen Wohnung gefügig macht."
„Was du alles weesch …"
Astrid Engel seufzte vernehmlich: „Na ja, man macht im Leben so seine Erfahrungen …"
„Du aa?"
„Das willst du gar nicht wissen. Schwamm drüber."
„Alla guud. Uff jedn Fall, des mussisch ma mol meiike: Die Aa-schää-o-loggin hottn Schugga-Vadda. Sauwa. Kannsch du mol rausfinne, wea des is?"
„Soll ich das alleine machen?"
„A, sei so guud."
„Und was machst du jetzt, Günda?"
„Isch? Isch gugg ma aa mol die Woohnung oo. Vleischt finnisch doch noch was. Un donn kimmasch disch mol drum, wie dMelanie zu de Luddarisch Brick kumme is, gloffe[65] wahr-scheinz net."
„Stimmt, darum haben wir uns ja noch gar keine Gedanken gemacht."
„Gell? Voa lauda lauda. Ibbrigenz, schaad, dass du kää Aa-schää-o-loggin bisch, Aschdritt."
„Wieso?"
„A, wejem dobblde *Sch*. Härrliisch!"

[65] gelaufen

Der Rote Ochse bot als Sitz der Sokodo unzweifelhaft Vorzüge gegenüber einer normalen Polizeistation oder dem Präsidium. Insbesondere die Versorgungslage war weitaus besser. Fritjof Freese hatte die gutbürgerliche Küche dort samt Marion Helches Fürsorglichkeit rasch zu schätzen gelernt.
„Wie gehtsm eigendlisch, mTschief?", erkundigte sie sich, als er im Gastraum seinen Cappuccino *middeme Sticklsche Kuuche* abholte, mittlerweile ein nachmittägliches Ritual. Der Rote Ochse war eigentlich kein Café, aber Freese genoss dort wie sein Chef eine bevorzugte Behandlung.
„Ganz gut, ist halt eine völlig andere Welt, in der er sich jetzt bewegt. Das ist schon eine Umstellung."
„Des denkisch ma. Unn, was vazähldan als vum Fänseh? Hodda schun Prominende gedroffe?"
Nicht nur in dieser Hinsicht war Freese überfragt. Sein Chef hatte sich schon eine Weile nicht mehr bei ihm gemeldet, was ihm gar nicht ähnlich sah.
„Bei mia hodda sisch aa net gemeld. Koomisch. Ma keent grad mähne, ea kummt gonz guud mit oohne uns aus. Odda?"
„Nun ja, er wird sich schon ziemlich konzentrieren müssen, das ist ja völliges Neuland für ihn."
„Schun klaa. Awwa wenna gaa nimmi kummt, de Tschief? Wenna beim Fänseh bleibt? Weilsem vleischt dortt bessa gfällt? Was wärdn donn aus Ihne?"
Freese wurde nachdenklich. Mit diesem Gedanken hatte er sich noch gar nicht befasst. Anfangs hatte ihn die Sorge umgetrieben, er könnte auf sich allein gestellt in Schwierigkeiten geraten, selbstredend nur in sprachlicher Hinsicht. Doch derlei Probleme hatte er mitnichten. Was daran lag, dass von ihm niemand etwas wollte.

„Spaziergängern ist dieser Wagen aufgefallen, nachdem er jetzt schon seit mehreren Tagen dort steht. In Anbetracht der Tatortnähe kann ich mir gut vorstellen, dass er dem Opfer gehört."
Kommissar Günda betrachtete das Fahrzeug mit dem Mannheimer Nummernschild von allen Seiten. Ein Nobelkombi.
„Gonz schää nei, des Käiischl!"
Abgestellt neben der Ampelkreuzung zwischen Sandhausen und St. Ilgen vor einem Blumenfeld zum Selberpflücken. Gegenüber lagen die Sandhausener Dünen. Kommissar Günda war schon eine Weile nicht mehr dort gewesen, die Bebauungsgrenze hatte sich merklich zur Bundesstraße hin verschoben. Wenn man ortskundig war, gelangte man von hier durch den Wald in einer Viertelstunde zur Lutherischen Brücke.
„Isch wunna misch bissl. Dea Kaiisch hot de Melanie gheat[66]?"
„Nein, ich habe das gerade abgefragt, der Wagen ist zugelassen auf eine Firma in Mannheim."
„Ähä. Koomisch. Was brauchtn die än Kombi?"
„Arbeiten Archäologen nicht mit Steinen?"
„Siesch du irgendwu Stähna?"
„Nein."
„Awwa siehsch du des?"
„Was?"
Kommissar Günda deutete ins Fahrzeuginnere.
„Än Umschlag uffm Beifahrasitz. Falsch rum. Leida. Kamma die Adress net lese. Schaad. Kannsch du mol oorufe bei derre Fiamaa, dea wu des Käiischl do gheat?"
„Habe ich schon versucht, Anrufbeantworter, außerhalb der Bürozeiten."
„Soen Kees, donn misse mia waade bis mogge. Isch bring des Ding net uff."
„Ach so. Moment. Kein Problem."

---

[66] gehört

Zu Kommissar Gündas Verwunderung machte sich Astrid Engel an der Fahrertür zu schaffen. Kurz darauf ließ die sich problemlos öffnen.
„Alda Schlabbe. Wisso hoschn du des druff?"
„Schlösserknacken, das gehört bei der Wasserschutzpolizei zur Grundausbildung. Scherz. Nein, Quatsch. Ich hatte mal einen Freund …"
„Isch wills gaa net wisse. Sauwa. Awwa befoa dass mia bissl rumgugge in demm Käiischl, misse mia Hensching[67] ooziehe."
„Hen was? Das Wort habe ich tatsächlich noch nie gehört."
„Des."
Kommissar Günda fischte aus seiner Tasche zwei Paar Gummihandschuhe.
„Weje Spure. Fingaabdrigg, Hoa[68]. Bessa gsacht, weje de Dee Än Aa[69]."
Vorsichtig angelte er sich den Umschlag und besah sich den Adressaten.
„*On Melanie Kaltschmitt, Monnem.* Jetz isses klaa. Du hosch rescht ghabt, dMelanie is wahrscheinz tatsäschlisch mit demm Audo kumme."
Der Umschlag war offen, und Kommissar Günda zog einen großformatigen, edel wirkenden Prospekt hervor.
„Ou! Mit Goldkande. Wie dorttmols bei de Kochs Majanne[70]."
Er bemerkte, dass seine Assistentin mit Begriff wie Namen nichts anzufangen wusste und wurde schmerzlich daran erinnert, dass eben doch ein gewisser Altersunterschied zwischen ihnen beiden bestand. Was er nicht weiter vertiefen wollte. „Des is jo indressant!"
Astrid Engel war irritiert. Kommissar Günda schaltete schnell.

---

67 Handschuhe
68 Haare
69 DNA
70 Fernsehwerbung für Gardinen

„Isch mähn, des is schun indressant, was die alles unnastrische hot. Schaad. Isch hab leida grad mei Brill vagesse. Keentsch du mia des mol voalese, Aschdritt, wäasch so guud?"
Astrid Engel nickte bereitwillig und nahm sich den Prospekt vor: „*Investieren Sie in die Zukunft. Investieren Sie in das kommende Wahrzeichen der Metropolregion!* Also wenn ich das richtig verstehe, handelt es sich hier um Werbung für ein ziemlich großes Objekt."
„Ähä. Waas?"
„Langsam, so weit bin ich noch nicht. Ich lese mal weiter: *Unsere Metropolregion hat alles, was eine moderne, zukunftsfähige und erfolgreiche Region braucht. Erfolgreiche Firmen, erfolgreiche Sportvereine, erfolgreiche Menschen.*"
„Bissl viel Afolg, odda?"
„Bitte?"
„Nix, nix. Weida!"
„*Ein Mekka für die Wirtschaft und für junge Familien. Hier trifft Finanzkraft auf Erfindungsreichtum, Solidität auf Innovation. Für diese einzigartige, boomende Region in Deutschland, für eine der erfolgreichsten Regionen in Europa fehlt nur eines …*"
„Afolg. Klääհna Witz."
„*Ein Wahrzeichen.*"
„Hä? Was isn mim Heidlbäiiga Schloss?"
„Witzig, dass du das sagst, hier heißt es: *Das Heidelberger Schloss steht für die Vergangenheit. Das ist eine romantische Ruine. Schön, dass wir sie haben. Aber wir fragen, wo ist das Wahrzeichen, das in die Zukunft weist?*"
„Des ware bstimmt Monnema, die wu des gschriwwe hawwe, weddema? Glei kummt de Wassatuam."
„Turm ist gar nicht mal schlecht getippt, Günda. Sieh dir mal dieses Bild an!"
„Ooa! Was issen des fan Wescha[71]?"

[71] grober Kerl, Schläger; verwendbar für alles Überdimensionale

Ungläubig deutete Kommissar Günda auf ein gewaltiges, kegelförmiges Gebäude, neben dem sich Autobahnen, Flüsse und Siedlungen geradezu winzig ausnahmen.
„Ich lese mal weiter: *Unsere Region bietet alles.*“
„Des hawwisch schun mol gheat.“
„*Nur eines fehlt.*“
„Gschmack.“
„*Die Berge! Aber das wird sich ändern. Neueste Bautechniken und innovativste Architekten machen es möglich. Inspiriert vom Schweizer Matterhorn erschaffen wir das MAGIC HORN. Endlich bekommt unsere Metropolregion das Wahrzeichen, das sie verdient. Und obendrein ein gigantisches Wintersportgebiet!*“
Kommissar Günda war für einen Moment sprachlos.
„Geil. Kannst du skifahren, Günda?“
„Nää.“
„Macht nix. Ich brings dir bei.“

Das Gespräch mit Marion Helche zeigte immer noch Wirkung. Hatte er es anfangs durchaus gelassen hingenommen, dass es keinen aktuellen Fall gab, den es zu lösen galt, so versetzte die anhaltende Ereignislosigkeit in der Sokodo Fritjof Freese zunehmend in Unruhe. Er hatte sich nie Gedanken darüber gemacht, wie sie an ihre Aufgaben kamen. Das war Sache seines Chefs, der instruierte ihn, von ihm erhielt er seine Ermittlungsanweisungen. Soweit er wusste, war Ausgangspunkt für gewöhnlich ein Anruf aus der Zentrale. Warum sollte das nun anders sein? Aber es *war* offenkundig anders. Bei ihm hatte sich seit Kommissar Gündas Aufbruch zu den Fernsehufern niemand gemeldet. Keine Nachricht aus der Zentrale, kein Anruf, nicht einmal die Glickerbacher wollten etwas von ihm. Der derzeitige Leiter der Sokodo wäre arbeitslos, hätte er sich nicht an die Abarbeitung alter Akten gemacht, Ordnung geschaffen, *bissl rumgroomt*[72], wie Kommissar Günda es ausdrücken würde.
Wie konnte das sein? Stand die Welt plötzlich still? Passierte nichts, gab es von jetzt auf nachher keine Verbrechen mehr in der Region? Doch! Ganz gewiss wartete weiterhin jede Menge Arbeit auf die Polizei. Aber es gab eben keine Kriminalfälle mehr, deren Lösung man der Sokodo anvertraute, dieser Abteilung, spezialisiert auf Vorkommnisse im tiefsten Dialektmilieu.
Dass man ihn für weniger fähig hielt als seinen Chef, das konnte sich Freese vorstellen, immerhin verfügte der über jahrzehntelange Berufserfahrung, war den Umgang mit den Menschen hier gewöhnt, hatte sich bewährt. Aber dass man ihm, Freese, gar nichts zutraute, das lag außerhalb seines Vorstellungsvermögens. Was zum einen an seinem mehr als gesunden Selbstbewusstsein lag, zum anderen aber auch begründet war durch seine Ausbildung, seinen erfolgreichen beruflichen Werdegang, seine

[72] rumgeräumt

nicht zu leugnenden Qualifikationen in kriminalistischer Hinsicht.
Es gab nur eine Erklärung: Theisen. Der hatte diese Abteilung schon geraume Zeit auf dem Kieker. Solange Kommissar Günda präsent war, hatte die Sokodo ihre Existenzberechtigung, denn er hatte seine eigenen Methoden, verstand es wie kein anderer, einen Fall zu lösen. Er hatte sich einen guten Ruf erarbeitet, war leutselig und gerade deshalb erfolgreich. Gleichzeitig war er erfahren und vernetzt genug, um Theisens Versuchen, die Sokodo zu isolieren, Paroli zu bieten. Jetzt, da Kommissar Günda nicht mehr vor Ort war, nicht mehr zur Verfügung stand, konnte Theisen etwas Verhängnisvolles unter Beweis stellen: dass die Sokodo überflüssig war. Freese hatte schon damit gerechnet, dass seine Arbeit nun, da er allein auf sich gestellt war, ganz besonders unter Beobachtung stehen würde. Er hatte sich gut ausmalen können, dass sie ihn hätten scheitern sehen wollen. Oder man hätte mit Genugtuung betrachtet, wie Freese erfolgreich einen Fall löste, um anschließend triumphierend verkünden zu können, Kommissar Günda sei eben doch ersetzbar.
Die Wahrheit sah jedoch ganz anders aus. Theisens Taktik richtete sich nicht gegen Kommissar Günda, sondern gegen die Sokodo insgesamt. Indem er alle Fälle von anderen Abteilungen bearbeiten ließ, konnte er beweisen, dass sie gar nicht mehr vonnöten war.
Was bedeutete das für ihn, Freese? Das war absehbar. Er würde über kurz oder lang wieder in die Zentrale versetzt werden, dort vielleicht leichter und steiler Karriere machen als in dieser seltsamen Nische. Wollte er das? Nein. Womit er anfangs nie gerechnet hätte, die Sokodo, dieses urkurpfälzische Biotop, diese Insel der Seltsamsprecher, sie war ihm ans Herz gewachsen. Was konnte er tun? Er sah nur eine Möglichkeit.

„Meinst du, da dürfen nur Firmen investieren oder auch Privatleute?“
„Wisso? Hosch du Geld iwwarisch[73], bessa gsacht: Asche, Aschdritt?“

Erst war Kommissar Günda nicht recht begeistert gewesen, als ihn Harald Heist angerufen hatte, um ihn noch für einen abendlichen Dreh zu gewinnen.
„Es war nicht meine Idee, Günda.“
„Sondann?“
„Unter uns, Astrid hat es vorgeschlagen, aber sich nicht getraut. Sie will sich nicht aufdrängen.“
„A so.“ Kommissar Günda hatte nicht lange überlegen müssen. „Schun in Orddnung. Kemma mache. Äh, was annares, hea mol, Harald, is des escht, die Sach?“
„Welche Sache?“
„A, des mim Skifahre bei uns, in de Metropoolregioon.“
„Wer weiß?“, hatte Heist kryptisch erwidert. „Du bist doch der Kommissar, Günda!“

Eigentlich hatte er sich für diesen Abend im Roten Ochsen angekündigt, aber er war sich unsicher gewesen, ob es nicht doch ein Problem darstellen würde, dort plötzlich mit einem Filmteam aufzutauchen. Und irgendwie hatte er es besonders unpassend gefunden, mit Astrid Bergmann zu erscheinen. Und so hatte Kommissar Günda nach einem sehr kurzen Telefonat – *Äh, Marioon, bissl bleed heit, annamol wäa bessa* – Harald Heists Lokalwahl angenommen, und sie besuchten ein weiteres Mal die Mannheimer Nobelpizzeria, die, wie sich zeigte, für spezielle Gäste großzügig separierte Zweiertische anzubieten hatte.

„Geld? Nein, Geld habe ich nicht übrig. Aber ich meine generell,

---

[73] übrig

in der heutigen Zeit ist es doch fast unmöglich, Geld gewinnbringend anzulegen. Das klingt also auch interessant für Privatleute. Wie es aussieht, suchen die natürlich vor allem Großinvestoren. Anscheinend haben sie auch schon einige gefunden."
„Wenn?"
„Keine Ahnung. Ich habe im Internet geschaut, aber das ist noch geheim."
„Isch kann mas schun denke. Un wu solln des Ding hie?"
„Der Standort ist noch völlig offen. Jeder kann sich bewerben. Städte, Gemeinden, Firmen, Privatleute. Also, wenn du ein zehn Quadratkilometer großes Grundstück hast und nicht weißt, was du damit tun sollst? Bitteschön!"
„Zäh Quadratkilomeda?"
„Na ja, ich nehme an, es muss einiges untergebracht werden. Dieses Magic Horn – toller Name übrigens!"
„Finsch?"
„Du nicht?"
„Doch, doch, exträhm."
„Ich meine, dieses Magic Horn lockt ja bestimmt die Menschen in Massen an. Da braucht man Zufahrten, Parkplätze. Geschäfte, Gastronomie."
„Hea mol, Aschdritt, isch drau misch des fascht net zum froore: Wie hoch solln des wärre, des matschische Hornn?"
„Na, jedenfalls höher als alles andere hier."
„Heescha[74] wie de Mengla-Bau in Heidlbäiig?"
„Auf jeden Fall."
„Heescha wie de Keenischstuhl? Heescha wie die Pfälza Bäiig? Sechshunnat Meda odda was?"
„Geplant sind 700. Klingt phantastisch, oder?"
„Alladings. Isch krigg schun so bissl Ängscht. Un ää Frooch hawwisch aa schun mol: Fa waas?"
„Da lese ich dir mal den letzten Absatz vor: *Wenn Sie sich nun*

[74] Höher

fragen, warum sollen wir das machen, dann antworten wir: Ganz einfach, weil wir es können!"
„Hm. Dann deed misch grad noch ähns indressiere."
„Nämlich, Günda?"
Astrid Engel beugte sich nach vorn und stützte ihren Kopf erwartungsvoll auf ihre Hände.
„Was hottn dodemit unsa Melanie zum du?"
„Melanie. Stimmt. Die hatte ich jetzt ganz vergessen."
„Isch aa, Aschdritt. Isch aa."

Schtrii, schtraa, schtroo, de Summadaag isch doo!

Als sich Kommissar Günda an diesem Abend auf den Heimweg machte, ging ihm dieser Vers nicht aus dem Kopf. In allen kleinen Gemeinden der Kurpfalz gab es seines Wissens den Brauch, den Winter mit einem Sommertagszug zu vertreiben und manchmal gar in Gestalt eines Schneemanns zu verbrennen. Selbstverständlich unter den gestrengen Blicken der freiwilligen Feuerwehr.

Alle Klassen, wenigstens die der Grundschule, liefen geschlossen mit, hatten Wägelchen mit bunten Girlanden geschmückt. Die Vereine traten in ihrer Montur an, Sportdress, Uniform, Tracht. Spielmannszüge begleiteten den kilometerlangen Zug durch die Gemeinde, die Straßen überall gesäumt von stolzen Eltern und winkenden Schaulustigen. Seit er sich erinnern konnte, hatte sich das im Kern nicht verändert. Selbst auf alten Fotos im Heimatmuseum ähnelten die Sommertagszüge und ihre Teilnehmer einander in erstaunlicher Weise, sah man von den Modetrends bei Frisuren und Bärten ab.

Schtrii, schtraa, schtroo, de Summadaag isch doo!

Auch Kommissar Günda hatte als Kind mehrfach daran teilgenommen, ohne genauere Erinnerungen daran zu haben. Besonders einprägsam schienen diese Erlebnisse also nicht gewesen zu sein. Kaum Jugendlicher, hatte ihn dieser Brauch nicht mehr interessiert. Kinder hatte er keine, sodass er nie eine Veranlassung gesehen hatte, dieser Veranstaltung wieder beizuwohnen. Vor Kurzem jedoch hatte ihn ein Schulfreund angerufen.

„Hea, Günda, hosch du am Woche-End schun was voa?"

Kommissar Günda kannte diese listige Fragetechnik und war geübt darin, solcherlei Fallen zu umgehen.

„Wisso?"

„Isch mähn blouß."
„Auf, Gerhard, sach dei Sach. Was sollischn fa disch mache? Umzuug? Holz hole fa de Kamiin?"
„Abba. Nix weidas. Blouß mitlaafe."
„Wue?"
„Uffm Summadaagszug."
„Uffm Summadaagszug? Isch? Fa waas?"
„Als Middlalda."
„Hea mol, blouß weil isch iwwa fuchzisch[75] bin, musch du misch net glei beleidische. Du bisch doch aa soen alde Sseckl wie isch."

Das Missverständnis klärte sich bald. Sein Freund Gerhard hatte einen Mittelalterverein gegründet, der es sich zum Ziel gesetzt hatte, die Kultur und Lebensweise dieses als so düster geltenden Zeitalters ins rechte Licht zu rücken und zu pflegen. Anlässlich des Sommertagszuges wollte man die Chance nutzen, den neu gegründeten Verein der breiten Öffentlichkeit vorzustellen und so auch ein wenig Mitgliederwerbung zu betreiben. Ein Problem war nun daraus entstanden, dass ein Gutteil der Aktivisten zu dieser Zeit auf Mallorca weilen würde – *Rendna, du weesch, wies is!* –, andere waren eingeladen auf einen Geburtstag.
„Geborddsdaag? Um drei Ua nochmiddags?"
„A, Günda, des issen sibbzigschde Geborddsdaag, die fange schun middags oo, dasses net so spoot[76] wärdd fa die alde Leit."
Kommissar Günda dachte an die Rolling Stones und fragte sich, ob mittlerweile wohl auch Mick Jagger und Keith Richards ihre Geburtstagsparties um 12 Uhr mittags begönnen.
„Un desdaweje simmia zu wennisch Leit im Middlalda."
„Un was soll isch dodebei?"
„Folgendes: Mia hawwe en Schmied, des is de Luis, ä Maggd, die mescht dBärbl. Un mia hawwe än Ridda, des wäa isch. Mia

[75] fünfzig
[76] spät

bräuschde noch än Meensch."
„Än Mensch? Än gonz nommale Mensch? Hea mol, dann nämm doch äfach ähna, wu do rumleeft. Do gibts wahrscheinz genung vun denne Mensche."
„Kähn Mensch, Günda, än Meensch."
„A so, sachs doch glei. Än Meensch[77]."
„Gönau. Du kriggsch ä Kutt, än Bendl um de Ranze, Schlabbe fa die Fieß. Des langt."
„Hea mol, Gerhard, wisso derfen isch net de Ridda sei?"
„Gonz äfach, Günda, weje de Frissua. Du hosch doch schun ä Weil nix mea do drowwe in de Mitt vun doim Deez[78]. Isch schun."
„O!"
„A mähna[79] wie du."
„Des wärre ma mol seh am Sunndaag."
„Donn bisch du also debei, Günda?"
„Hajo. Isch machen eisch, de Bruda Tack."
„Bischen kloore Kärll, Günda!"
„Isch weeß."

Und so kam es, dass Kommissar Günda nach über 40 Jahren wieder bei einem Sommertagszug mitlief. Und er war überrascht. Es gefiel ihm. Auch wenn die Kinder der Schulklasse hinter ihm einige Mühe hatten mit dem Singen. Den Text hatten sie gelernt, aber sie konnten nun einmal nicht den Dialekt. Ebensowenig wie ihre Lehrerin. Also assistierte er unermüdlich.

Schtrii, schtraa, schtroo, de Summadaag isch doo!

Obschon die *Fieß* und die *Bähna*[80] durch das Holzschuhwerk –

---

[77] Mönch
[78] Kopf
[79] mehr

audendisch, awwa voll! – schmerzten, es war ein schöner, stimmungsvoller Ausflug in vergangene Zeiten. Und als sich am Schluss alle auf dem Marktplatz einfanden, schenkte ihm zur Krönung ein vielleicht fünfjähriges Mädchen einen Stecken mit einer aufgespießten *Bräzzl*: „Fa de Meensch!"

War er plötzlich Brauchtumspfleger, ein konservativer Traditionalist, dass ihm das gefiel? Nein. Nicht alles musste so bleiben, wie es war. Davon war er immer überzeugt gewesen. Aber musste sich unbedingt alles ändern?

Er hatte sich schon des Öfteren ertappt, wie er durch die Straßen lief und ihm Veränderungen unangenehm aufstießen. Früher hätte er diese gar nicht bemerkt. Wenn er Freunde, *ausseweäddische*[81], durch Heidelberg führte, erklärte er ihnen, wo einst die Straßenbahn gefahren war, welche Geschäfte seinerzeit dort gewesen, welche Gebäude gänzlich verschwunden waren.
Lag das am Alter? Am zunehmenden Unwillen, sich auf Neues einzustellen? Konservativ aus Angst vor Wandel, aus Bequemlichkeit, aus geistiger und emotionaler Unbeweglichkeit?

Schtrii, schtraa, schtroo, de Summadaag isch doo!

In nicht allzu ferner Zukunft würde es auch das vielleicht nicht mehr geben. Schlimm? Warum? Vielleicht wollten die kommenden Generationen den Winter anders vertreiben. Der Schnee war ohnehin bereits weitgehend verschwunden. Obwohl sich das ja mit dem Horn, *demm matschische*, ändern sollte. Wenn auch künstlich erzeugt.
Kommissar Günda konnte sich gut an Zeiten erinnern, da man

---

[80] Füße und Beine
[81] auswärtige

den ganzen Winter über *vun jedem Buckl nunnaglenne*[82] konnte. Hatte es damals nicht sogar spezielle Gleitflächen aus Metall gegeben, die man sich unter die Schuhe schnallte? Die Anspruchsvolleren waren mit dem Linienbus auf den Kohlhof gefahren. Der hatte Schneeketten gebraucht, um überhaupt dorthin zu gelangen. Oben angekommen hatte es nicht nur einen Hang für Schlitten, sondern auch einen für Skifahrer gegeben. Mit Skilift! Er war ewig nicht mehr dort gewesen, vielleicht gabs das alles noch. *Blouß hald mit oohne Schnee.*

Und nun sollte es also ein neues Wahrzeichen für seine Heimat geben. Was war eigentlich dagegen einzuwenden? Hatte nicht auch der Eiffelturm zuerst seine erbitterten Gegner gehabt?
Egool. In jedem Fall würde ein solches Großprojekt sowieso nicht zustandekommen. Nicht in Deutschland, dem Land der Hobby-Wutbürger. *Wasse Glick!*

Kommissar Günda horchte selbstkritisch in sich hinein. Woher rührte seine reflexartige Ablehnung? Nur, weil etwas neu war, anders, überraschend, unkonventionell, seinen althergebrachten, begrenzten Horizont sprengte?

Nein. Mitnichten. Das würde er sich offen und ehrlich eingestehen. Dieses Projekt hatte nur einen einzigen Fehler: Es war einfach *dabbisch.*

---

[82] auf dem Eis hinuntergleiten

„Frau Helche?"
„Was gibts?"
„Hätten Sie kurz für mich Zeit?"
Die Wirtin im Roten Ochsen legte das Spültuch beiseite und schaute Fritjof Freese forschend an.
„Noch ä Sticklsche Kuche?"
„Nein, danke. Ich glaube, ich muss langsam auf meine Figur achten bei dieser üppigen Ernährung."
„Awa! Do derf ruisch bissl was droo sei on de Männas, saachisch imma."
„Ich wollte Sie fragen, ob …"
Er zögerte.
„Auf! Was wolle Sien wisse? Was iwwa Gliggabach? Wea mit wemm? Alla guud, wenns de Wahrheitsfinnung dient. Um wenn gehtsn?"
„Um mich."
„Ou. Sauwa!"
„Ich habe das Gefühl, mir fehlt etwas Wichtiges."
„Ähä. Awwa isch hab gedenkt, mit de Mädlin, mit de Fraue, do hawwe Sie als kää Problähm."
„Wer sagt das?"
„Äh … Des hawwisch gheat. Un des hawwisch mia blouß so gedenkt, so wie Sie aussehe, so schnuggelisch. Do derft des jo ratzfatz gehe, ähni zum finne."
„Nein, darum geht es nicht."
„Allo, ä Fraa, die hawwe Sie. Awwa die wolle Sie nimmi. Vasteh schun. So sieht die Sach also aus. *Fiftie Wäis tu lief jua Laffa*[83]. Kää Problähm, isch kenn des, des is als net leischt, ebba loszumwärre. Do muss ma bissl gschickt sei. Voa allem: kää halwe Sache. Des sachisch zu Ihne. Nix mit *alla guud, des ähne Mol noch.*"
„Nein, nein, Frau Helche, Sie missverstehen mich. Ich dachte,

[83] 50 Ways to Leave Your Lover

Sie …"
„Isch? Ou. Des kummt jetz awwa bissl iwwaraschend, gell? Isch mähn, nix geje Sie. Sie sin schun en schnugglische Kärll. Kamma nix saache, awwa …"
„Kurz und gut: könnten Sie mich unterrichten?"
„Isch? Unnarischde? Waas?"
„Die hiesige Mundart. Dialekt."
„Warumme? Sie vastehe doch schun ä Weil alles gaa net so schlescht. Isch mähn soggaa gonz guud."
„Ja, verstehen kann ich mittlerweile das meiste. Aber was ich überhaupt nicht kann, das ist…"
„Des Spreschle. Schun klaa. Do hawwe Sie alladings rescht."
„Und mein Chef …"
„De Tschief. "
„Der sagt immer, wenn ich es mal versuche: *Lasses!*"
„Ä-ä, annaschda. Wisse Sie, was dea donn sacht, Ian Tschief? Dea sacht: *Losses!*"
„Genau. Er behauptet, ich würde das nie lernen, Dialekt kann man nicht lernen."
„Wua rescht hot, hodda rescht."
„Na ja, aber ich arbeite doch nun mal für die Sokodo, für eine Dialektabteilung. Ich finde, da sollte ich mir wenigstens ein bisschen Mühe geben. Meinen Sie nicht, die Leute würden das gut finden? Ich meine, im Ausland freuen sich die Gastgeber doch auch, wenn wir uns in der Landessprache verständigen oder es wenigstens versuchen. Wenn ich so spreche, wie ich nun mal spreche, hochdeutsch, dann habe ich immer das Gefühl, die Leute finden mich …"
„Hochnääsisch."
„Nun ja, vielleicht nicht ganz so hart…"
„Vun owwe runna."
„Finden Sie das etwa auch?"
„Bissl schun."
„Sehen Sie, und deshalb habe ich mir überlegt, ich sollte die

Abwesenheit meines Chefs nutzen, die hiesige Sprache zu erlernen."

„Vun mia?"

„Ja. Könnten Sie sich das vorstellen?" Freese blickte treuherzig. „Ich würde mich auch erkenntlich zeigen, Frau Helche."

„Marioon. Sie derfe ruisch Marioon zu ma saache."

„Gerne. Marijohn."

„Ouououou. Do hawwe mia noch orddentlisch was zum schaffe."

„Ja, Frau Kaltschmitt arbeitet für uns. Sie ist eine außerordentlich fähige Mitarbeiterin. Warum?“
Der großgewachsene Mittvierziger mit dem akkuraten Seitenscheitel im hellgrauen Dreiteiler und offenen Hemd lächelte charmant, die linke Hand lässig auf einen eleganten, gläsernen Schreibtisch gestützt.
„Melanie Kaltschmitt ist tot.“
„Tot?“
„Tot“, bestätigte Astrid Engel. „Sie wurde erschlagen.“
„Aber warum? Wer hat das getan?“
„Das aufzuklären, ist unsere Aufgabe, Herr Dr. Hessel. Was genau hat Melanie Kaltschmitt für Sie gemacht, worin bestand ihre Arbeit?“
„Entschuldigen Sie, ich … Ich kann das nicht glauben, diese junge, engagierte Frau.“
Er griff gedankenverloren nach einem silbernen Etui auf dem Schreibtisch und entnahm diesem eine dünne Zigarette.
„Darf ich?“
„Bitte.“
„Verzeihen Sie, möchten Sie auch?“
Kommissar Günda hob abwehrend die Hände: „Donge, isch raach nimmi.“
„?“
„Isch mähn nää.“
„Danke, nein“, ergänzte Astrid Engel vorsichtshalber. „Aber rauchen Sie ruhig, wenn es Ihnen guttut.“
Dr. Hendrik Hessel griff sich ein klobiges Feuerzeug – Kommissar Günda hatte auf einen Miniatur-Tischbrunnen getippt –, zündete sich die Zigarette an und tat drei hastige Züge.
„Der Tod Ihrer Mitarbeiterin nimmt Sie wohl sehr mit, Herr Dr. Hessel?“, fragte Astrid Engel teilnahmsvoll.
„Wir sind ein junges, kleines Team. Eine verschworene Truppe. Jeder bringt sich und seine Fähigkeiten ein, geht an seine

Grenzen, arbeitet weit über das normale Maß. Wir glauben an unser Projekt. Wir wissen, wir schaffen etwas Großes. Nie Dagewesenes. Verstehen Sie? Wir sind ein Team, eine Mannschaft, eine Gemeinschaft, in der jeder alles für die Sache gibt."

Kommissar Günda beobachtete, wie sich Dr. Hessels linke Fußspitze unablässig und mit beachtlicher Frequenz hob und senkte, was ein tapsendes Geräusch auf dem Parkettboden erzeugte, das aber offenbar keiner außer ihm wahrnahm.

„Sollen wir unsere Befragung verschieben?"

„Nein, nein. Fragen Sie. Was wollen Sie wissen? Wie kann ich Ihnen helfen?"

„Was genau hat Melanie Kaltschmitt für Sie gemacht? Worin bestand ihre Aufgabe?"

„Nun, wie ich schon sagte, wir sind ein kleines Team. Lauter Spezialisten. Ich weiß nicht, ob Sie von unserem Projekt gehört haben: Magic Horn. Wenn es Sie interessiert, dort hinten steht ein Modell."

Er deutete auf einen billardgroßen Tisch, aus dem ein überdimensionaler Kegel ragte.

„Gerne."

„Bissl späda", korrigierte Kommissar Günda mit unerwarteter Bestimmtheit.

„Ja, etwas später." Astrid Engel nickte.

„Noch stehen wir am Anfang, in der Planungsphase. Wir beschäftigen einen Architekten, einen Geologen, einen Bauingenieur, einen Landschaftsgärtner …"

„Un ä Aa-schää-o-loggin", unterbrach Kommissar Günda.

„Ja. Eine Archäologin, Frau Kaltschmitt. Melanie."

„Fa waas?"

„Sie meinen wofür?"

„Ähä."

„Nun, die Standortfrage ist ja noch offen. Wir wollen sicher sein, dass wir keinen Platz wählen, an dem womöglich historisch bedeutsame Stätten zerstört würden. Wissen Sie, wenn man ein Projekt dieser Dimension plant, ist entscheidend, sich nach allen Seiten abzusichern, alle Aspekte und möglichen Probleme schon im Vorfeld zu berücksichtigen. Melanie, Frau Kaltschmitt hat für uns erkundet, welches Gebiet archäologisch geeignet, weil unbedenklich ist."

„Unn, hot sie schun was gfunne?"

Dr. Hendrik Hessel schaute fragend zu Astrid Engel.

„Gibt es solche geeigneten Gebiete nach Frau Kaltschmitts Recherchen?"

„Oh ja, jede Menge. Aber Sie verstehen, dass ich darüber noch nichts sagen darf. Wir haben natürlich schon unsere Favoriten, aber wir möchten ja keinen Standort vorgeben, wir wollen nur gewappnet sein und möglichst viele Informationen haben, wenn sich Bewerber bei uns melden."

„Ist es eigentlich üblich, dass Ihre Mitarbeiter von Ihnen eine Wohnung zur Verfügung gestellt bekommen? Und einen Geschäftswagen?"

„Schauen Sie, unsere finanziellen Mittel sind begrenzt. Aber wir haben das Glück, aufgrund meiner früheren Tätigkeit in bescheidenem Maße über Immobilien zu verfügen, die wir unseren Mitarbeitern an Stelle eines üppigen Gehalts bieten können. Ähnlich verhält es sich mit unserem kleinen Fuhrpark, auf den alle nach Bedarf Zugriff haben. Ansonsten arbeitet hier jeder bis auf Spesen für ein Minimum. Manche sagen, weil wir naiv sind. Ich sage, weil wir an die Sache glauben."

„Un Sie, Sie sin de Chef vum Gonze?"

„Ich bin der Hauptgeschäftsführer, ja. Darunter gibt es für die wichtigsten Bereiche jeweils einen Geschäftsführer. Kommen Sie, ich zeige Ihnen unser Team!"

Die beiden Ermittler folgten ihm zum anderen Ende des großzügigen Büroraums, dessen gesamte Wand ein Gruppenfoto einnahm. Lauter junge, strahlende Menschen.

„Hier, das sind die Geschäftsführer. Meine drei Jungs. Gerade

mal Mitte 30, aber schon mit allen Wassern gewaschen."
„Ou, Sie hawwe schun so alde Kinna? Wie solln des gehe? Hawwe Sie schun so frih oogfange?"
„Nein", lachte Dr. Hendrik Hessel, nachdem ihm Astrid Engel Kommissar Gündas Fragen zusammengefasst hatte. „Ich nenne sie nur meine Jungs, weil sie mir ganz besonders ans Herz gewachsen sind."
Er ließ seine rechte Hand liebevoll über das Bild wandern.
„Der macht Marketing! Der Finanzen! Und er hier ist für Social Network zuständig! Aber das Wichtigste: Alle arbeiten bei uns Hand in Hand."
Für Kommissar Günda gab es sehr wohl eine gewisse Ähnlichkeit zwischen *denne Buuwe* und Dr. Hessel. Die *Kärll* selbst sahen für ihn ohnehin *ähna wie de anna* aus. Dunkle Haare, akkurater Schnitt, im Unterschied zu ihrem Chef noch nicht getönt, leicht gebräunter Teint, eine Hand lässig in der Anzughose, offenes Hemd, das Sakko über die Schulter geworfen. Sportlich, siegessicher, selbstgefällig. Wie Drillinge. *Bessa gsacht: wie gekloont.*
„Wissen Sie, was Melanie Kaltschmitt am vergangenen Mittwoch vorhatte? Sie benötigte dazu offenbar einen Wagen."
„Keine Ahnung, unsere Leute arbeiten völlig frei, sie müssen nichts beantragen und genehmigen lassen. Hier basiert alles auf Vertrauen."
„Sie wissen also nicht, wohin sie gefahren ist?"
„Nein."
„Wir haben sie unter der Lutherischen Brücke gefunden. Können Sie sich vorstellen, was sie dort gemacht hat?"
„Keine Ahnung. Aber ich bin auch nicht über alle Details informiert. Sie wird ihre Gründe gehabt haben. Vielleicht wollte sie auch nur einen Spaziergang machen, frische Luft schnappen. Und dabei…", Dr. Hendrik Hessel atmete tief ein. „Dabei traf sie ihren Mörder. Sie war einfach zur falschen Zeit am falschen Ort. Ich hoffe, Sie finden ihn bald, diesen Kerl!"

„Unn, Aschdritt, was hälsch du vun demm Sseckl?“
„Zweifelsohne ein attraktiver Mann.“
Kommissar Günda verzog den Mund.
„Aber überhaupt nicht mein Typ, Günda.“
Es gelang ihm nicht, ein Lächeln zu unterdrücken.
„Weesch, was misch wunnat?“
„Dass er keinen Dialekt spricht?“
„Stimmt. Wuhea weesch du des, Aschdritt?“
„Intuition.“
Sie piekste ihm in den Bauch, was so überraschend kam, dass Kommissar Günda nicht in der Lage war, die Muskeln schnell genug anzuspannen. Den fehlenden Widerstand, auf den ihr Zeigefinger traf, schob sie hoffentlich auf seine Kleidung.
„Ich habe mich erkundigt. Er lebt erst seit Kurzem in Mannheim.“
„Des hawwisch mia gedenkt.“
„Kommt eigentlich aus Düsseldorf.“
„Ähä. Indressant. Un was hodda dortt gschafft, in Düssldoaf?“
„Immobilienmakler. Sehr erfolgreich. Auch im Stadtrat. Er war dort sogar mal Karnevalsprinz.“
„Hea mol, wuhea weesch du des alles, Aschdritt?“
„Tja, ich habe eben meine Hausaufgaben gemacht, Günda.“
„Sauwa. Wie wäas, gehe ma was dringe?“
„Gerne. Wohin?“
„Egool. Bloß net schun widda in de Luisepaiik.“

Eine Weile waren sie nur ziellos durch die Gegend gefahren. Kommissar Günda mochte gar nicht aussteigen. Astrid Engel fuhr sein Traumauto, ein 73er VW-Käfer-Cabrio. Gut, ein wenig zu jung war der Wagen schon, ein Jahrgang mit schrägen Scheinwerfern und gebogener Chromstoßstange wäre noch vollendeter gewesen, aber auch dieses Fahrerlebnis war *härrliisch!* Da tat es auch keinen Abbruch, dass das Auto über keinen Kassettenrekorder, geschweige denn einen CD-Spieler verfügte, die passende Musik hatte er im Kopf: *Roadhouse Blues.*

Sie fuhren offen, und der Fahrtwind ließ Astrid Engels Haare reizvoll *struwwelisch* werden.

Er lotste sie weg von den Bundesstraßen, zeigte ihr Hemsbach, Schriesheim und dirigierte sie schließlich nach Ladenburg, wo sie gemächlich über das Kopfsteinpflaster der Altstadt zuckelten und schließlich in der Nähe des Marktplatzes eine Parkmöglichkeit fanden. Gleich um die Ecke entdeckte Kommissar Günda ein sonniges Fleckchen auf einer Bank und erbot sich, für jeden ein Eis zu besorgen.

„Was heedschn gärnn, Aschdritt, welli Sortt?"

„Oh, das überlasse ich dir, Günda, such du was für mich aus."

Kurz darauf präsentierte er seine Wahl: „Erdbea-Zitroon-Pischdazzje? Wäa des rescht?"

„Genau das hätte ich auch genommen."

„Vazehl nix."

„Und was hast du?"

„Banoon[84]-Schocklaad-Waldmeischda."

„Auch nicht schlecht. Darf ich mal probieren?"

Er reichte ihr seine Waffel: „Da!"

„Und jetzt du von mir!"

Kommissar Günda konnte sich nicht erinnern, wann er das letzte Mal einen solchen Eistausch vorgenommen hatte. Er war

---

[84] Banane

ohnehin nicht der Probier-mal-Typ. Doch in diesem Fall …

„Meinst du, dieser Hessel könnte recht haben?"

„Woomit?"

„Na, mit seiner Einschätzung, dass Melanie einfach nur Pech gehabt hat, weil sie zur falschen Zeit an dieser Brücke war."

„Hm, isch weeß net."

„Und wieso hat das eigentlich niemand mitbekommen? Die Brücke ist ja ein Touristenmagnet, da ist doch immer was los."

„Außa wenns dungl is. Beleuschdung hawwisch dortt kähni gsehe."

„Das stimmt, Günda. Deckt sich auch mit dem Untersuchungsergebnis der Pathologie für den mutmaßlichen Todeszeitpunkt. Aber wer geht im Dunkeln zu einer Brücke im Wald?"

„Zum Beispiel ähna, dea wu bissl Srill brauch."

„Srill?"

„Srill. Horroa voll Roa[85]."

„A, du meinst Thrill."

„Gönau. Des Ti Äitsch kannisch nadierlisch. Theoräädisch."

„Natürlich."

„Awwa des klingt bei mia nett. Un Srill, isch find, des klingt ramondischa. Unn, wie moanschen?"

„Was meinst du?"

„Hot die des gebraucht, Srill, unsa Melanie?"

„Nach allem, was wir über sie wissen, so wie ihre Wohnung aussieht, kann ich mir das nicht vorstellen."

„Isch aa net. Allo. Sinnia mol weida[86]. Wea gehtn noch im Dungle in de Wald?"

„Einer, der dort jemanden treffen möchte. Mit dem er sich verabredet hat."

„Eewe. Un desdaweje glaawisch net, was unsan Dogda mähnt. Isch glaab, die hot denn gekennt, ian Mördda."

---

[85] Rohr

[86] Denke mal weiter nach

„Klingt überzeugend."
„Un jetz froorisch mol disch, Aschdritt. Als Fraa. Wieviel Leit kennsch du, mit denne du disch im Wald nachts dreffe deedsch? Männas!"
Astrid Engel wandte den Blick von Kommissar Günda ab und blinzelte nachdenklich in die Sonne.
„Also aktuell … fällt mir da … nur einer ein."

„Soot. Härr Freese." Marion Helche nahm ihren künftigen Schüler prüfend ins Visier, als sie sich zu ihm an den Tisch gesellte. „Wolle Sie des als noch? Unsan Dialekt lärnne?"
„Auf jeden Fall. Und eine bessere Lehrerin kann ich mir nicht vorstellen."
„O, hea uff! Do binnisch ma noch net so sischa. Allo. Vasuche kammas jo. Dann deed isch saache, fange ma glei mol oo. Isch hab mia iwwalegt, ärschdi Lekzioon: Ffokkaale. Was is de wischdischde Ffokkaal, wu mia hawwe?"
„Keine Ahnung."
„Des Ooo. Vum Ooo kummt alles, zum Ooo geht alles. Klähni Laut-Iiwung[87]: oaa! Anna Rischdung: oue! De Klang vum Oo is abhängisch vun de Umgebbung. Ä klähnes *En* beispielsweis, des soiigt fa soe lässisches *dorttnoo*, *dorttnoo*, *dorttnoo*. Gonz annaschda klingt des oo bei soemme mäschdische Bee wie *Obbscht*, *Obbscht*, *Obbscht*. Insgsamt hawwe mia wie viel vun denne Ooo?"
„Sechsundzwanzig?"
„Hä? Wuhea wisse Sie des? Hawwe Sie bissl voaglärnnt? Streewa!"
„Nein, als ich hier angefangen habe, hat mich mein Chef zu einer älteren Dame[88] geschickt, und die hat mir die Grundbegriffe des hiesigen Dialekts beigebracht."
„Reschbeckt! Awwa des is grad die Theoorii. Uns gehts jo um die Praxis, ums Spreschle. Stehe Sie mol uff. Gehe Sie mol newa denn Disch. Voa misch. Soot. Allo, wu hoggt des Oo?"
„?"
„Guggema äschda mol bei Ihne. Saache Sie des mol: Ooo."
„O."
„Ou! Des O, des bamblt bei Ihne irgendwu zwische de Oaläpplin. Awwa wu gheat des noo? Isch zeigs Ihne mol. Des kamma heere, des kamma fihle, vleischt kenne Sie des soggaa

---

[87] Übung

[88] Donde Lisbeth, siehe *De Schorle-Peda*

sehe. Obacht: Oooo. Ooooo. Ooooooo. Prowiere Sies mol: Ooooo."
„Ohhhh."
„Ä-ä. Nochmol."
„Ohhhhh?"
„Nää. Des Oooo, des packt, des aschüddat[89] kwassii die gonz Bruscht. Leje Sie des Ooo mol voll nei in die Bruscht."
„Ohhhhhh."
„Des gibt nix."
„Sage ich doch."
„Langsoom. Net glei uffgewwe, Härr Kommissar."
Marion Helche legte die rechte Hand auf Freeses Brust. Der hob verwundert die Brauen.
„Kää Ängscht. Isch mach Ihne nix. Nochmol. Un droo denke, die gonz Bruscht oot mit."
„Ohhhhhh."
„Wisse Sie, was isch grad bei Ihne spiire du?"
„Na?"
„Nix. Des is des Problähm. Jetz mache ma des mol annaschda. Gewwe Sie ma mol die Hand. Die Batschhand!" Sie packte seine Rechte, und ehe er sich versah, legte sie sie sich auf die Brust. „Des hot jo kähn Docht. Do mussisch bissl improffissiere. Dialekt, des muss ma fihle. Doo: Ooooo."
Freese wirkte verunsichert. Was sich rasch legte.
„Meiike Sie was? Ooooo."
„Nein."
„Als noch net? Ooooooo."
„Nein."
„Des gibts jo net. Awwa jetzat: Oooooooo."
„Tut mir leid, ich spüre nichts. Aber – es fühlt sich gut an."

[89] erschüttert

Die drei Frauen saßen mit gesenkter Miene auf dem blau gestreiften Sofa im Wohnzimmer der Parterrewohnung einer auf einem sanften Hügel gelegenen Villa in der Neuenheimer Uferstraße.

„Melanies Zimmer ist noch nicht wieder vermietet. Sie hat ganz viele Sachen hiergelassen, kommt auch öfters vorbei. Wir haben niemanden gefunden, der so gut zu uns passt wie sie. Ehrlich gesagt, wir haben gar nicht erst gesucht."

„Ja, wir haben gehofft, sie kommt zurück. Dieses Single-Apartment in Mannheim, das ist doch nichts für sie. Wie oft haben wir hier auf der Terrasse zusammen gesessen, haben gegessen, geredet, gefeiert."

„Aber jetzt kommt sie nie mehr."

Astrid Engel ließ einen Moment verstreichen, ehe sie eine Frage stellte: „Wie lange haben Sie zusammengewohnt?"

„Fast zwei Jahre."

„Dann kennt man sich schon ganz gut, oder? Hatte Melanie einen Freund?"

„Bevor sie bei uns einzog, hatte sie eine längere Beziehung. Sie erzählte nicht gerne davon. Ihr Freund war bei der Bundeswehr, eine Fernbeziehung. Das ging irgendwann ziemlich schief. Deshalb hat sie auch eine Frauen-WG gesucht."

„Dann gab es aktuell keinen Mann in ihrem Leben? Schwer vorstellbar, so wie sie aussah."

„Na ja", räumte die Blondeste der drei ein. „Verehrer hatte sie auf jeden Fall. Wir haben sie ja in unseren Freundeskreis reingebracht, und allein da gab es schon einige, die hinter ihr her waren."

„Aber sie hat sich auf keinen eingelassen. Sie hat sich sowieso voll auf ihr Studium konzentriert, vor allem die letzten Monate, als sie ihren Abschluss gemacht hat."

„Keine Männerbesuche?"

„Nein."

„Doch!", widersprach die in der Mitte Sitzende.

„Ach so“, räumte die zu ihrer Rechten ein, „du meinst Philipp. Das war doch nur ein Studienkollege, mit dem sie zusammen gelernt hat.“
„Oft?“
„Schon.“
„Auch nachts?“
„Manchmal.“
„Haben Sie seinen Namen, seine Adresse?“
„Nein. Aber das kann nicht schwierig sein, er ist an der Uni geblieben als Assistent, will seinen Doktor machen. Bisschen langweilig. Netter Typ.“
„Findest du? Ich fand den immer irgendwie voll schräg.“
„Archäologe halt.“
„Ist eigentlich noch jemand von Ihnen Archäologin?“
„Nein, wir sind alle an der PH. Aber auch das fanden wir toll an ihr, dieses exotische Fach.“
„Äh …“ Es war das erste Mal, dass sich Kommissar Günda zu Wort meldete. Alle vier Frauen schauten ihn erwartungsvoll an.
„Äh … kannisch grad mol …?“
„Die Toilette ist den Gang durch rechts.“
„Nää, des Zimma. Vun de Melanie.“
„Ach so. Direkt gegenüber.“
„Ich komme mit.“

Astrid Engel wunderte sich: „Sieht hier ganz anders aus als das Apartment in Mannheim. Wohnlich, behaglich, warme Farben. Die vielen Kerzen überall. Hier könnte ich mich auch wohlfühlen. Hast du was gefunden?“
Kommissar Günda blätterte in einem Buch.
„Worum gehts da?“
„Um de Hoomoo.“
„Bitte?“
„Hoomoo heidlbäiigensis. Moin Ua-Ua-Ua-Ua-Ooba. Un deina vleischt aa.“

Das Namensschild war handgeschrieben, ausgefranst und kaum noch lesbar. Nach mehrmaligem Klingeln ertönte endlich ein Türsummer. Als die beiden Ermittler das Gebäude in der Heidelberger Weststadt betraten, hatte Kommissar Günda das Gefühl, dass er hier schon einmal gewesen war. Ihm dämmerte dunkel etwas von einer ziemlich chaotischen Folkrock-Party in den 80ern.

„Oben!"

Die Stimme klang weit entfernt. Kommissar Günda stützte sich auf das Geländer, legte den Kopf schief und spähte hinauf ins Treppenhaus.

„Ganz oben, vierter Stock!"

„A nää, aa des noch!"

Die Holzstufen knarzten unter ihren Schritten. Es roch nach Bohnensuppe und Bohnerwachs. Kommissar Günda kannte die Bauweise dieser Häuser aus dem späten 19. Jahrhundert gut. Auf jedem halben Treppenabsatz fand sich eine verschlagartige Tür, hinter der sich die Toilette verbarg. Immer noch benötigt und intakt, wie die Hinweise erkennen ließen: *Frei*, *Besetzt*, ein durchgestriches Stehpinkler-Männchen. Der Aufstieg zur letzten Etage wurde beschwerlicher, die Stufen enger. Wahrscheinlich war dieses oberste Stockwerk ursprünglich der Speicher gewesen und erst später wohnbar gemacht worden. Endlich oben angelangt, fanden sie sich vor verschlossener Tür. Der Messingklingelknopf gab nur ein leises Quietschen von sich. Kurzerhand klopfte Kommissar Günda drei Mal. Und noch ein weiteres Mal. Schließlich öffnete Philipp Enderle. Im Bademantel. Um 14 Uhr.

Vom Besuch der Ermittler schien er nicht weiter überrascht. Enderle wusste bereits um den Tod seiner früheren Studienkollegin und ließ die beiden herein. Überall lagen Bücher, Zeitschriften und Blätter. Auf dem Boden, auf dem metallenen Bistrotisch mit den beiden Klappstühlen, auf dem Fenstersims, auf der Schlafcouch, die aussah, als hätte gerade noch jemand darauf gelegen. Dazwischen Tassen, Teller, Kleidungsstücke. Auch Unterwäsche, wie Astrid Engel widerwillig bemerkte. Ein einfaches, übervolles Stahlregal, offenbar aus dem Baumarkt, stand haltlos unweit der Wand, schief und instabil. Auf dem ebenso überladenen kleinen Schreibtisch vor dem offenen Fenster stand ein Laptop. *Solitair.*

Mit einer geübten Handbewegung fegte Philipp Enderle die Stühle leer und bot ihnen den freigewordenen Platz an. Für sich selbst stellte er den hölzernen Klappstuhl vom Schreibtisch hinzu. Während er den Laptop schloss, kündigte er an, sich rasch anzuziehen.

„Net needisch, misch steat des net."

„Mich stört es auch nicht, machen Sie sich keine Umstände, Herr Enderle."

Unausgesprochen fürchteten beide vor allem, ihr Gastgeber könnte sich direkt vor ihren Augen umziehen, denn neben dem Wohn-/Schlafzimmer gab es wohl nur noch eine kleine Küche, in der neben der Spüle eine Duschkabine eingebaut war.

Astrid Engels Blick fiel auf das vor ihnen stehende Geschirr. Eine grünliche, zart behaarte Schicht hatte sich auf die nicht mehr definierbaren Essensreste gelegt.

„Kann ich Ihnen etwas anbieten? Kaffee?"

„Nää. Donge. Liewa net."

„Im Moment nicht, vielen Dank."

Durch das geöffnete Fenster drang das Geräusch einer Feuerwehrsirene. Philipp Enderle schloss das Fenster, erkennbar froh um die Gelegenheit, die aufkommende Stille zu unterbrechen.

„Im Sommer wird es hier ziemlich heiß", erläuterte er ungefragt. „Null Dämmung, uralte Fenster. Dafür brauche ich im Winter keinen Kühlschrank."

Er deutete auf einen Kohleofen, neben dem noch eine Plastikwanne mit zwei Briketts lag.

Dann erzählte er ihnen von Melanie Kaltschmitt. Wie fleißig sie

gewesen war, wie gewissenhaft, wie interessiert an allem, was mit ihrem Fachbereich zusammenhing. Privat habe er sie kaum gekannt. Über die Arbeit hinaus seien sie sich nicht nähergekommen.
„Schaad?“, fragte Kommissar Günda arglos.
„Wären Sie es gerne? Ihr nähergekommen?“
Philipp Enderle wies dies weit von sich. Er sei an Melanie Kaltschmitt nicht interessiert gewesen.
„Haben Sie eine Freundin?“
„Nichts Festes.“
„Mea so bissl logga. Kennisch.“ Kommissar Günda suchte den Blickkontakt zu seiner Begleiterin. Und fand ihn.
Als Melanie Kaltschmitt das Angebot erhalten hatte, für das Magic-Horn-Unternehmen zu arbeiten, habe er sie sofort bestärkt. „Wissen Sie, für uns gibt es ja nicht so viele Möglichkeiten auf dem Arbeitsmarkt.“
„Wann haben Sie Frau Kaltschmitt das letzte Mal gesehen?“
„Oh, das ist bestimmt zwei Wochen her. Ich bin stark an der Uni eingespannt, sie hatte auch viel zu tun. Aber manchmal hatte sie eine fachliche Frage an mich, und dann hat sie sich gemeldet. Ich glaube, letzte Woche haben wir kurz telefoniert.“
„Ist Ihnen etwas an ihr aufgefallen? Hat sie sich irgendwie verändert?“
„Nein. Ich habe nichts bemerkt. Aber so gut kannten wir uns ja auch nicht. Sie schien unter Druck, klar, der neue Job. Sie ist eben eine ernsthafte Wissenschaftlerin, eine fähige Archäologin. Das heißt, sie war.“
Die Ermittler nickten, und Kommissar Günda erhob sich zum Aufbruch. Seine Tischnachbarn folgten ihm, Philipp Enderle eher behäbig. Er schien nunmehr in Plauderstimmung: „Für mich war immer klar, dass ich an der Uni bleibe“, erzählte er auf dem kurzen Weg zur Tür. „Wissen Sie, ich schreibe gerade an meiner Doktorarbeit, vielleicht bekomme ich auch eine Dozentenstelle, sieht ganz gut aus.“

„Dann werden Sie sich bestimmt auch bald eine andere Wohnung suchen."
Philipp Enderle schaute Astrid Engel verständnislos an.
„Ich meine, wenn Sie mal heiraten. Oder so. Also für eine Familie mit Kindern ist das hier vielleicht nicht das Wahre."
„Mir gefällts", entgegnete der Altbaubewohner mehr trotzig als bestimmt. „Das ist hier eines der letzten Häuser in der Weststadt, das noch nicht von einem Spekulanten saniert wurde. Die Mieter erst rausgetrieben, teuer renoviert und dann als Eigentumswohnungen verhökert an Psychologen, Ärzte und Anwälte."
„Schää. Gfellt mia aa, des Alde."
Kommissar Günda befühlte vorsichtig die kleinste der sieben Scheiben in der holzwurmstichigen Wohnungstür. Sie zeigte einen Riss, notdürftig mit Tesafilm überklebt.
„Awwa mache dud do kähna mea was, odda?"
„Viel investiert wird nicht im Gebäude, wie es aussieht", unterstützte Astrid Engel.
„Das Haus wurde natürlich auch gekauft von einem dieser Spekulanten. Aber der ist pleite gegangen. Der Arme. Wie leid mir das tut. Und noch hat sich kein anderer gefunden." Philipp Enderles Stimme erhielt einen gehässigen Beiklang. „Wenns nötig ist, nehme ich mir noch die Wohnung gegenüber. Die steht leer. Kümmert eh keinen."
Die beiden Ermittler wandten sich zum Treppenhaus, als sich Kommissar Günda doch noch einmal umdrehte.
„Äh, was issen des Thäma?"
Philipp Enderle war gerade dabei, die Tür zu schließen, und lugte verwundert durch den verbliebenen Spalt.
„Des Thäma fa de Dogda. Was issen des?"
„Ach", winkte der Wissenschaftler ab, wirkte aber doch ein wenig durch Kommissar Gündas Interesse geschmeichelt. „Das Thema meiner Doktorarbeit, das ist ziemlich langweilig, jedenfalls für Fachfremde. Das würden Sie nicht wissen wollen."

„Doch, doch", bekräftigte Kommissar Günda.
„Ich beschäftige mich mit einem bedeutsamen Fund, der unweit von hier gemacht wurde. Allerdings schon vor langer Zeit. Aber wie wir Archäologen sagen: es gibt immer was zu buddeln, buddeln wirs aus."
„Ähä. Is des zufällisch in Maua?"
„Ja, in der Tat." Philipp Enderle zeigte sich freudig überrascht und schenkte Kommissar Günda erstmals ein angedeutetes Lächeln. „Mauer, oberhalb von Leimen. Wie tausende Archäologen vor mir beschäftige ich mich mit dem Homo heidelbergensis. Also im weitesten Sinne."
„Indressant."
„Stimmt, das klingt für unsereins nicht so spannend." Astrid Engel zupfte den Kommissar am Ärmel. „Melden Sie sich, falls Ihnen doch noch etwas einfällt."
„Mooment! Äh, was annares, sin Sie vun doo?"
„Sie stammen nicht aus der Region, oder? Sie sind bestimmt zugezogen, habe ich recht?"
„Genau. Ich stamme aus Norddeutschland. Braunschweig."
„Braunschweig? Kennisch."
„Du kennst Braunschweig, Günda? Woher?"
„Vun de Fasnacht: Vazehl isch dia annamol. Auf kumm, mia gähne[90]! Servela."

Wieder unten angelangt, schüttelte Astrid Engel den Kopf: „Genau so stellt man sich einen Archäologen vor, oder?"
„Finsch? Isch heed jo gedenkt, des wäa en Jurischt."
„Jurist? Nein. Das sind ganz andere Typen. Kalt, berechnend …"
„Loss misch mol roode, Aschdritt, du hosch mol ähna ghabt vun derre Sortt."
„Einen? Schön wärs."

---

[90] gehen

Fritjof Freese schaute seine Lehrerin erwartungsvoll an. So schnell hatte er nicht mit der nächsten Unterrichtseinheit gerechnet. Sie hatte die rasche Fortsetzung angeregt. Warum wohl?

„Droobleiwe, imma schää droobleiwe. Sunscht bringt des nix."

Was er genauso sah. In mehrerlei Hinsicht. Nun also die zweite Lektion. Die erste fand er im Nachhinein ausgesprochen gelungen. Gut, vielleicht haperte es noch sprachlich. Aber sonst? Er war mit ihr auf einem guten Weg.

„Soot."

Er versuchte, ihr noch tiefer in die Augen zu blicken.

„Dann deed isch mol saache, ärschda mol bissl widdahole."

„Gern, Frau Helche. Sogar sehr gerne."

„Allo! Auf! Uff was waade Sie? Uff de Frihling?"

„Hm?"

„Oooo!"

„Ach so. Verstehe. Oh."

„Wisse Sie was, isch glaab, des mim Ooo, des gibt nix. Des is zu heigl. Zu schwierisch fa de Oofang. Mia fange mit was Leischdarem oo. Mim Ii."

„Mit dem I. Sehr gut. Ich freue mich."

„Langsoom. Am beschde imma ärschda mol zuhoiische. Folgendes: Sie wisse jo, die Ffokkaale bei uns, die äschüddare vum Prinzipp die gonz Bruscht. Sgibt ä ählnzischi Ausnoohm, un des wäa eewe unsan Iii. Des Iii, des sprisch du do howwe. Iiii. Iiiii. Iiiii. Auf. Jetzat. Prowiere Sies mol!"

„Ihhh."

„Ä-ä. Iiii. Middemme leischde Unnabiss. De Unnakiffa[91] voazuus[92]. Iiiii."

„Ihhh?"

„So wärdd des nix. Annaschada. Mache Sie mol Ia Schnut zu."

---

91 Unterkiefer

92 nach vorne

Freese tat, wie ihm geheißen.
„Gönau. Soot. Un jetzat zeije Sie mia mol so viel Zäh[93], wies geht."
Freese bemühte sich.
„Is des alles? Mähna hawwe Sie net?"
Freese bleckte nach Kräften.
„Des langt! Possizioon halde. Un jetzat die Zäh aussenanna, awwa bloß gonz wähnisch. Gönau. Un donn de Unnakiffa voasischdisch voazuus schiewe. Weida! Weida! Als weida! Stopp! Subba. Bissl gähngt noch, odda?"
Freese nickte.
„Stopp. Noch net. Ärschda mim Iii. Jetz saache Sie mol iii un während demm schiewe Sie ian Unnakiffa aa noch des ledschde bissl voazuus. Auf!"
„Iihh."
„Schun bessa. Alladings des End, des stimmt noch net."
„Wie? Daf Ende vom I ftimmt nift?"
„Sie hawwes afasst. Als so bleiwe, un schää weida atme, wie wenn nix wea. Des Iiii, des heat bei uns uff middeme E. Awwa kää rischdisches Eee. Mähna so, wie willischn saache, so wie bei *soe*. Hawwe Sie des vastanne?"
Freese schüttelte den Kopf.
„Egool. Prowiere Sies nochmol."
„Ihe."
„Oh liewi Zeit, jetz waa alles widda Kees. Ä-ä. Kää Haa. Uff kähn Fall Haa nochem Iii un vorrem E. Nochmol."
„I-ee."
„Aa net. Kroddevakeat. Hm." Sie wirkte ratlos. „Wie keent ma des vakläre. Prowiere Sie mol ä Äää."
„Ihh-ähhh."
„Guud! Hawwe Sies gemeiikt? Sie hawwe fa des Äää die Schnut weida uffgemacht. Un des is de Fehla. Jetz mol im Gejeteil.

[93] Zähne

Beim Ääa die Schnut klääna mache, awwa grad ä bissl. Alla hopp! Aä! Un zumache!"
„Ih-äh."
„Zua[94]."
„Ih-ä."
„Un jetzat des Iii länga un des Ääa kärzza."
„Iihh-ä."
„Noch kärzza."
„Iih-ä."
„Un des Haa weg, des bleede."
„Iije."
„Des isses. Ä oogedeischdes Jott. Do heedisch glei druff kumme kenne. Sie, Härr Freese, also isch deed saache, do kamma druff uffbaue. Des iiwe Sie jetz mol. Imma, wenn Sie bissl Luft hawwe, donn iiwe Sie des. Zäh Mol, zwonzisch, dreißisch. Mit Paus dezwische, sunscht hängt irgendwonn Ian Kiffa fescht."
„Daf mafif. Dankeföhn."
„Soot, jetz kenne Sie de Kiffa widda entspanne. A, ähns noch!"
„Ja?"
Freese blickte sie erwartungsvoll an.
„Am beschde bloß iiwe, wenn kähns do is."
„Warum das?"
„Unna uns: des sieht schun bissl dabbisch aus. Awwas bringt was, glaawe Sie mas."

---

[94] Kurpfälzer Komparativ

Der Besuch bei Philipp Enderle hatte Kommissar Günda deprimiert. Es war vor allem die Einschätzung seiner Kollegin, die auf seine Stimmung drückte. Astrid Engel wurde nicht müde, die Wohnverhältnisse des Archäologen kopfschüttelnd im Detail Revue passieren zu lassen. Vieles davon hatte er im Unterschied zu ihr gar nicht wahrgenommen: die leeren Wodkaflaschen, die Bierdosen. Kein Obst, kein Gemüse, dafür Vitaminpräparate. Keine Bilder an der Wand. Keine Pflanzen. Kein Staubsauger. Keine Waschmaschine.

„Kein Wunder, dass Melanie nichts von dem wissen wollte, so verwahrlost, wie der ist."

„Mia dud dea Kärll schun bissl leid."

„Warum? Wenn man in seinem Alter noch in einem solchen Loch unterm Dach haust, selber schuld. Archäologie, Alkohol und Pornos, keine besonders gute Partie für eine attraktive Frau Mitte 20."

„Pornnoo? Wue? Hawwisch gaa net gsehe? Wu hoschn des jetz widda entdeckt?"

„Na ja, der Pay-TV-Empfänger neben dem Fernseher … Willkommen im Hotel Einsamkeit."

„Äh, Moment, des hawwisch net vastanne. Wu leeft des Pornnoo?"

„Sag nicht, du kennst das nicht, Pay-TV. Du hast doch bestimmt auch so ein Gerät."

„Päiitiffii? Hä? Was solln des soi? Was fa Geräät? Än Fänseh, des hawwisch. Aa Är Dee[95]. Zett Dee Eff[96]. Rddl[97]. Un noch bissl annare Kees. Awwa isch gugg fascht nix. Eigendlisch bloß Nachrischde. Isch hea jo liewa Raddioo."

Das stimmte nicht ganz. Kommissar Günda hatte durchaus

---

[95] ARD
[96] ZDF
[97] RTL

seine Lieblingsfernsehsender und -sendungen. *Houmschobbing beispielsweis*. Stundenlang konnte er sich in Sekundenschnelle wirkende Wunderdüngemittel, selbstaufrollende Gartenschläuche und gnadenloseste Allesreiniger präsentieren lassen. Trimmgeräte, die per Infrarot Fettzellen erkannten und augenblicklich verbrannten, Indio-Schmuck, 5000 Jahre alt, erst jüngst entdeckt, der seinem Träger auf ewig Glück und Reichtum bescherte. Mit einer Mischung aus Faszination und Fassungslosigkeit konnte er sich in nächster Nahaufnahme handgewundene Ringe besehen, die sich derart in die fleischigen Finger ihrer Präsentatoren gegraben hatten, dass man jedes Mal erst ewig rätseln musste, was man da vor sich hatte: *Babbl*[98] *unnam Mikroskoop*?

Besonders angetan hatten es ihm Küchengeräte. Im Weltraum erprobte Pfannen, auf denen schon bei der ersten Mondlandung Spiegeleier gebrutzelt worden waren. Und natürlich der Alleskönner, der aus einem alten Schuh eine Delikatesse zauberte. Durch Gedankenlesen erkannte das Gerät die gewünschte Mahlzeit und begnügte sich mit allem Einverleibten. *Do kannsch du äfach alles neischmeiße. Alles, was fortt muss. Bogglhaddes Brot, ronzische Kees un die iwwarische Knoche vum Rippsche. Zack. Un raus kummt, tätätätäääää: Tiramissuu. Subba!*

Und das war eben nicht alles. Denn *wenn du glei oorufe dusch, kriggsch du noch ä fuchzischteilisches Messaset dezu. Un die dreihunnat gröggschde Hits vun zwee Tippe, vun denne du noch nie was gheat hosch. Alles kwassii fa umme.*

Ja, daran konnte sich Kommissar Günda ergötzen. Doch das konnte er Astrid Engel natürlich nicht erzählen. Schon gar nicht nach dem Besuch bei Philipp Enderle. Wahrscheinlich konnte er sie nicht einmal zu sich einladen. Er fühlte sich zwar überhaupt nicht einsam. Aber in jeder Ecke seiner Behausung würde sie

---

[98] Matsch

vermutlich Anzeichen für das Gegenteil entdecken.
„Kannst du eigentlich kochen, Günda?"
„Bissl. Tiramissuu."
„Davon ernährst du dich? Sieht man." Sanft tätschelte sie *soin Ranze*. Er musste wohl etwas pikiert dreingeschaut haben, denn sie ruderte sogleich zurück: „Nein, nein, Günda. Du bist genau richtig."
„Wuhea willschen du des wisse, Aschdritt?"
„Das sehe ich einem Mann an. Also, ich habe Hunger, du nicht?"
„Schun. Bissl."
„Tiramisu?"
„Ou, isch hab gaa nix dehähm defoa."
„Ach so, nein, das habe ich nicht gemeint. Ich kann mich doch nicht einfach bei dir einladen. Oder?"
„Hmpf."
„Ich habe eine andere Idee. Wie wäre es mit ein paar leckeren Kanapees?"
„Hm, wisso net. Vun mia aus."

Kommissar Günda hatte tatsächlich Hunger, die Aussicht auf Kanapees schien ihm zwar etwas dürftig, aber das machte Astrid Engels Begleitung wett.
Zu seinem Leidwesen mussten sie das Verdeck des Käfer-Cabrios schließen, es drohte zu regnen. Kommissar Günda wurde etwas unruhig.
„Hea mol, Aschdritt, wu fahre mia eigendlisch hii?"
„Lass dich überraschen, Günda. Vertraust du mir?"
„Isch glaab schun. Äh, isch mähn voll."

Sie fuhren Richtung Mannheim, was Kommissar Günda wenig überraschte. *Bstimmt widda zum Idaliäna. Odda in de Luisepaiik*. Er

startete einen Versuchsballon: „Hoiisch[99], Aschdritt, isch hab awwa gaa kää Geld debei."
„Macht nix, Günda. Da, wo wir hinfahren, brauchen wir kein Geld."
„Donn is jo guud."

Sie fanden einen Parkplatz in der Augusta-Anlage. Astrid Engel drängte angesichts der Wetterlage zur Eile: „Komm, schnell!"
Sie nahm ihn bei der Hand, es begann zu tröpfeln.
„Los, das schaffen wir!" Unvermittelt löste sie sich, rannte voraus und erreichte das Ziel mit deutlichem Vorsprung. Kommissar Günda trottete hinterher.
„Und?"
„Waas?"
„Du weißt nicht, wo wir sind?"
„Sebvaständlisch kennisch des. Des is de Roosegadde[100]. Hea mol, was mache mian doo? Wärrisch eiglaade? Uffe Konzärtt? Wea spieltn? Alles, awwa kää Mjussikkl[101]. Do krigg isch de Worxa. Donn liewa ä Kochkonzärtt. Des deed mia jetz gfalle. Mit Tescht-Esse nadierlisch."
Sie lachte: „Erzähl mir nicht, du hast keine Ahnung, was hier heute stattfindet."
„Äh …"
„Ich sage nur Magic Horn."
Er stöhnte.
„Isch hab schun so bissl Ängscht, Aschdritt. Des Ding, dea Wescha vafolgt misch. Hea mol, sach bloß, die hawwe des schun fäddisch, denn Matschpickl!"
„Nein. Es handelt sich um die erste Präsentation des Projekts für Investoren."

---

99 Höre
100 Rosengarten, Mannheimer Kultur- und Kongresszentrum
101 Musical

„A so. Indressant."
„Allerdings. Siehst du. Vertraue mir."
„Un derf do äfach jeda hii?"
„Sind wir etwa jeder?"

Sie hatten zwar keine Einladung vorzuweisen, doch dank ihrer Dienstausweise stellten die Eingangskontrollen kein Hindernis dar. Schilder geleiteten sie in einen der kleineren Säle im oberen Stock. Auf allen Hinweisen prangte ein schneeweiß gleißendes Magic Horn als Logo. Vor dem Saaleingang tummelten sich junge Hostessen in cremefarbenen Hosenanzügen und verteilten Prospekte.
„Donge, hawwe mia schun. Obwoohl, isch nämm doch noch ähna."
„Ah, der Herr Kommissar und seine überaus charmante Kollegin!" Dr. Hendrik Hessel begrüßte offenbar jeden Neuankömmling persönlich. „Frau Engel, schön Sie zu sehen. Sie beide sind also auch interessiert an einer lohnenden Investition in die Zukunft."
„Ach Gott, wie willischn saache."
„Es ist nicht so einfach für uns, vor allem für mich, glauben Sie mir." Er senkte die Stimme. „Aber Melanie hätte nicht gewollt, dass wir mit unserem Projekt zurückstecken. Nicht jetzt, in dieser so wichtigen Phase."
„Äh, Härr Dogda, äh, isch heede mol gärnn ä Frooch."
„Mein Chef hat eine Frage."
„Ich habs verstanden, Frau Engel. Ich höre mich langsam ein in diese wunderbare Sprache. Bitte, Herr Kommissar, schießen Sie los."
„Äh, isch hab gheat, Sie hawwe Kannapees …"
„Aber klar. Hier links um die Ecke oder einmal quer durch den Saal. Das", er drohte dem Ausgehungerten neckisch mit dem Zeigefinger, „ist nicht Sinn der Sache. Geht aber schneller. Oh, Herr Abgordneter, wie schön, Sie zu sehen!"

„Du hast da noch was."
„Hä? Wue?"
„An der Oberlippe. Darf ich?"
Ohne eine Antwort abzuwarten, beseitigte Astrid Engel die letzten Spuren der für ihren Chef doch eher symbolischen Mahlzeit mit ihrem Zeigefinger von dessen Lippen. Der reagierte etwas verstört.
„Ou. Des is mia awwa jetz so bissl u-oo-genähm. Was waren des?"
„Lachs, Günda. Nur ein bisschen Lachs. Sah komisch aus, aber passte farblich gut zu deinen Lippen."
„Mei Libbe? Lachsfaawisch? Des is mia noch gaa net uffgfalle. Was du alles siehsch."
„Tja, Günda. Man muss nur genauer hingucken."
„Apropoo. Nochhea mussisch noch iagendwas finne zum esse, des langt mia net."
Ein Gong ertönte.
„Komm, es geht los!"
Er streckte die Hand nach ihr aus, doch Astrid Engel war bereits auf dem Weg in den Saal.

Kommissar Günda hatte erwartet, dass sich dort ein paar wenige Interessenten verlören. Ein solches Projekt konnte doch niemand ernstnehmen. Weit gefehlt. Alle Plätze waren besetzt. Astrid Engel saß links neben ihm. Das Licht verlosch. Für einen Moment war es stockdunkel im Saal.
„Wie im Kinno, gell?"
Musik ertönte. Filmmusik. *Fluch der Karibik*. Bescheidenheit klang anders.
Auf der Wand erschien eine Mauer aus schweren Backsteinen. Ein dreidimensionaler Bagger samt Abrissbirne stand plötzlich mitten im Saal – *Kää Ahnung, wie die des hiegebrocht hawwe!* –, am Steuer ein niedliches Baby, und zertrümmerte die Mauer im Rhythmus der Musik, bis nichts mehr davon übrig blieb. Der

Blick war nun frei auf eine liebliche Landschaft. Inmitten der Flüsse, Wiesen, Wälder und Seen erwuchs in Sekundenschnelle der wohlbekannte Kegel.
„So sieht es aus, wenn wir eingefahrene Muster verlassen, wenn wir Denkverbote zertrümmern, uns von Mauern befreien. Für die Zukunft. Für unsere Kinder und Kindeskinder. Für die Welt und für unsere Heimat. Meine Damen und Herren, ich begrüße Sie zur ersten Präsentation unseres Magic Horns, exklusiv für Investoren! Mein Name ist Dr. Hendrik Hessel, ich habe das außerordentliche Vergnügen, als Hauptgeschäftsführer für dieses Wunderwerk verantwortlich zu zeichnen."

Die ersten Minuten hätte sich Kommissar Günda getrost sparen können. Was vorgetragen wurde, entsprach weitgehend dem im Prospekt Enthaltenen. Die Einzigartigkeit der Region, das längst fällige moderne Wahrzeichen. Weithin sichtbar, einmalig in der Welt. *Nix Neies.*
Dann wurde Hessel konkreter: „Passgenau und kundenorientiert werden wir dort nicht nur ein wundervolles, angemessenes Wahrzeichen schaffen, sondern obendrein ein atemberaubendes Wintersportangebot, das keine Wünsche offenlässt. Mit einer ausgewogenen Mischung aus virtueller Herausforderung und gefühlsechtem Thrill."
„Hosch des gheat, Aschdritt. De Hessl, des is zum Beispiel soen Srilla. Awwa vastanne hawwisch des drotzdähm net. Due?"
Astrid Engel räusperte sich mahnend.
„Machen wir uns nichts vor, die Natur ist längst an ihre Grenzen geraten. Die klassischen Wintersportgebiete sind überfordert. Stichwort Klimawandel. Schneemangel, übervolle Pisten, ökologische Schieflage. Die Mittelgebirge bieten zu wenig, das Hochgebirge ist überlaufen. Höchste Zeit, dass wir eine Alternative schaffen. Eine Wintersportregion, die jedem gerecht wird, weil wir sie den Wünschen und Anforderungen der Kundinnen und Kunden entsprechend gestalten. Dass wir uns

recht verstehen, natürlich können wir uns weiter von einem Heli auf irgendeinem Gipfel absetzen lassen für das ultimative Abfahrtserlebnis."
„Do binnisch awwa beruischt!"
„Leise, Günda!"
„Damit können und wollen wir nicht konkurrieren. Und auch der zweiwöchige Osterurlaub in den Dolomiten wird weiter seine Berechtigung haben. Aber wo liegt die Zukunft des Wintersports? Die Vision? Wollen wir uns damit begnügen? Wie wäre es mit spontanem Skivergnügen jederzeit? Im Mai, im Hochsommer! Bei Tag und Nacht! Mit den unterschiedlichsten Schwierigkeitsgraden! Pulverschnee, Tiefschnee, Buckelpiste. Rückenwind, Seitenböen, Winterromantik, Sommerlaune. Alles nur eine Frage der Technik. Auf einer Fläche von fünf Quadratkilometern wollen wir auf unserem Magic Horn für jeden etwas bieten. Für Familien, Anfänger, Allrounder, Ambitionierte, bis hin zu Spitzensportlern. Am Magic Horn wird alles möglich sein. Wir werden berühmte Pisten nachbilden: Hahnenkamm, Streif. Magic Horn, nicht umsonst haben wir diesen Namen gewählt. Er ist Programm. Und – kein Geheimnis – angelehnt an das legendäre Schweizer Matterhorn. Das kann man besteigen, erklimmen, bewundern. Wir lassen uns davon inspirieren, sind dankbar für diese Anregung der Natur und schaffen mit unserem Magic Horn die optimierte Form vom Matterhorn. Und, meine Damen und Herren, ich frage Sie: Wo passt unser Magic Horn besser hin als in Ihre, in unsere Metropolregion?"
„Isch deed saache iwweraal."
„Pscht, Günda, ich finde das sehr interessant. Du nicht?"
„Doch, doch. Gonz aiig exträhm."
„Und alles, ohne dass die Natur Schaden nimmt. Das wird die Zukunft des alpinen Sports. Schonend, weil umweltverträglich, alle Entsorgungseinrichtungen integriert, neueste Energieeffizienzmöglichkeiten berücksichtigt. Optimiert, nachhaltig, an-

spruchsvoll. Vor allem höchst flexibel, weil jederzeit den veränderten Wünschen anpassbar. Wir entlasten die Natur, und wir bieten mehr, als die Natur je bieten kann. Und wem nach dem Sport der Sinn nach Après Ski, nach Feiern steht, für den bieten wir *Inside and outside the Horn* Party nonstop für jeden Geschmack. Von Hüttenzauber bis Ball der einsamen Herzen ist alles dabei. Kleines Schmankerl: Geplant ist ein Areal von allein 500 Quadratmetern für Oktoberfeststimmung rund um die Uhr, das ganze Jahr über.
Ich muss nicht betonen, wie stark die Umgebung, die ganze Region profitiert. Das wird nicht nur eine Attraktion für die Menschen hier, das wird ein Magnet europa-, was sage ich, weltweit. Morgens Brandenburger Tor, mittags Neuschwanstein, nachmittags, abends und nachts: Magic Horn. Das wird das künftige Standardprogramm für Touristen aus aller Welt werden. Selbstverständlich planen wir eine direkte Anbindung an die Autobahn, einen ICE-Bahnhof sowie einen Exklusiv-Flughafen mit Hubschrauberlandeplatz. Die gesamte Logistik wird unterirdisch untergebracht. Parkhaus samt Peripherie. Wir werden dafür eine Tiefe von *roundabout* 100 Metern nutzen, sodass auch energiemäßig genügend abfällt und voraussichtlich für die Umgebung einiges übrig bleibt. Stichwort Erdwärme. Aber über solche Dinge müssen wir gar nicht reden, das ist selbstverständlich.
Und damit zum wichtigsten Thema für Sie, die möglichen Investoren. Was die Renditen anbelangt, so darf ich Ihnen kurz und knapp prognostizieren: Wir reden nicht von Einstelligem. *Never ever*!“
Auf der Leinwand erschien eine Grafik, die eine steil ansteigende Kurve zeigte.
„So sieht unsere Gewinnprognose bei konservativer Schätzung aus.“
Hessel hielt inne und lächelte beseligt.
„Lassen Sie mich noch eines ansprechen, und das sage ich als

einer, der Ihre Heimat nun kennen- und liebengelernt hat: In dieser herrlichen, in jeder Hinsicht so begünstigten und unglaublich erfolgreichen Metropolregion, zwischen Pfälzer Bergen und Odenwald, zwischen Mannheim-Ludwighafen und Heidelberg mit ihren wunderbaren, sympathischen, offenen und herzensguten Menschen…"
„Dea mähnt misch, Aschdritt!"
„… soll unser Magic Horn ein Signal an die Welt und ein Sinnbild für die Menschen hier vor Ort sein. Die Verkörperung des Kurpfälzer Traums! Ich verspreche Ihnen, das Magic Horn wird in kürzester Zeit nicht nur berühmt in aller Welt, es wird vor allem *unser aller* Magic Horn.
Doch nun will ich Ihre kostbare Zeit nicht weiter beanspruchen. Alle Informationen zu unserem Wunderkegel finden Sie im Netz. Machen Sie einen virtuellen Rundgang, werfen Sie einen Blick auf die Region aus ganz neuer Perspektive, wagen Sie eine atemberaubende Schussfahrt!
Mit Ihrer Einladung gehören Sie zu den Premium-Investoren, denen wir ein Vorkaufsrecht einräumen möchten. Denn wir wollen nicht, dass die Menschen hier das Nachsehen haben, weil sich internationale Investoren, vor allem aus Asien die – gestatten Sie mir das Wortspiel – die *Metro-Pole-Position* vor Ihnen sichern. Zumal Gerüchte besagen, es gäbe bereits maßgebende Entscheider, die darüber nachdenken, den Olympischen Winterspielen eine Frischzellenkur zu verpassen. Wenn Sie verstehen, was ich meine … Aber das ist Zukunftsmusik. Noch. Also zögern Sie nicht zu lange! Sie haben nun die Gelegenheit zu einem persönlichen Gespräch mit unseren Beratern. Ich danke Ihnen für Ihre Aufmerksamkeit und wünsche viel Erfolg, allzeit Ski heil und gute Geschäfte!"

„Und, was meinst du, Günda?"
„Hea mol, sin die noch gonz sauwa?"

Als Kommissar Günda vom Buffet zurückkam, wo er vergebens noch eine kleine Wegzehrung zu ergattern suchte, fand er seine Begleiterin ins Gespräch vertieft mit einem der Geschäftsführer. Darauf schlenderte er durch den Saal und besah sich schließlich lustlos das imposante Modell des Kegels. An was erinnerte ihn das? Dann fiel es ihm ein: an den Hobbykeller seines Cousins Holger in Kindertagen. Der hatte eine umfangreiche Modelleisenbahnanlage, fest installiert auf einer raumfüllenden Pressspanplatte. Ein komplexes Schienen-, Rangier- und Weichensystem für mindestens ein Dutzend parallel fahrender Züge, ausschließlich durch geschultes Personal mittels artig aufgereihter Trafos zu bedienen. Was bedeutete, Kommissar Günda durfte *imma blouß zugugge*. Und das war entsetzlich langweilig. Zumal sein Cousin nicht müde wurde, ihn auf sämtliche Details und selbst winzigste Neuerungen hinzuweisen. Ein Gutteil seiner Freizeit verbrachte der nämlich damit, Fallerhäuschen zusammenzubauen – *des gähngt jo noch*. Vor allem aber schuf er immer neue Landschaften und Stillleben rund um die Schienenwelt. Bahnhöfe im Übermaß, Rangiertempel, Übergänge, für die eigens Straßen angelegt worden waren, Hügel, Tümpel, dörfliche Siedlungen mit Kirchen – *zwee nadierlisch* –, Schwarzwaldhäuser – *mit Vorhäng!* Gewissenhaft zusammengeklebt und bevölkert von unzähligen, klitzekleinen, starren Figuren, darunter eine Herde *Schoof*[102] samt Hirtenhund. Alles, was das Leben im Modellbahnkosmos zu bieten hatte aus dem unendlichen, paradieshaften Fundus eines Ladens irgendwo im Odenwald. Ansatzlos klatschte sein Cousin immer wieder in die Hände, rief *Gdnacht!*, das Neondeckenlicht verlosch, und all die Millionen winziger Lampen kamen zur Geltung. Unter dem begeisterten Quieken des Bahnchefs. Kommissar Günda hatte diese Nachtstimmung eindeutig dem Tagestreiben vorgezogen, er war regelmäßig dabei eingeschlafen.

---

[102] Schafe

Eine ganz ähnlich ermüdende Wirkung entwickelte auf ihn dieses Horn, *des matschische*, das gerade überall im Saal in Einzelgesprächen verzückt gepriesen wurde.
Als er sich wieder nach seiner Assistentin umsah, entdeckte er sie immer noch im Gespräch mit *demm Sseftl*, nun an einem Stehtisch, ein Sektglas in der Hand. Er schlenderte betont langsam in deren Richtung. Sie entdeckte ihn und stellte ihr Gegenüber vor. „Hallo, Günda. Das ist Herr von Bensen."
„Ähä."
„Und das, das ist mein Chef, Kommissar Günda."
„Angenehm. Auch ein Glas Prosecco, Herr Kommissar?"
„Nää, donge. Isch muss noch gfahre wärre."
„Ich komme gleich, Günda. Herr von Bensen erklärt mir nur noch die unterirdische Rodelbahn. Unglaublich!"
„Losst eisch narre Zeit. Isch muss eh. Alla, servela!"
Und ohne sich noch einmal umzudrehen, marschierte Kommissar Günda zum Ausgang. Auf der Suche nach einem Taxi zum nächsten Gyrosstand.

Zu Hause angekommen, blinkte der Anrufbeantworter.
„Hallo, Tschief, hier Freese. Ich wollte nur mal hören, ob alles in Ordnung ist. Hier gibts nichts Neues. Sie können sich ja mal melden."

So sehr er sich darüber freute, dass Freese an ihn dachte, danach stand Kommissar Günda gerade nicht der Sinn.

„Was war gestern mit dir los, Günda? Ist dir der Lachs nicht bekommen? Oder wolltest du schnell nach Hause, um zu prüfen, welchen Betrag du investieren kannst?"
„Nänää. Isch waa grad bissl mied. Die viele Leit, des viele Gebabbl."
Sie frühstückten in einem Handschuhsheimer Café an der Tiefburg. Kommissar Günda gab sich Mühe, gutgelaunt zu klingen.
„Unn, waas noch nett geschdan?"
„Ja, ein interessanter Mann. Jurist. Aber kein typischer."
„Finsch?"
„Du nicht?"
„Isch kenn misch do net so aus, mit denne Veggl[103]."
„Ich schon."
„Isch weeß. Unn, was mähndan, de von un zu Rebhuhnschreck."
„Rebhuhnschreck?"
„A, dea geht doch bstimmt uff die Jaggd. Mit soim Halsdiischl[104]."
„Du bist doch nicht etwa eifersüchtig, Günda?"
„Isch? Uff denn? Im Leewe net."
„Na na na."
„Dea, pfff, was willn dea? Isch bin doch viel älda, ääma, klähna, digga …"
„Du bist vor allem viel süßer, Günda."
„Finsch?"
„Ja, das finde ich. Ich wollte nur mal hören, was dieser Typ zu erzählen hat. Ein bisschen privat, ein bisschen von Mann zu Frau. Irgendeinen Vorteil muss das ja haben, dass wir im Team arbeiten. Und es war wirklich interessant."
„Ähä."

---

103 mit diesen Vögeln
104 Halstuch

„Weißt du, wen er für das Magic-Horn-Unternehmen angeworben hat?"
„Unsa Melanie."
„Wie kommst du da drauf?"
„Intuizioon."
„Sie haben sich kennengelernt beim Skifahren. Ihre Eltern haben ihr zum bestandenen Diplom einen Skiurlaub in einem Allgäuer Nobelhotel geschenkt."
„Unn?"
„Was und?"
„Hodda was middare ghabt?"
„Keine Ahnung. Aber vielleicht erfahre ich bald mehr."
„Hä? Was heeßtn des?"
„Ganz einfach, wir sind verabredet. Zum Lunch. Willst du mitkommen?"
„Nää, donge. Isch hab was annares voa."
„Nämlich?"
„Äh, isch dreff misch nochmol mit denne Meedlin in derre Woohnung vun de Melanie. Un vleischt lansch isch donn aa noch bissl rum."

Die Idee, noch einmal Melanie Kaltschmitts frühere Wohnung aufzusuchen, war Kommissar Günda während des wenig aufheiternden Gesprächs mit seiner Assistentin eher aus der Not gekommen, aber sie gefiel ihm gut. Zuvor jedoch wollte er einen Vertrauten aufsuchen. Walter Franke war ein alter Verwaltungshase. Längst im Ruhestand, lebte er in einem Seniorenstift. Die Heimleitung hatte zunächst Bedenken, als dort ein Kamerateam auftauchte, man befürchtete einen kompromittierenden Fernsehbericht, ließ sich aber rasch beruhigen, als man Kommissar Günda entdeckte: „Ou, de neie Schimanski?"

Sein gesamtes Berufsleben hatte Walter Franke in der Verwaltung gearbeitet, erst im Landratsamt für den Rhein-Neckar-Kreis, später in verschiedenen Gemeinden. Bausachen waren seine Spezialität gewesen. Sein körperlicher Zustand war nicht gut. Als vor drei Jahren seine Frau verstorben war, wollte er seinen drei Töchtern nicht zur Last fallen und hatte ein kleines Apartment in diesem Seniorenheim erworben.
Kommissar Günda schätzte diesen Mann mit seinen bald 80 Jahren für seinen wachen Verstand und seine Lebensweisheit, gepaart mit einer gehörigen Portion Humor. Diese Wertschätzung beruhte auf Gegenseitigkeit.

Walter Franke saß in seinem Rollstuhl auf dem kleinen Balkon mit Blick auf einen großzügigen Kinderspielplatz, wo sich zwei Bier trinkende Mütter mit Kinderwagen verloren. Er war trotz der sommerlichen Temperaturen eingepackt in eine dicke Wolldecke und freute sich über den unverhofften Besuch.
„Ou, de anna! Was hoschen jetz widda oogstellt, Günda?"

Kommissar Günda besuchte Walter Franke unregelmäßig, aber wenn, dann kamen sie rasch ins Gespräch. Über Personen, Projekte, Politik. Besonders die lokale. Redeten sich heiß und vergaßen schnell alles, was um sie herum geschah.

Er holte sich aus dem Zimmer einen Stuhl und setzte sich zu ihm.
„Unn? Wie, Walda?“
„Smuss hald. Die Bää. Kadaschdroof. Selwa?“
„Ach Gott, so weit schun.“
„Hoisch, Günda, isch hab kää Zeit heit, sgibt glei zMiddaag.“
„Schun? Um elfe?“
„Kannsch nix mache. Allo, was ischn drauß lous, Buuwl?“
„Folgendes.“
Kommissar Günda fasste kurz zusammen, was er über den geplanten Riesenkegel wusste, erzählte von der Investorenversammlung und drückte Walter Franke schließlich den Prospekt in die Hand.
„Doo! Unn, wie moanschen? Kann des was wärre?“
„Günda, ähns, des musch da mol meiike: Du kannsch gaa net so dabbisch denke, wies als kummt. Dodemit reschl isch schun long.“
„Middeme Riesehornn bei uns? Ealisch?“
„A, isch heed jo ea gereschlt middeme Rieseloch. Klähna Witz. Obwoohl … Nää, misch iwwarascht des net. Gugg mol, die Leit wisse jo net, wuhie mit iam Geld.“
„Des vasteh isch net. S heeßt doch allweil, alle hawwe kää Geld.“
„Wahrscheinz, Heinz. Gugg disch doch mol rum. Doo. Neibausiedlung. Alle esse Bio un fahre Tschiep[105]. Spielplätz wolle sie hawwe fa ia Krutze, awwa hiegehe due sie net, weil sie hawwe jo all ä Trambolien im Gadde.“
„Mooment, Walda! Unsan Staat, dea is doch so aam, alle misse spare, un des trotz dass sie so viel Steiare einämme wie noch nie.“
„Des hot jo dodemit nix zum du, Günda. Äh, was annares, hosch du heit eigendlisch nix debei fa misch?“

[105] Jeep

„Hajo hawwisch des. Klaroo. Du kennsch misch."
Wie aus dem Nichts förderte Kommissar Günda einen silberglänzenden Flachmann mit zwei passenden Bechern zutage und schenkte für beide Diskutanten ein.
„Proscht, Walda. Uff disch!"
„Proscht, Günda. Un uff des Maddahornn fa Aame fa die Reische."
„Do sachsch du was, Walda. Des mussisch ma glei mol meiike, des kannisch bstimmt als brauche. Awwa des is jo bloß die Idee vun soä paa Sseckl. Des gibt eh nix."
„Hea mol, Günda, du kannsch gaa net so dabbisch denke, was die Leit alles oostelle. Hawwisch des schun mol gsacht?"
„Nää. Des hea isch grad zum ärschde Mol. Allo. Du mähnsch, die krieje des Geld zamme?"
„Hajo! Die wolle jo gaa kä Steiamiddl, die wolle priffaade Inveschdoore. Un wenn die Leit widdare, dass sie orddentlisch Geld vadiene, dann kenne die nix. Je mea, desto bessa."
„Un des Rissikoo?"
„Grad egaal."
„Awwa hea mol, Walda, ärschda mol misse die en Blatz finne, wu sie denn Wescha hiestelle kenne. Des will doch kähna hawwe."
„Du bisch so goldisch, Günda. Des glaabsch du. Die misse grad ähna finne, dea wu sacht: *Oukey, bei mia kennda des Ding baue.* Schun wolle des alle hawwe. Donn heeßts: *Moo-mändemol! Dea kriggt des net! Des wolle mia hawwe! Mia ware ärschda!* Unna uns, wenn isch die wäa, isch deed ähna afinne[106]."
„Ähna afinne, dea wu denn Wescha hawwe will?"
„Gönau."
„Awwa donn, Walda, donn is doch zabbe. Des krieje die doch nie im Leewe genähmischt. Vun de Gemeinde, vum Land."
„Bidde? Wenn die so viel Geld inveschdiere? Wenn so viel Leit

[106] erfinden

was defu hawwe? Die Handweiika, die Aaschidegde[107], die Bonge[108], die Leit, die wu dortt Äggalin[109] hawwe, die Gemeinde, die wu Gewärbesteia widdare. Die Hodells, die Gschäftlin, die Gaschdronomie fa die Milljoone vun Turischde. Un wenn donn ärschda die gonze Prominende kumme ..."
„Hä? Prominende? Wea solln dortt hiegehe?"
„Günda, bass mol uff. Do kriggt de Pizz Brädd[110] än fedde Scheck, un donn kummt dea awwa ratzfatz mit allene soine Krutze."
„Mähnsch?"
„Wärsch sehe. Donn bringe die des glei uff Jutuub[111]."
„Du kennsch Jutuub?"
„Gönau, dea kummt nadierlisch aa, de Bonnoo[112] un die gonz Bloos. Un donn willisch denn mol sehe, denn Büagameischda, dea sacht *Nää, mim Eff Zeh Bazzelonnaa, do willisch net uffs Foddo!*"
„Du mähnsch also, Walda, die deede des duaschkrieje."
„Günda, do kannsch ähna druff losse." Walter Franke genoss es sichtlich, sich nicht mehr ständig korrekt ausdrücken zu müssen.
„Odda weesch was?"
„Nää."
„Liewa glei zwee."

---

[107] Architekten
[108] Banken
[109] Äcker
[110] Brad Pitt
[111] Youtube
[112] Bono, U2-Sänger

„Ein Prosecco?"
„Danke, nein. Nicht im Dienst."
„Oh." Mick von Bensen lächelte schelmisch. „Ich dachte …"
„Leider, leider. Wir haben unsere Vorschriften, und Sie haben doch bestimmt auch noch jede Menge Termine heute."
„Selbstverständlich. Aber nichts, was sich nicht verschieben ließe, Frau Engel."
„Nun, dann bemühen wir uns, meine Fragen rasch zu klären. Wie war Ihr Verhältnis zu Melanie Kaltschmitt?"
„Verhältnis? Wie meinen Sie das?"
„Wie ich es sage. Sie war eine junge, attraktive Frau. Und immerhin haben Sie sie zuerst privat kennengelernt. Sie war Ihnen doch auch bestimmt dankbar, dass Sie ihr diese Chance gegeben haben."
„Melanie war eine sehr fähige Mitarbeiterin, die beste Archäologin, die ich kenne."
„Wieviele Archäologinnen kennen Sie?"
„Frau Kommissarin, Sie haben mich erwischt. Ja, ich gebe es zu. Frau Kaltschmitt hatte ihre Reize, das habe ich sehr wohl gesehen, ich bin ja nicht blind."
„Sind Sie eigentlich verheiratet?"
„Ja."
„Kinder?"
„Zwei."
„Ah ja."
„Wenn Sie darauf hinauswollen, ob ich meine Ehe für Frau Kaltschmitt aufs Spiel gesetzt hätte, niemals. Aber ein kleiner Flirt wird ja wohl erlaubt sein."
„Hatten Sie für das Magic-Horn-Projekt überhaupt eine Archäologin gesucht?"
„Nicht direkt." Mick von Bensen wiegte den Kopf bedeutungsvoll hin und her. „Aber sie passte mit ihrem Profil ideal zu uns."
„Mit ihrem Profil oder mit ihrer Figur?"

„Nun", räumte Mick von Bensen ein, „bei einem Mittfünfziger mit Wampe hätten wir vielleicht doch ein wenig gezögert."
„Wer hat über ihre Einstellung entschieden?"
„Sämtliche Personalentscheidungen treffen wir drei Geschäftsführer gemeinsam. Sollte keine Einstimmigkeit erzielt werden, entscheidet Herr Dr. Hessel alleine."
„Und? Haben Sie Einstimmigkeit erzielt?"
„Das, Frau Engel, fällt leider unter das Betriebsgeheimnis. Was tippen Sie?"
„Was gewinne ich, wenn ich richtig liege?"
„Dann dürfen Sie mit mir ein Glas Prosecco trinken."
„Und wenn ich falsch liege?"
„Dann? Dann müssen Sie es."

Kommissar Günda schaute aus dem Fenster. Auf der Neckarwiese spielten drei junge Männer Frisbee. Halbnackt. Sprangen, rannten, ließen sich mit der lässig gefangenen Scheibe fallen und rollten sich elegant ab. Das hatte er doch gestern auch noch vermocht. Oder war es vorgestern? Hatte er damals auch so ausgesehen? Bestimmt. Es müsste zum Beweis etliche Fotos von ihm als *knaggisches Bärschtl* geben.
Frisbeespielen, das hatte er ewig nicht gemacht. Vermutlich hätte er auch heute seine Probleme damit. Weniger mit dem Werfen und mit dem Fangen, mehr mit jeder Form von Bewegung.

Vor Kurzem hatte er einen Verdächtigen verfolgen müssen. Zwanzig Jahre jünger als er. Schon der Start hatte zu wünschen übrig gelassen. Er hatte sich früher immer etwas eingebildet auf seine Sprinterqualitäten. Kaum hatte er erkannt, dass es zu spurten galt, war er auch schon losgerannt. Diesmal schien sein Körper erst abzuwägen. Zu warten, ob nicht ein anderer sich auf den Weg machte. Zu hoffen, dass der zu Verfolgende auf ihn Rücksicht nähme, auf ihn wartete. Als er sich dann endlich in Bewegung gesetzt hatte, fühlte er sich schon nach wenigen Metern *wie än massische alde Ssack*. Japste offenen Mundes und hielt schließlich an der dritten Kreuzung inne. Immerhin. Eine beträchtliche Wegstrecke hatte sein Wille über seinen Körper triumphiert, hatte der doch schon an der ersten Ecke mit Aufgabe geliebäugelt. *Fäddisch*. Außer Gefecht für den Rest des Tages. Der Verdächtige natürlich längst über alle Berge.

Bei den jungen Männern vor ihm dagegen sahen die Bewegungen flüssig aus, organisch. Wieso hatte sein Körper plötzlich Mühe mit diesen doch Jahrzehnte geübten Abläufen? Nicht das Tempo war das Problem – *gut, bissl* –, nicht die Kraft – *oukey, des aa* –, nein, vor allem war es die Geschmeidigkeit. Dabei waren doch die Extremitäten dieselben. Warum sah es

eckig aus, schien es irgendwie zu haken, wenn ältere Menschen sich bewegten? Aufgefallen war ihm dies schon seit Längerem. Bei runden Geburtstagen, wenn die Jubilare und ihre Altersgenossen zur *Mussisch vun dorttmols* tanzten. Eigentlich war alles wie früher. Frei, hingegeben der elektrisierenden Musik, dem Rhythmus, der Stimmung, dem Gefühl, und doch für den neutralen Betrachter ein befremdlicher Anblick dieser Generation Ungelenk, zu der er jetzt wohl auch gehörte. Seit Neuestem? Oder doch schon geraume Zeit? Schüttelten sich heute in die Jahre Gekommene zu *My Generation*, *Gimme shelter* und *In-a-gadda-da-vida*, wirkte das plötzlich staksend, angestrengt. Wie ein Auftritt der Augsburger Puppenkiste. War das ein schleichender Prozess, dem man durch fleißiges Trainieren entgehen konnte? Kommissar Günda hatte keine Ahnung. Fahrradfahren verlernte man doch auch nicht. Vielleicht sollte er einfach auf die Wiese gehen und rufen: *Hea, Bärschtl. Auf, isch mach grad mit. Schmeiß grad mol hea, den Della!*
„Und, Herr Kommissar, haben Sie etwas gefunden?“
Viola Schröder hatte ihn diskret alleine gelassen, als er darum gebeten hatte, Melanie Kaltschmitts Zimmer nochmals in Augenschein nehmen zu dürfen. Nun konnte sie ihre Neugier nicht länger zähmen.
„Hm?“ Kommissar Günda war noch ganz in Gedanken. „A so, nänää, leida net.“
„Was suchen Sie denn, vielleicht kann ich Ihnen helfen?“
„Kää Ahnung. Irgendwas … Mea priffaat.“
„Ach so. Haben Sie Melanies Tagebuch noch nicht gefunden?“

„Das war letzten Monat bei einer Firmenfeier. Kleine, interne Party anlässlich der ersten Magic-Horn-*Presentation*."
Sie saßen im Mannheimer Jungbusch auf einem Mäuerchen mit Blick auf den Hafen. Ein leichter Wind trieb den Geruch der Schokoladenfabrik heran, was Astrid Engel nicht zu bemerken schien. Kommissar Günda schon. Sie ließ die Beine baumeln und strich sich die Haare aus dem Gesicht. Ihm fiel auf, dass ihre Bewegungen irgendwie allesamt anmutig wirkten. Da gelang es ihm auch, über die *Prässentäischen* hinwegzusehen. Keinem anderen hätte er *des bleede Wortt uff Englisch* durchgehen lassen.
„Und, Günda, hast du schon alles durchgeschaut?"
„Waas?"
„Na, die Fotos."
„Welli?"
„Die Fotos auf meinem Laptop. Deshalb habe ich ihn dir doch hingestellt."
„Foddo? Isch hab gedenkt, des is bloß des ähne."
„Nein, das ist eine ganze Serie, bestimmt 200 Bilder. Wo schaust du denn die ganze Zeit hin?"
„Isch? Niagends. Hea mol, wie geht des mit denne Foddo?"
„Du bist mir einer. Sag doch was. Komm, ich helfe dir, gib mal her."
„Isch seh nix."
„Klar, die Sonne blendet. Du musst schon näher zu mir rücken. Noch näher! – Noch! Keine Angst, ich beiße nicht."
„Sischa?"
Ihre Haare streiften seine Wange. Er strich sie nicht beiseite.
„Ganz sicher. Schau, hier musst du tippen, wenn du das nächste Bild sehen willst."
„Kannsch du des net mache?"
„Wieso? Ich hab schon alle Bilder gesehen."
„So hald. Un akläa ma mol bissl was. Wea is wea? Des is de Hessl-Sseckl, odda?"
„Genau."

„Un wu isch unsa Melanie?"
„Melanie ist ganz oft im Bild. Immer mittendrin. Hier. Hier. Hier."
„Hea mol, Aschdritt, un des kann jeda sehe?"
„Diese Fotos? Ja. Wenn man weiß, wo sie zu finden sind."
„Un wie hosch du des gfunne?"
„Mick …" Kommissar Günda hob mahnend die Augenbrauen.
„Von Bensen hat mir die Seite gezeigt. Die Firma hat einen Fotografen engagiert, der hat die Bilder ins Netz gestellt."
„Hm. Gonz schää uffgekratzt, die Leit. Weida."
Astrid Engel klickte Bild um Bild durch.
„Da ist es anscheinend schon etwas später."
„Ma siehts, do wärdd gedonzt scheinz. Weida."
Astrid Engel suchte das nächste Bild mit Melanie Kaltschmitt.
„Ou, Steh-Blues. Macht ma des heit noch?"
„Was heißt *noch*? Tu nicht so. So viel älter bist du ja auch wieder nicht."
„Donge. Schää vun dia gschleimt. Stopp! Doo, do hängt sie awwa gonz schää droo on demm Kärll. Weida."
Klick.
„Un do gibda därre soggaa än Schmatza."
Klick.
„Do händle[113] sie um ä Salzstang …"
„Das ist ein Tanzspiel, Günda."
„Weeßisch doch, Aschdritt. Hawwisch aa als gemacht. Weida!"
Klick.
„Un jetz, jetz kriggda vun de Melanie än Schmatza zrick. Aschdritt, die Sach is klaa."
„Aha."
„Finsch net?"
„Hm."
„Isch bitt disch. Die Foddo, die sin eindeudisch. Die hot was

[113] streiten

ghabt mit demm Mick. Wahrscheinz hot sie denn net losgebrocht. Wie soä Gutls[114], soä babbisches[115]. Un irgendwann hoddas hald gschafft, hodda sie rumgriggt. Aschdritt, des hosch du subba gmacht. Isch muss disch mol loowe. Du hosch was Wischdisches rausgfunne. Sauwa. Doin Mick, dea is mea wie vadäschdisch. Dea is aiig vadäschdisch."

„Hm."

„Hä? Was guggsch du so koomisch? Hawwisch was Falsches gsacht? Weje demm?"

„Quatsch. Es gibt nur einen Haken, Günda. Genauer zwei Haken."

„Wie?"

„Auf den Bildern, die wir eben gesehen haben, da war Melanie tatsächlich immer mit einem Mann zugange. Insoweit hast du recht."

„Awwa?"

„Es war nicht immer derselbe Mann. Mal war es Mick, ja. Aber das andere Mal war es…"

„De anna, de Muck."

„Und dann wieder war es …"

„… de Meck-Meck. Un donn wahrscheinz grad widda vun vornn. Du mähnsch …"

„Genau, Günda. Unsere liebe Melanie hat offenbar allen drei Geschäftsführern den Kopf verdreht."

„Sauwa. Un wea hot donn was mit derre ghabt?"

„Mick sagt, er jedenfalls nicht. Vielleicht Muck. Das erfahre ich hoffentlich nachher."

„Donn triffsch du disch glei mit demm annare Hannebambl?"

Kommissar Günda fiel es schwer, seine Enttäuschung zu verbergen. Er hatte sich den weiteren Verlauf des Abends anders vorgestellt.

---

[114] Bonbon

[115] klebriges

„Komm doch mit. Wird bestimmt lustig. Wir gehen in einen Club. Tanzen."

I'm the Neanderthal Man. You're the Neanderthal Girl.
Es lag gewiss nicht nur daran, dass sie es mit einer Archäologin zu tun hatten, dass Kommissar Günda die Musik seiner ersten selbst erstandenen Schallplatte nicht aus dem Kopf ging und er sich gerade wie ein grobmotoriger Steinzeitmensch vorkam. Um ihn herum lauter *owwakuhle Leit*, sich ihrer Attraktivität gewollt bewusst. Allesamt mindestens einen Kopf größer als er, Männer wie Frauen. Um dies nicht allzu deutlich werden zu lassen, hatte er sich an die Bar verzogen und auf einen Schemel gehievt, der jede Bequemlichkeit vermissen ließ. Seit gut einer Stunde hielt er sich nun an ein und demselben Bier fest. Die offensichtlich weitaus beliebteren Cocktails schreckten ihn schon vom Namen. Diese quietschbunten Säfte wirkten auf ihn nicht verheißungsvoll, sondern ernüchternd. Cocktail des Tages: *Zombie.*
Donge, des brauchisch net. So fühlte er sich bereits.

Seine Gedanken wanderten, schlugen seltsame Haken und landeten schließlich bei *Raumpatrouille.* Das war die erste Fernsehserie, die er nach langem Betteln als kleiner Junge auf dem alten Schwarz-Weiß-Fernseher im Wohnzimmer sehen durfte. Neben den Abenteuern, die die Besatzung des Raumkreuzers Orion zu bestehen hatte, gab es immer wieder auch Szenen, die zeigten, wie das Leben in der fernen Zukunft wohl sein würde. Unter anderem sah man die künftigen Erdenbewohner tanzen. Eigenartige Bewegungen waren das. Ähnlich musste es auf Kommissar Gündas Eltern gewirkt haben, wenn sie, die eingefleischten Standardtänzer, aus Versehen in TV-Sendungen wie den *Beat Club* gerieten, wo Go-go-Girls in Miniröcken *mit denne Haschbriida koomisch rumjoggle. Newananna.* Wie es sein Vater auszudrücken pflegte. Selbst in Ilja Richters so betulicher Disco zuckten und räkelten sich zu Sweet und Mary Roos Pullunderer, ohne die nicht minder bieder wirkende Hotpants-Trägerin neben sich wahrzunehmen, geschweige denn, sie zu berühren. *Fa was donze die donn eigendlisch, wenn die sisch net oolange wolle? Was solln des, des Gehambl vun denne Hannebambl?*, fragte sein Vater ein ums andere Mal, und das fragte sich Kommissar Günda gerade auch. Wobei hier die Besonderheit darin bestand, dass sich die Tanzgemeinde gar nicht erst bewegte. Oder nur minimal, und auch das ohne erkennbaren Bezug zur Musik. Die ja auch gar keine richtige Musik war, sondern nur eine Art rhythmischer Untergrund, dem alles fehlte, was einen Song ausmachte: Melodie, Botschaft, Gefühl. Nur dass dies offenbar niemanden störte. *Bis uff denn alde Neandatoolmähn* an der Bar.

Gelegentlich spähte er nach seiner Begleiterin, die sich prächtig zu amüsieren schien. Ihn störte es nicht, wie Astrid Engel Dienstliches und Privates vermischte. Er selbst hatte oft genug die entscheidenden Ermittlungsergebnisse auf ebensolchem unkonventionellen Weg erzielt. Nein, das störte ihn überhaupt nicht. Ihn störte hier lediglich *mit wemm dass die des mescht.*
Er hatte sich gerade entschlossen, mit dem *Dietscheii*[116] zu sprechen, ob er nicht vielleicht ein Mal ein bekanntes Lied spielen könnte, es musste ja nicht unbedingt das der Hotlegs sein, da kam Astrid Engel auf ihn zu, im Schlepptau *sella*[117] *Muck*. Es wäre ja schon spät, und man würde nun den Heimweg antreten wollen. Leider habe der Käfer vorhin ganz seltsame Geräusche gemacht, aber Dominique Schönlich habe sich dankenswerterweise bereit erklärt, sie nach Hause zu fahren. Selbstverständlich würde er auch gerne Kommissar Günda mitnehmen. Der tat *sellem Muck* nicht den Gefallen, dieses Angebot abzulehnen.

---

[116] DJ
[117] dieser

Die Fahrt im englischen Sportwagen verlief dann eher wortkarg. Kommissar Günda nahm sich zwar vor, sich besondere Merkmale des Fahrers einzuprägen, um ihn später mit etwas Glück wiederzuerkennen, war jedoch vorwiegend damit beschäftigt, seine Beine auf dem eigentlich dem Gepäck vorbehaltenen Rücksitz unterzubringen. Er hätte sich darüber hinaus bei diesem Cabrio durchaus gewünscht, dass das Verdeck geschlossen würde, denn Dominique Schönlich pflegte einen gelinde gesagt forschen Fahrstil, er hatte es offenkundig eilig. Nicht wirklich überrascht war Kommissar Günda, als er der erste war, der nach Hause gebracht wurde. Astrid Engels Heimstatt hatte man dafür großräumig umfahren.

Seine Beine waren eingeschlafen, was er sich freilich nicht anmerken lassen wollte, als er ächzend den Notsitz verließ. Dominique Schönlich wünschte eine angenehme Nachtruhe, und dies in einem Ton, als habe er es mit einem frisch sedierten, bereits weitgehend entschlafenen Seniorenheimbewohner zu tun. Kommissar Günda erhaschte gerade noch mit halbem Auge Astrid Engels winzige winkende Geste, doch sein Abschiedsgruß ging bereits ins Leere: „Schääna Oowett zamme![118]"

[118] Schöner Abend zusammen! Kurpfälzer Spezialkasus

„Unn? Geschdann? Isses noch nett gwest?"
Diesmal frühstückten sie in der Heidelberger Fußgängerzone mit Blick auf die Heiliggeistkirche. Sie hatten nebeneinander Platz genommen, um beide die Flanierenden beobachten zu können. Astrid Engel knuffte ihn in die Seite.
„Da war nichts mehr. Dieser Schönlich hat mich nach Hause gefahren."
„Un wie ia voa doim Haus gstanne seid, hodda gsacht: *Ou, jetz, hawwisch zufällisch grad soen klähne Dorscht, soen gonz klähne.*"
„Stimmt, woher weißt du?"
„*Un die Nacht, die wäa jo noch so jung.*"
„Hm."
„*Un de Moond deed aa schun gonz nasweis gugge, un die Stärnnlin deede blinge. Blouß fa eisch zwee.*"
„Ja."
„*Un iwwahaupt, du wäasch soä goldischi Krott*[119]."
„Das war nicht ganz seine Wortwahl, aber so ähnlich."
„*Un wie wäas middeme gonz korzze Absagga bei dia, Aschdritt.* Un des Aschdritt hodda so hieghaucht: *Aschdritt.*"
„Man könnte meinen, du warst dabei."
„Liewa net. Demm heedisch gewwe. Unn?"
„Was und? Nichts. Ich habe mich losgeeist und habe ihn heim zu seiner Frau geschickt."
„Sauwa. Dea hot also aa ä Fraa."
„Klar."
„Loss misch mol roode: zwee klähne Kinna, die hodda aa noch dehähm."
„Ganz genau."
„Dea Sseckl!"
„Er hat übrigens zugegeben, mit unserer Melanie hat er auch das eine oder andere Mal geflirtet. Aber mehr war da nicht, sagt er. Sie sei zwar sehr attraktiv gewesen, aber …"

[119] Kröte, hier ein Kosewort

„*Kähn Vagleisch zu dia. Du bisch des noch viel mähna. Aschdritt!* Sseftl, bleeda."
„So sind die Männer nun mal."
„Isch net."
„Ja, ich weiß, Günda. Du nicht. Zum Glück."
„Donge! Un desdaweje hawwischs jo aa so aiig weit gebrocht mit de Fraue."
„Bitte?"
„Nix, nix. Hosch du eigendlisch Kinna, Aschdritt?"
„Ich?" Aus den Augenwinkeln bemerkte er, dass seine Assistentin rot wurde. „Ja, eine Tochter. Die lebt allerdings bei ihrem Vater. Es war irgendwie schwer, das mit dem Beruf zu verbinden."
Kommissar Günda spürte, dass er einen wunden Punkt getroffen hatte und bemühte sich, wieder unverfängliches Terrain zu erreichen. „Äh, was annares, un jetzat, was mache ma mit unsam Fall?"
Astrid Engel lächelte, ersichtlich froh um den Themenwechsel. „Ich würde sagen, jetzt fehlt nur noch der Dritte im Bunde."
„Oukey, denn iwwanämm isch donn."
„Ich glaube, wenn ich das mache, ist das ergiebiger."
„Alla guud. Wonn, heit Oowett?
„Nein, in einer Stunde."
„Loss misch mol roode. In Monnem, im Blanedarium. Weje de Stärnnlin. Vleischt habt ia Glick, un es blinkt grad dVenus vun drowwe. Ramondisch! Gonz aiig ramondisch."
„Nein, wir spielen zusammen Golf."
„Golf? Wue?"
„In Lobenfeld. Und was machst du heute?"
„Isch?" Kommissar Günda dachte länger nach, als ihm lieb war. „Mol gugge. Was sisch so agibt. Vleischt reißisch heit mol ähni uff in Nussloch. Drauß beim Minigolf."

Kää Luscht, awwa zu gaa nix!
Kommissar Günda erwog tatsächlich, den Tag fern von Arbeit zu verbringen; die wesentlichen Erkenntnisse des Falles schienen ja ohnehin durch seine Assistentin gewonnen zu werden. Astrid Engel hatte sich rasch verabschiedet, und so machte auch er sich auf. Ohne Plan, ohne Ziel.

Geh hähm un zähl dei Kinna!
Er war vielleicht sieben, acht Jahre alt gewesen, als ihm dies entgegengeschleudert worden war. Von einem gleichaltrigen Mädchen. Nie zuvor hatte er diese Formulierung gehört. Und auch nie mehr danach.
Jetzt fiel sie ihm wieder ein. Vielleicht, weil gerade von Kindern die Rede war?
Damals hatte er den Satz wie selbstverständlich als Schmähung aufgefasst. Wegen des darin enthaltenen Vorwurfs eines unsteten Lebenswandels. Hatte er das all die Jahre falsch verstanden? War es in Wirklichkeit als Kompliment gemeint? Entstanden in Zeiten, da Kinderzeugen noch Ausdruck von Männlichkeit war? Die Micks und Mucks dieser Welt würden das wohl so empfinden. *Ououououou, waa isch heit widda än schlimme Finga!* Auch das ein Lebensziel: *Äätschii vabäätschii! Isch hab was zum Bereue.*

Kinderkriegen, das war irgendwie an ihm vorbeigegangen, nie ein Thema für ihn gewesen. Dabei hatte er immer mal wieder mit Kindern zu tun, in der Verwandtschaft, im Bekanntenkreis. Hatte beobachtet, wie sich vertraute Menschen veränderten, wenn sich plötzlich alles nur noch um die Kleinen drehte, um die *Krutze*. Wie Pärchen an ihre Grenzen gerieten, wenn es galt, die doch eigentlich glasklaren Überzeugungen von Gleichberechtigung und überkommenen Rollenklischees in die Tat umzusetzen. Alltag für Alltag, Jahr um Jahr. Wenn sich der Nachwuchs so ganz anders entwickelte als geplant, als gewünscht. Wofür man zwar vollstes Verständnis zeigte, jedoch nicht ohne den klassischen Hinweis: *Vun mia hot dea des net!*

Kommissar Günda ertappte sich immer wieder, wie er sich regelmäßig auf die Seite des Nachwuchses schlug, wenn er unversehens in eine familiäre Auseinandersetzung geriet. Ganz egal, ob liberal geführt: *Du, Sven, wir haben vereinbart, dass wir den Käse nicht mit den Fingern anfassen!* oder althergebracht autoritär – *Isch sach da jetz mol ähns, Ronja: des is mei Badwonn. Dass des mol klaa is. Hawwe mia uns vastanne? Un doin Kevin, doin neie Laffa, dea Strooma, dea kummt ärschda in mei Badwonn, wennisch mol gstorwe bin. Früheschdens. Denn wahrscheinz nämmisch die donn mit.*
Lag diese automatische Parteinahme daran, dass er selbst keine Kinder hatte? War er deshalb immer noch nicht richtig erwachsen?
Hatten diese Gedanken etwas mit Astrid Engel zu tun? Was hatte ihn überhaupt geritten, ihr diese persönliche Frage zu stellen? Was ging ihn das an? Genauer: Warum interessierte ihn das?
Er selbst hasste es, wenn man sich bei ihm danach erkundigte: *Wie siehtsn aus, Günda, hosch du eigendlisch Kinna?*
Als sei das eine Auszeichnung. Oder ein Verdienst.
Andererseits, nach aller Erfahrung wäre auch er wohl ein anderer Mensch geworden, könnte er diese Frage bejahen.
Sein Kegelbruder Jan jedenfalls hatte für allzu Neugierige die passende Antwort parat: *Isch? Krutze? Net, dassischs wisst!*

Eine Frisbeescheibe landete vor seinen Füßen. Kommissar Günda bückte sich nicht ohne Mühe, schaute nach dem Werfer, ein junger Mann, *widda ähna halwa naggisch*, und warf sie mit Schwung in dessen Richtung. Sie erreichte tatsächlich ihr Ziel, und Kommissar Günda wurde dafür mit einem anerkennend erhobenen Daumen bedacht. Der Tag würde vielleicht doch noch ein guter.

Sein gedankenverlorener Spaziergang hatte ihn also auf die Neckarwiese geführt. Unweit vom Haus, in dem Melanie Kaltschmitt gewohnt hatte. Und plötzlich wusste er auch, warum: *Intuizioon*.

Er hatte Glück, Viola Schröder war zu Hause und hatte Zeit für ihn. Sie wirkte geradezu erleichtert. Es dauerte nicht lange, und er erfuhr, was er tief in seinem Inneren gespürt hatte. Sie hatte etwas auf dem Herzen. Sie hatte ihm etwas verschwiegen. Sie fühlte sich für Melanies Tod mitverantwortlich.
Am fraglichen Abend, so erzählte sie stockend, habe es einen Anruf gegeben. Ein Mann hatte wissen wollen, ob Melanie da sei. Er habe sich vorgestellt als ihr Chef Dr. Hessel. Es handele sich um eine äußerst dringende Angelegenheit. Per Handy sei sie leider nicht erreichbar.
Erst habe sie geantwortet, sie habe keine Ahnung, wo Melanie stecke. Aber dann habe der Anrufer insistiert, er müsse unbedingt und umgehend mit Melanie sprechen. Das ganze Projekt stehe sonst auf dem Spiel.
Sie habe hin- und herüberlegt, was sie tun sollte. Melanie habe ihnen gegenüber immer betont, wie wichtig dieser Job für sie sei und dass sie immer greifbar sein müsse. Und so habe sie dem Anrufer eben erzählt, dass seine Mitarbeiterin bestimmt zur Lutherischen Brücke gefahren sei, das sei so etwas wie ihr Lieblingsplatz.
Als sie dann von Melanies Tod erfahren habe, habe sie sich erst beruhigt, Melanies Chef könnte doch niemals der Täter sein. Er würde doch nicht vorher anrufen und seinen Namen nennen. Aber dann habe sie in der Telefonliste nachgeschaut, ob an dem Abend ein Anruf mit Melanies Firmennummer angezeigt wurde, und sie musste feststellen, dass die Nummer unterdrückt worden war. Es könnte also irgendjemand angerufen haben. Besser gesagt: der Mörder.
„Und ich, ich habe ihm verraten, wo er Melanie findet."

Viola Schröder stand ihm gegenüber, begann zu weinen, und Kommissar Günda wünschte, seine Assistentin wäre zugegen. Er fühlte sich in solchen Situationen überfordert, legte seine Hände hilflos auf ihre Arme. Er spürte, dass sie sich am liebsten an seine Brust lehnen würde, aber das gestaltete sich schwierig, denn er war bald einen Kopf kleiner als diese Frau.
Behutsam schob er sie schließlich von sich und versuchte sie zu beruhigen: „Isch kimma misch, Frau Ffioolaa. Isch kimma misch. Mache Sie sisch kää Sogge. Des is vleischt alles gonz annaschda[120] gloffe[121].“

Odda aa net.

---

[120] anders
[121] gelaufen

Ein Anruf genügte, um festzustellen, dass aus dem Hause Magic Horn zur fraglichen Zeit nicht in die Neuenheimer Wohngemeinschaft telefoniert worden war. Über das Festnetz jedenfalls war nichts dergleichen registriert worden.
Kommissar Günda beschloss dennoch, den Hauptgeschäftsführer aufzusuchen und ihn mit Viola Schröders Aussage zu konfrontieren. Der zeigte sich auch sofort gesprächsbereit und bestritt, etwas mit diesem Vorfall zu tun zu haben: „Nein, Herr Kommissar, ich habe niemanden in Sachen Melanie Kaltschmitt angerufen. Es bestand auch keinerlei Notwendigkeit, an diesem Abend mit Frau Kaltschmitt zu sprechen."
„Des hawwisch mia gedenkt. Unn, hawwe Sie ä Idee, wea des waa?"
„Wer meinen Namen missbraucht hat, wer sich für mich ausgegeben hat?"
„Ähä."
„Keine Ahnung, jedenfalls eine Frechheit sondergleichen. Ich verstehe allerdings nicht, wieso ist das alles überhaupt so wichtig, wer da angerufen hat? Ich meine, vielleicht war das ein Verehrer von Frau Kaltschmitt, da wird es ja einige gegeben haben, und er wollte sich mit ihr auf ein Schäferstündchen treffen. *So what!*"
„Bloß dass die Luddarisch Brick net de Bismaiickblatz in Heidlbäiig is odda de Maiiktblatz in Monnem. Die Brick, des waa derre ia Lieblings-Blätzl, wenn die bissl alläa hot sei wolle. Awwa des hawwe gonz wähnisch Leit gwisst. Un des waa wahrscheinz ähna zu viel."
Dr. Hendrik Hessel nickte und runzelte die Stirn.
„Sie meinen, der Anrufer war ihr Mörder. Haben Sie denn schon einen Verdacht? Melanie war eine attraktive Frau. Sie hatte bestimmt etliche Verehrer."
Kommissar Günda blickte Dr. Hendrik Hessel forschend an.
„Was schauen Sie so? Ich dachte, das hätten wir abgehakt. Wollen Sie damit etwa andeuten, ich könnte mich an meine

Mitarbeiterin herangemacht haben? Das verbitte ich mir, das habe ich nicht nötig, ich bin verheiratet."
„Un Sie hawwe zwee Kinna, gell?"
„Woher wissen Sie das? Forschen Sie mich aus? Bin ich etwa verdächtig, weil ich ein erfolgreicher Geschäftsmann bin? Dagegen verwahre ich mich mit aller Entschiedenheit! Falls es Sie interessiert, wir führen eine überaus glückliche Ehe. Seit 20 Jahren. Frau Kaltschmitt könnte meine Tochter sein."
„Ou. Des is nadierlisch ä Aiigument, zu jung. Donn waa sie jo kwassi tabbuu. Allo, wu ware Sie am ledschde Middwoch?"
„Letzten Mittwoch? Keine Ahnung. Ich habe so viele Termine. Da müsste ich in meinen Kalender schauen. Moment. Das haben wir gleich."
Er tippte auf seinem Laptop.
„Da! Ich bin nachmittags nach Rom geflogen. Von Frankfurt aus."
„Uff Rooom?"
„Nein, nach Rom."
„Saachisch doch, uff Rooom."
„Wie Sie meinen."
Dr. Hendrik Hessel drückte sichtlich genervt die Gegensprechanlage.
„Frau Siebold, würden Sie so freundlich sein und meine Flugunterlagen für letzte Woche heraussuchen? Der Flug nach Rom. Flugnummer, Abflug, Ankunft. Zubringerdienst, Taxiquittung. Danke. Zufrieden?"
„Vleischt. Un was is mit denne knaggische Bärtschtl vun Ihne?"
„Ich verstehe nicht."
„Ia Gschäftsfihra. Des sin doch schun so drei vun de Abschleppstell, odda?"
Kommissar Günda deutete auf das Gruppenfoto und rechnete mit einer heftigen Reaktion des Hauptgeschäftsführers, der aber antwortete wider Erwarten betont ruhig: „Mein lieber Herr Kommissar, ich weiß nicht, welche Erfahrungen Sie mit jungen

Leuten machen. Vielleicht bewegen Sie sich in den falschen Kreisen. Meine drei Geschäftsführer jedenfalls sind nicht nur äußerst talentiert, zuverlässig und erfolgreich, sie sind darüber hinaus Ehrenmänner. Dass solche gutaussehenden Burschen sich so mancher Avancen erwehren müssen, das können Sie sich vielleicht vorstellen. Wenn ich recht informiert bin, ist auch Ihre Frau Engel nicht ganz immun gegen den Charme meiner Jungs. Was solls! Ich meine, hier arbeiten junge Menschen, lebensfroh, dynamisch. Wir sind kein Kloster. Aber ein Mord an einer jungen Frau? Ich bitte Sie. Da suchen Sie sich mal schön einen verkniffenen, verklemmten Typen, der mit Frauen Probleme hat. Ich nehme an, da haben Sie etliche in Ihrem Computer. Für meine Männer lege ich jedenfalls meine Hand ins Feuer. Guten Tag, Herr Kommissar!“

Es war ein ereignisreicher Tag gewesen. Kommissar Günda brannte darauf, seiner Assistentin Bericht zu erstatten. Und natürlich zu erfahren, wie ihre Begegnung mit *demm annare Sseftl* verlaufen war.
Die wirkte seltsam abwesend, als er zu erzählen begann. Er hoffte nicht, dass das auf *denn bleede Meck-Meck* zurückzuführen war. Zu seinem Ärger spürte er, wie ihn dies verunsicherte, deshalb kürzte er seinen Vortrag ab: „Fa misch is die Sach klaa, Aschdritt. Ähna vun denne drei Hannebambls, dea waas."
„Ja."
Astrid Engel spielte nachdenklich mit einer Locke.
„Glaabsch net?"
„Vielleicht. Vielleicht war aber auch alles ganz anders. Ich habe nämlich etwas sehr Wichtiges erfahren."
„Loss misch mol sinniere[122], de Meck-Meck is vaheiat un hot zwee Kinna."
„Falsch. Er ist verheiratet, aber er hat nur einen Sohn."
„A nää. Fa misch dud die Welt zammebreschle. Was issn do schief gonge, hä?"
„Nichts. Das zweite Kind ist gerade unterwegs."
„Puh. Do binnisch awwa beruischt. Unn? Hodda aa bissl bussiat mit de Melanie?"
„Ja, das gibt er zu. Allerdings kam es dabei zu einer besonderen Begegnung."
„A, endlisch."
„Nein, nicht zwischen den beiden. Mit einer dritten Person."
„Ähä."
„Und du willst bestimmt wissen, wer die dritte Person war, mit der es zu dieser besonderen Begegnung kam."
„Du mesch jo die Sach gonz schää sponnend, Aschdritt. Auf! Vazehl schun!"
„Er war mit Melanie Golf spielen."

---

[122] nachdenken

„Sauwa. Des is jo mol ä Iwwaraschung. Dea hots druff. Dea hot Pfantassiii[123]. Alda Schlabbe.“
„Und auf einmal tauchte ein Mann auf.“
„Wea?“
„Philipp Enderle. Er war ihnen auf den Golfplatz gefolgt. Er hat Melanie zu einem Gespräch gebeten, und die beiden zogen sich zurück. Erst war alles ganz normal, dann ist es plötzlich laut geworden, und Enderle hat ihr eine regelrechte Szene gemacht, sodass Fridolin sich veranlasst sah einzuschreiten.“
„Wea?“
„Fridolin Senftenberg. Seine Freunde sagen Frido.“
„Isch net.“
„Warum nicht?“
So sehr ihm ihr Lachen gefiel, dieses behagte ihm nicht.
„Jurischt?“
„Nein, BWL. Wirtschaftsprüfer. Er ist im Magic-Horn-Unternehmen zuständig für die Finanzen. Für Frido war das jedenfalls ganz schön *shocking*.“
„Fa misch aa. Schun wejem Noome.“
„Günda, bitte! Das ist jetzt wirklich wichtig.“
„Findisch aa. En schääne Noome, des is enoam wischdisch. Fas gonze Leewe. Sunscht heeßt ma *Frido, friss!* Tschuldischung. Weida, Aschdritt!“
„Verstehst du nicht, Günda? Das ändert alles. Dieser Enderle wusste doch ganz bestimmt, wo er Melanie finden würde. Die beiden kannten sich ewig.“
Schlagartig wurde Kommissar Günda ernst. Sie lag richtig. Und er sollte sich endlich auf den Fall konzentrieren, so schwer ihm dies offenbar fiel. Betroffen gab er kleinbei: „Des stimmt alladings, Aschdritt. Wu du rescht hosch, hosch du rescht.“
„Dann sollten wir uns diesen Philipp nochmal vorknöpfen. Am besten gleich morgen früh.“

---

[123] Phantasie

„Gebongt. Äh, was annares, wie is des eigendlisch ausgange?"
„Was?"
„A des Golfe. Wea hottn gwunne?"
„Wir haben kein Spiel gemacht. Aber Frido hat mir angeboten, an meinem Handicap zu arbeiten. Jederzeit."
„Am beschde, wenn demm Seini[124] grad im Kreißsaal liggt, gell?"
„Bitte?"
„Nix, nix."

[124] seine Frau

„Herr Enderle, wir hätten doch noch die eine oder andere Frage an Sie."

In der Weststadtwohnung schien sich nichts verändert zu haben. Nachdem der Schreibtischstuhl von Philipp Enderle wieder an den Bistrotisch gerückt worden war, hätte man meinen können, das letzte Gespräch sei nie unterbrochen worden. Lediglich der Wohnungsinhaber wirkte angespannter, als ihn die beiden Ermittler ein zweites Mal aufsuchten.
„Wieso? Ich verstehe das nicht. Ich habe Ihnen alles gesagt, was ich weiß."
„Ach ja? Und wie steht es um die Auseinandersetzung, die Sie mit Melanie Kaltschmitt hatten?"
„Welche?"
„Wieso? Gab es etwa mehrere?"
„Sie meinen unser Gespräch auf dem Golfplatz?" Philipp Enderle lächelte verkrampft. „Das war eine fachbezogene Diskussion. Wir waren uns in einer Frage uneinig."
„Worum ging es?"
„Für Laien unverständlich. Jedenfalls für Sie völlig unwichtig."
„Diese Einschätzung müssen Sie schon uns überlassen, Herr Enderle. Immerhin haben Sie Frau Kaltschmitt vorher beobachtet."
„Nein."
„Sie sind ihr gefolgt."
„Ich war zufällig auf dem Golfplatz."
„Wahrscheinz, Heinz", schaltete sich Kommissar Günda erstmals ein, beließ es jedoch bei der Bemerkung und bedeutete seiner Assistentin fortzufahren.
„Wie dem auch sei. Auf jeden Fall haben Sie Melanie Kaltschmitt dort getroffen."
„Ja."
„Mit einem anderen Mann."
„Und?"

„Sie sahen sich veranlasst, mit ihr ein Gespräch unter vier Augen zu führen."
„Weil dieser Schmierlappen", Kommissar Günda nickte unwillkürlich, „sowieso nicht verstanden hätte, worum es geht."
„Um Archäologie."
„Genau."
„Und über dieses Thema sind Sie sich sehr schnell derart uneinig geworden, dass es eine heftige Auseinandersetzung gab, bei der Frido …", Kommissar Günda räusperte sich. „Ich meine, es gab eine so heftige Auseinandersetzung, dass Frau Kaltschmitts Begleiter sich genötigt sah einzuschreiten. Um die Frau zu schützen. Vor Ihnen, Herr Enderle."
„Quatsch!"
„Und Sie wollen uns erklären, Sie hätten sich lediglich fachlich gestritten?"
„Ja. Was sonst?"
„Das kann ich Ihnen genau sagen. Sie haben Melanie Kaltschmitt beobachtet, sie beschattet, verfolgt und schließlich zur Rede gestellt aus einem ganz einfachen Grund: Sie waren eifersüchtig. Rasend eifersüchtig."
„Nein!"
„Melanie Kaltschmitt war eine attraktive Frau, oder wollen Sie das bestreiten?"
Philipp Enderle zuckte mit den Achseln.
„Aber sie wollte von Ihnen nichts wissen. Und das konnten Sie nicht ertragen."
„Das stimmt nicht. Sie war nur eine Kommilitonin, eine gute Freundin. Ich wollte nichts von ihr."
„Do hawwe mia awwa was annares glese."
Philipp Enderle war irritiert.
„Gelesen? Was? Wo?"
„Im Tagebuch vun de Melanie."
Astrid Engel schaute fragend zu Kommissar Günda. Der nickte ihr eindringlich zu: „Gell, Frau Engel?"

„Genau. Wir haben Melanies Tagebuch gefunden. Die Aussagen darin sind eindeutig. Frau Kaltschmitt hatte viele Verehrer. Sie waren nur einer davon. Aber sie hat sich gegen Sie entschieden. Immer und immer wieder. Das haben Sie nicht verstehen wollen. Auf dem Golfplatz hat sie Ihnen ein für alle Mal deutlich gemacht, dass sie von Ihnen nichts hält. Als Typ. Als Mensch. Als Mann. Optisch. Charakterlich. In jeder erdenklichen Hinsicht."

„Slangt, Aschdritt. Loss mol guud sei."

Kommissar Günda verspürte fast ein wenig Mitleid mit Philipp Enderle, der in sich zusammengesunken war.

„Das konnten Sie nicht ertragen. Und deshalb musste Melanie Kaltschmitt sterben."

„Aber…"

„Verschonen Sie uns mit Ihren Erklärungsversuchen. Ich kenne das nur zu gut. Es sind oft gerade die armseligen, die schwachen Typen, die zu den schlimmsten Dingen fähig sind."

Kommissar Günda schaute seine Assistentin an und fragte sich, welchen Knopf Philipp Enderle wohl bei ihr gedrückt haben mochte.

„Alla. Auf, gebs zu! S-hot eh kähn Docht, die Sach is klaa, die Bäa gschält. Bringe mas hinna uns!"

Wortlos stand Philipp Enderle auf.

Astrid Engel machte Anstalten, ihn daran zu hindern, aber Kommissar Günda hielt sie zurück.

„Kää Ängscht, dea mescht nix. Dea haut aa net ab. Dea is fäddisch, dea Kärll."

Philipp Enderle ging zum Regal, bückte sich und zog aus dem untersten Fach einen Schuhkarton. Obenauf lag ein kleines gerahmtes Foto. Das legte er vor Astrid Engel auf den Tisch.

„Was soll das sein?"

„Wir feiern Hochzeit. In zwei Wochen."

Astrid Engel betrachtete das Foto und schaute entgeistert zu Kommissar Günda.

„Derfisch des aa mol sehe?"
Er drehte das Foto zu sich und und erblickte ein sich innig küssendes Pärchen. Wen er da küsste, das konnte man nicht erkennen. Aber eines war deutlich: Philipp Enderle küsste einen Mann.

Eine quälende halbe Stunde verging nach Philipp Enderles Anruf, ehe Gregor Strebel bei ihnen eintraf. Der großgewachsene Mann, der seinem Partner so gar nicht ähnelte, bestätigte die geplante Hochzeit. Seit bald zwei Jahren seien sie zusammen, wofür sich im Schuhkarton weitere Belege fanden. Konzertkarten, allesamt für zwei, Rechnungen für Doppelzimmer, etliche Fotos der beiden.
„Dud ma leid. Aiig leid."
„Ja, mir auch. Ich kann mich nur in aller Form bei Ihnen entschuldigen, Herr Enderle. Aber die Indizien schienen so eindeutig."
„Das Tagebuch?"
„Pfff", erwiderte Kommissar Günda selbstanklagend. „Des hawwe mia jo noch gaa net gfunne. Des waa bloß en Trick vun mia, un was fan bleede."
„Wenn wir Melanies Tagebuch gefunden hätten, wäre uns das nicht passiert. Ich werde es suchen, sofort. Das verspreche ich Ihnen, Herr Enderle. Es tut mir so leid. Bitte, nehmen Sie meine aufrichtige Entschuldigung an. Und Ihnen beiden wünsche ich von Herzen alles erdenklich Gute! Viel Glück!"

„Mach da nix draus, Aschdritt, des kummt als voa."
Am Ufer watschelten ein paar Enten aufgeregt durcheinander, schnappten nach den Brotstückchen, die ihnen ein an seinen Rollator gelehnter Mann zuwarf. Das Geschnatter ging im Verkehrslärm unter, gerade fuhr die Straßenbahn Richtung Handschuhsheim.
Sie saßen auf einer Bank, von der aus man einen idealen Blick auf das Heidelberger Schloss hatte. Jeder konnte erkennen, sie waren keine Touristen, denn sie würdigten das berühmte Postkartenmotiv der erhabenen Ruine mit dem davor gemächlich dahinfließenden Neckar keines Blickes.
„Ich könnte mich ohrfeigen. Aber so wie das bei dem in der Wohnung aussah, hätte ich nie gedacht, dass der schwul ist. Schwul, das sind nach meiner Erfahrung bloß die ordentlichen, netten, höflichen, zuvorkommenden, attraktiven, gefühlvollen, die idealen Männer. Leider."
Astrid Engel wirkte zutiefst zerknirscht, was ihr ausnehmend gut stand, wie Kommissar Günda fand.
„Ich habe alles verbockt, deine Zeit vergeudet, dich an deinen Nachforschungen gehindert. Du könntest es längst geschafft haben, Günda. Der Fall wäre gelöst. Wir wären fertig."
„Isch habs net eilisch."
„Bitte?"
Verwundert wandte sie sich ihm zu.
„Nix, nix."
Sie drehte den Kopf wieder von ihm weg und schaute ins Leere. Er betrachtete ihr Profil. Sie war so viel jünger als er, aber auch in ihrem Gesicht hatte das Leben seine Spuren hinterlassen, was ihrer Attraktivität aus seiner Sicht keinerlei Abbruch tat. Im Gegenteil. Es brachte sie einander näher. Wenn Alter vor allem mit Lebenserfahrung zu tun hatte, dann war der Unterschied zwischen ihnen vielleicht gar nicht so groß. Denn was hatte er schon erlebt *außa schaffe, waade un dummbabble*?
„Ich komme mir so unnütz vor. Ich bin dir keine Hilfe, ich bin

dir nur hinderlich. Du hast eine bessere Assistentin verdient."
Sie beugte sich nach vorn. Er war versucht, ihr seine Hand auf den Rücken zu legen, aber er fürchtete, sie könnte das falsch verstehen. Oder schlimmer noch: richtig.
Ehe er sich ein Herz fassen konnte, sprang sie plötzlich auf.
„Was solls. Du hast recht, es war einer von den drei Geschäftsführern. Du wirst den Täter überführen und ich, ich werde einfach wieder zurückgehen nach Lübeck. In mein altes Leben."
„Des geht net."
„Wieso? Meinst du, die nehmen mich nicht mehr? Dann suche ich mir eben woanders eine Stelle."
„Abba."
„Wo ist das Problem? Ich kann ja auch eine Umschulung machen, irgendwas wird sich schon finden."
Kommissar Günda wusste genau, was er nun zu sagen hatte. Es hatte in seinem Leben ein paar wenige Situationen gegeben, in denen er diesen Satz hätte sagen können. Er hatte es nie getan. Jetzt rutschte er ihm einfach heraus: „Isch will net, dass du gehsch."
„Das … das hat noch keiner so zu mir gesagt, Günda."
„Des äh, des kannisch ma voastelle, Aschdritt, des glaawisch soffortt. Gugg mol, des is hald des Schääne bei uns. Egool, was mia saache, sklingt äfach ramondisch. Gonz aiig ramondisch."
Er war froh, sie wieder zum Lachen bringen zu können.
„So simmia. Kannsch nix mache. Un jetz hoiisch zu, Aschdritt, sei so guud. Isch vakläa da jetz mol, wie mia denn schnabbe, denn Sseckl, dea wu des waa mit de Melanie."

Fritjof Freese mochte es sich nicht gerne eingestehen, aber er war irritiert. Obschon er über beträchtliche Erfahrungen verfügte, was Frauen anbelangte, Marion Helche brachte ihn an seine Grenzen. An und für sich mochte er Frauen, die genau wussten, was sie wollten. Die klar ausdrückten, was sie wollten. Genau so ein Typ war sie offenkundig. Das Problem bestand darin, dass Marion Helche vor allem eines nicht wollte: ihn. Wie konnte das sein? War sie liiert? Seit wann wäre das ein Hindernis? Stand sie nicht auf Männer? Selbst eine solche Herausforderung würde er sich zutrauen. Sollte sie tatsächlich immun sein gegen ihn? Zum ersten Mal in seinem Leben kam Freese auf die Idee, er könnte etwas bei einer Frau falsch gemacht haben.

Er nahm sich vor, den Gedanken zu verwerfen. Möglicherweise lag alles daran, dass sie etwa in seinem Alter war. Vielleicht machte ihr das mehr zu schaffen, als sie sich eingestehen wollte. War es also ein Generationsproblem? Er beschloss, bei der anstehenden Unterrichtsstunde das Thema zu wechseln.

„Ou! Waade Sie schun long? Binnisch zu spoot?“

Marion Helche lugte durch den Türspalt.

„Nein, nein, ich bin zu früh dran.“

„Alla guud. Unn? Was mache ma heit?“

„Also ich würde heute gerne ein bisschen Dialoge probieren. Wie sage ichs treffend. Also einer Situation angemessen.“

„Ähä. Un was wäre des fa Siduazioone? Vahea?“

„Bitte was?“

„Vanähmung, so gsacht.“

„Ach so, Verhör meinen Sie. Nein, nicht direkt. Nicht so förmlich.“

„Ah, vasteh schun, Sie kumme an de Tatortt un frooche die Leit: *Hea mol, wea hottn was gsehe? Wea hottn denn Schuss gheat? Was waren des fan Sseckl, des Opfa?*“

„Nein. Ich dachte heute mehr an einen privaten Dialog.“

„Oh liewi Zeit.“ Freese war kurz irritiert, aber sogleich beruhigt,

als Marion Helche fortfuhr: „Priffaat, des is imma soe Sach."
Es lief nicht schlecht.
„Das stimmt. Aber ich bin ja eben nicht immer Kriminalpolizist, ich bin manchmal auch Privatmensch. Besser gesagt: Privat*mann*."
„Ähä. Unn?"
„Na ja, ich lebe hier in der Region, und da komme ich schon mal in Situationen …"
„Siduazioone? Des kennisch."
„Genau. Man lernt jemanden kennen."
„Hm."
„Man findet sich sympathisch."
„Ähä."
„Man möchte jemandem sagen, dass man ihn sympathisch findet. Wie sagt man das zum Beispiel?"
„A gonz äfach: Sie sin mia ssimbaddisch."
„Symbadisch."
„Badddisch. Korzzes A, longes Dee."
„Baddisch."
„Gönau."
„Sym-baddisch."
„Un jetz noch des s mit oohne Brumme."
„Symbaddisch."
„Kamma losse."
„Und wenn mir dieser jemand sogar sehr sym-baddisch wäre? Wie drückt man das aus?"
„Aiig."
„Arg sym-baddisch."
„Ä-ä. Aiig."
„Arig."
„Aiiig."
„Aig."
„Nää, kä *ei* wie *mei*, *dei* un *seinari*. Aii!"
„Ah, wieder so ein leichtes J dazwischen: aji."

„Gönau, un dodezu dann noch des Gee. Aiig."
„Ajig."
„Fascht."
„War das ein Lob?"
„Halwa. Des is ibbrigenz ä gonz wischdisches Wortt do bei uns, des aiig. Grad priffaat."
„Inwiefern?"
„Des is mia aiig. Was heeßt des?"
„Das tut mir weh?"
„Hahaha, nää! Im Gejedeil. Des is mia aiig, des is mia wischdisch."
„Ah ja, und deshalb sagt man hier auch *Ich bin arg auf dich*! Entschuldigung: *Ajig auf dich*."
„Aiig uff disch!"
„Ajig uff dich."
„Disch."
„Auf mich? Ehrlich?" Er zwinkerte. „Und wie geht der Dialog dann weiter?"
„Wie weida?"
„Na ja, was antwortet man darauf? Wenn ich das zum Beispiel zu Ihnen sagen würde: *Ich*, äh, *isch bin ajig uff dich*, äh, *disch*. Was antworten Sie darauf?"
Er schaute sie erwartungsvoll an.
„Fa waas?"

Kommissar Günda zögerte. Es war schon etwas anderes, eine Assistent*in* zu haben. Das hatte er so nicht erwartet. Freese war zwar in einem ähnlichen Alter, aber der kam ihm manchmal doch sehr unreif vor. Da standen sich gelegentlich schon verschiedene Generationen gegenüber. Bei Astrid Engel dagegen hatte er dieses Gefühl lediglich zu Anfang gehabt. Rasch war jede Kluft verschwunden, die zwischen ihnen hätte stehen können, denn dass sie erheblich jünger war als er, das konnte man deutlich sehen. Auch jetzt, da sie ihm gegenüberstand. In einem luftigen Sommerkleid, das ihre leicht gebräunte Haut an vielen Stellen gut zur Geltung brachte. An sehr vielen Stellen.
„Komm doch kurz rein, oder willst du vor der Tür Wurzeln schlagen?"
„Äh, alla guud. Vun mia aus."
„Ich zieh mich nur rasch um."
„Fa waas?"
„Findest du das nicht etwas zu leger für polizeiliche Ermittlungsarbeit?"
„Hmpf. Mia gfällts."
„Ehrlich? Das hast du noch nie gesagt."
„Du hoschs jo aa noch nie ooghabt."
„Dann gefallen dir meine anderen Sachen also nicht so."
„Doch, doch."
„Aber?"
„Halt annaschda. Hea mol, Aschdritt, du hoschs druff. Wenn du ähna vaheere[125] dusch, guud Nacht um fimfe fa denn."
„Dankeschön! Trotzdem, ich ziehe mich lieber um, ich finde es schon etwas unpassend. Würdest du mir mal helfen?"
„Wie helfe?"
„Hier, mit dem Reißverschluss, da komme ich nicht gut dran." Sie drehte sich mit dem Rücken zu ihm.
„Äh, do gibts awwa ä Prohlähm."

---

[125] verhören

„Wieso?"
„Dei Hoa, die äh … lieje dodruff."
„Meine Haare, pack die ruhig beiseite, ich habe nicht so eine empfindliche Frisur."
„Un wie …?"
„Och, Günda, nun stell dich nicht so an!"
Sie griff mit beiden Händen in ihre Haare und legte nicht nur den Reißverschluss, sondern auch ihren Nacken frei. Kommissar Günda bemerkte etwas Neues an Astrid Engel: Sie roch gut.
„Gehts?"
„Guggemamol."
Er zog den Reißverschluss mit großer Sorgfalt herunter. Was einige Zeit in Anspruch nahm.
„Fertig?"
„Glei."
„Du brauchst ganz schön lange, Günda."
„Hea mol, isch mach des vleischt blind? Soot. Fäddisch!"
„Wie blind?" Astrid Engel drehte sich um und lachte lauthals, als sie sah, wie angestrengt Kommissar Günda immer noch an die Decke schaute.
„Du bist süß. Bin gleich wieder da."
Sie ging in das Zimmer nebenan, die Tür blieb einen Spalt offen. Kommissar Günda folgte ihr unwillkürlich mit Blicken, sah, wie sie innehielt, sich mit einer sanften Bewegung der schmalen Hände die Träger des Kleides von den Schultern streifte, und hielt sich instinktiv augenblicklich die rechte Hand vor die Augen. Vorsichtshalber schloss er sie auch noch. *Des waa knapp*! *Grad nochmol gutgange*. Er fühlte sich in Sicherheit. Wie ein kleines Kind, das sich gut versteckt glaubt, wenn es die Hände vors Gesicht hält. Doch schon bald ahnte er den Trugschluss. Denn es war nicht nur auffällig still in der Wohnung, es schienen auch Minuten zu vergehen. So lange konnte es doch nicht dauern, sich anzuziehen. Plötzlich ertönte Musik. Tina Turner, *Private Dancer*. *Oh liewi Zeit!* Kommissar Günda schwante Ungemach:

„Was gibtn des?“
„Hast du noch nie eine nackte Frau gesehen, Günda?“
Er spürte sie hinter sich. Astrid Engel flüsterte ihm ins linke Ohr. Zwei zarte Frauenarme schlangen sich um seinen Bauch.
„Wie naggisch? Gonz naggisch?“
„Vielleicht. Wär das schlimm?“
„Kummt druff oo.“
„Auf was?“
„Wea?“
„Und wenn ichs wär?“
„Due? Ou.“
„Angst?“
„Bissl.“
„Vor mir? Oder vor dir?“

„Dürfte ich erfahren, was das hier soll? Was ist hier los?“ Ohne anzuklopfen war Dr. Hendrik Hessel in das Sitzungszimmer geplatzt. „Ich hatte gerade eine Videokonferenz mit drei Staatssekretären und einer Ministerialdirigentin und wollte meine Geschäftsführer vom überaus erfreulichen Ergebnis informieren. Und was muss ich erfahren? Meine besten Männer werden von der Polizei belästigt.“

„Entschuldigung, wir belästigen niemanden, wir suchen einen Mörder.“

„Hier? In unseren Räumlichkeiten? Haben Sie eine Vorstellung, was das für unser Unternehmen bedeutet, wenn Sie hier ein- und ausgehen? Was sollen unsere Geschäftspartner denken? Unsere Investoren? Ich kann mir schon vorstellen, dass Ihnen die Zukunft unserer Region herzlich egal ist, Sie sind ja verbeamtet. Wir nicht!“

„Lass doch, Hendrik“ beschwichtigte Fridolin Senftenberg nicht ohne Arroganz. „Wenn es ihnen Spaß macht.“

„Ihr sagt kein Wort. Ich werde sofort unseren Anwalt anrufen.“

„Ich habe nichts gegen einen kleinen *Talk* unter Freunden“, beteuerte Dominique Schönlich mit treuherzigem Blick in die Runde. „Ihr?“

„Im Gegenteil!“ Mick von Bensen stellte den rechten Fuß auf den Stuhl neben Kommissar Günda, öffnete den Schnürsenkel und band ihn aufreizend langsam wieder zu.

„Wir haben nur ein paar Fragen an Ihre Mitarbeiter, Herr Dr. Hessel. Sobald die zu unserer Zufriedenheit beantwortet sind, werden wir sie nicht weiter behelligen.“

„Ich glaube, Frau Engel genießt es einfach, mit uns zusammen zu sein. Stimmts?“, mutmaßte Dominique Schönlich und betrachtete dabei eingehend seine gepflegten Fingernägel.

„Sie hat nur ein bisschen Sorge, dass sie die Beherrschung verliert bei so viel männlichem Charme. Deshalb hat sie diesmal ihren väterlichen Freund mitgebracht“, erklärte Mick von Bensen.

„Ich würde sagen", Dr. Hendrik Hessel verzog seinen Mund zu einem gehässigen Grinsen, „eher den großväterlichen. Ich gebe Ihnen eine halbe Stunde. Keine Minute länger. Ich habe beste Kontakte zum Innenministerium. Zwingen Sie mich nicht, die ins Spiel zu bringen. Guten Tag!"
Mit einem dumpfen Schlag fiel die Tür ins Schloss.

„Meine Herren!"
„Oh, warum heute so förmlich, Frau Kommissarin?", lächelte Fridolin Senftenberg.
„Kommen wir zur Sache. Wer von Ihnen hatte ein Verhältnis mit Melanie Kaltschmitt?"
„Ich nicht."
„Ich auch nicht."
„Keiner von uns", fasste Mick von Bensen zusammen.
„Das glaube ich nicht! Das können Sie mir nicht weismachen. Ich kenne Männer wie Sie. Diese mega-erfolgreichen Businesstypen. Die jede Gelegenheit nutzen, um an Frischfleisch zu kommen. Vor euch ist doch kein Rock sicher! Aber mir macht ihr nichts vor, bei mir seid ihr an die Falsche geraten, ich werde nicht locker lassen, bis …"
„Mooment!" Rüde unterbrach Kommissar Günda Astrid Engels Ausbruch mit einer kurzen Handbewegung.
„Dud ma leid, Aschdritt, awwa so geht des net. So kannsch du des doch net mache. So kannsch du doch net mit denne Leit umgehe. Mia sin do net bei *Vaboddene Liebe* odda bei soare Krischa[126]-Talg-Schau."
Astrid Engel blickte ihren Chef erstaunt an.
„Männas! Isch muss misch bei eisch entschuldische."
Die drei Geschäftsführer hatten sich interessiert Kommissar Günda zugewandt, hatten jedoch offenkundig Mühe, ihn zu verstehen.

---

[126] Schreier

„A so, ia seid jo net vun doo. Folgendes: Isch mösch-te misch bei Ih-ne ent-schul-di-gen füa mei-ne Mit-aa-bei-ta-rien. Die Aschdritt, äh isch mähn Frau Engel, die is noch frisch bei uns, awwa so geht des nadierlisch net, dass ma sisch äfach mit de Leit trifft, wie wenn nix debei wäa. Priffaat! Ärschda duuze un Proseggo schlotze un donn in die Pfann haue. Isch mähn, mia sin jo schließlisch vun de Bollezei, odda?"
„Ich habe zwar nicht mal die Hälfte verstanden", nickte Dominique Schönlich. „Aber wenn Sie das sagen, wirds schon stimmen."
„Isch hab jo gedenkt, isch hea net rescht, wie isch des afahre hab mit denne Priffaataudienze vun derre mit eisch. Soen Hals hawwisch weje derre. Soen Hals. Weil isch hab en Haufe Äiiga. Weje weil bei uns hot des ähna mitgekriggt, dass ia eisch mit meinare Assischdendin gedroffe habt. Priffaat! Umeeglisch. Skeent guud soi, dass die Aschdritt, also, Frau Engel, dass die ä Vafahre kriggt, Disziplinaavafahre. Weje po-li-zei-un-wüa-di-gem Va-hal-ten. Unna uns. Die hot, äh, sie haat daas schoon ein-mal ge-macht. Eftas. Un ähmol hot sie soggaa was oogfange middeme Vadäschdische. So ähni is des. Desdaweje issi jo aa vasetzt worre. Zu mia. Straaf-va-setzt. Un donn des! Die macht äfach imma Problähme, die bleed Supp[127]. Isch kann des net brauche. Isch kann des net hawwe. Awwa mit mia kammas jo mache. Die hawwe gedenkt: *Oh, de Günda, dea geht doch eh ball in Rende, demm mescht des nix, demm gewwe ma die Problähm-Dussi.*"
„Sehr interessant, Herr Kommissar, aber worauf wollen Sie eigentlich hinaus?"
„Hoisch, Buuwe: Isch will kähn Äiiga. Isch will mei Ruh. Isch will net, dasses ä Unnasuchung gibt, ob sisch mei Assischdendin widda deneewe benumme hot. Hot sie des eigendlisch? Hä? Auf, mia kannschs saache!"
„Ich habe mich überhaupt nicht daneben benommen!"

---

[127] blöde Suppe

„Du bisch jetz mol still, Aschdritt, wenn sisch Männas unnahalde. Folgendes: Isch muss was schreiwe. Berischdales."
„?"
„?"
„?"
„Isch muss ei-nen Be-rischt schrei-ben tu-en. Do stehe die druff, die Sseckl bei mia. Mia wäas aiig rescht, wenn ia mia besteedische keent, dass die Dreffe mit eisch, dass die bloß amtlisch waare. Wie sischs gheat. Net priffaat. Gähngt des?"
„?"
„Tä-te daas tuun ge-hen?"
„Entschuldigung, ich habe immer noch nicht verstanden, was wir machen sollen."
„Unnaschreiwe. Des!"
Kommissar Günda zog einen Stapel Formulare aus seiner Tasche.
Fridolin Senftenberg nahm sich das obenauf liegende Blatt und las für alle vernehmlich vor: „*Hiermit bestätige ich, dass es sich bei meinem Treffen mit Frau Astrid Engel um eine rein dienstliche Zeugenbefragung gehandelt hat. Frau Engel ist mir gegenüber ausschließlich als Polizeibeamtin in Erscheinung getreten. Ein darüber hinausgehender privater Kontakt bestand nicht und ist auch im Anschluss nicht zustande gekommen.*" Mit einem süffisanten Lächeln legte er das Blatt wieder auf den Schreibtisch.
„Seid so guud, unnaschreibt des. Jeda. Mea willisch net vun eisch."
Astrid Engel gewann mühsam ihre Fassung wieder: „Mir fehlen die Worte. Ich finde das so herabwürdigend. Ich dachte, wir ermitteln hier, wir arbeiten zusammen."
„Du denksch zu viel, Aschdritt, des is doi Problähm. Meiik da des mol."
„Heißt das, ich bin von diesem Fall suspendiert?"
„Sei froh, dass isch misch kimma. Odda wollt ia sie hawwe?"
„?"

„?"
„?"
„Wollen Sie sie ha-ben tun? Bidde! Doo!"
Synchron hoben die drei Männer abwehrend die Hände.
„Sicksch[128]!" Triumphierend blickte er zu Astrid Engel, die die Tirade nun teilnahmslos über sich ergehen ließ. Dann wandte er sich wieder an die Männerrunde: „Männas, des Problähm is, die hot bloß Färzz im Härnn. Wie selli Melanie. Was machtn die nachts im Wald, dMelanie? Hä? Des froog isch eisch. Mescht ma des? Alläa? Als Fraa? Nää! Awwa des waa aa so ähni, die wu alles bessa weeß. Die hot äfach net ghoiischt! Muss ma sisch wunnare, wenn donn ähna kummt, soen Glischdische[129]? Soen obdachlose Triebla, dea wu eewisch kähni mea ghabt hot? Was hottn die nachts im Wald valore, froog isch eisch? Nix!"
„Aber das Tagebuch?", wand Astrid Engel ein.
„A nää, jetz kummt des widda. Irgend soe Freindin vun de Melanie hot vazehlt, dMelanie heed ä Tagebuch ghabt. Subba. Un? Wu isses? Isch sehs net, des Tagebuch. Ia?"
„In Melanie Kaltschmitts Tagebuch steht bestimmt alles drin. Damit finden wir den Mörder. Ich bin sicher, sie hat das Tagebuch vergraben. Schließlich war sie Archäologin."
„Ähä. Was du so alles weesch, Aschdritt. Un wu hot sie des vagraawe?"
„Ich glaube im Wald."
„Ah, im Wald! A, donn gibts jo kää Problähm weidas. Isch ruf glei mol oo in Kallsruh: *Hoiisch, isch bräuscht grad mol fimfdausend Männas. Fa waas? A, mia misse grad mol korzz de Wald umgraawe. Wejemme Tagebuch, was do vabuddlt is.*"
„Ich bin ziemlich sicher, dass ich genau weiß, wo sie das Tagebuch vergraben hat."
„Nämmlisch?"

[128] Siehst du
[129] Lüsterner

„An ihrem Lieblingsplatz im Wald, an der Lutherischen Brücke."
„Sauwa. Dann deed isch mol saache, geh mol glei zum Obbi[130] un hol da än Spaade. Viel Spass! Awwa bidde ärschda mogge, net heit Nacht, sunscht kummt widda de Glischdische, krutzt disch ab[131], un isch hab grad noch soen Kees am Hals!"
Die drei Geschäftsführer verfolgten den Disput mit kaum verhohlener Belustigung.
„Hoiisch! Isch sach da ähns, Aschdritt. Wenn du gonz viel Glick hosch, donn unnaschreiwe des die Buuwe. Un donn gugge mia mogge im Aaschiev, ob des noch annare Fäll gibt vun derre Sortt. Fraa, allää, im Wald, nachts. Krrrk." Er machte ein hässliches Geräusch. „Vleischt finne mia wuannaschda ä Spua. Ä eschdi[132], rischdischi. Un wenn isch pasööhnlisch gonz viel Glick hab, bin isch donn schun in Pengzioon. Hawwe mia uns vastanne? Auf, Männas, seid so guud, dass endlisch Ruh is."
Astrid Engel schluckte und wandte den Blick ab, als die drei Geschäftsführer die Dokumente unterzeichneten. Sie nickten einander einvernehmlich zu, ihr Grinsen kaum unterdrückend.
„Männas, donge! Un nix fa uguud. Die is jo aa nimmi so jung, selli Aschdritt. Die hot doch kää Schangs[133] mea drauß. Äh, was annares, isch mach jo gärnn Longlauf. Härrliisch. Gibts des eigendlisch aa bei eisch in eiam subba Määtschick Hornn?"

---

130 Baumarkt
131 erwürgt dich
132 echte
133 Chance

„Man könnte fast meinen, du hast Freude daran gehabt, Günda."
„Hä?"
„Na, mich so abzukanzeln vor diesen Typen!"
„Du mähnsch on mia wäa än Schauspiela valore gange?"
„Ich finde jedenfalls, du hast deine Rolle sehr überzeugend gespielt."
„Donge. Du awwa aa."
„Sag mal, hast du das eigentlich ernst gemeint vorhin?"
Kommissar Günda ahnte, worauf Astrid Engel hinauswollte.
„Waas?"
„Na, das mit dem Alter. Dass ich nicht mehr die Jüngste wäre."
„Hea mol, Aschdritt, des hawwisch doch bloß so gsacht, nimm des doch net so ärnscht. Du bisch gönau rischdisch."
„Findest du?"
„Un wie isch des find, Aschdritt. Awwa ähns, des is mol klaa."
„Nämlich?"
„Die drei Bärschtl, die sin uff jedn Fall zu jung."
„Wofür?"
„A – iwwahaupt."
„Und leider ist noch dazu einer von denen ein Mörder."
„Hm. Scheinz."
„Er wird sich verraten. Wenn alles so läuft wie geplant, wird sich der Mörder heute Nacht aufmachen und an der Lutherischen Brücke nach dem Tagebuch suchen. Ich finde, das haben wir geschickt eingefädelt, eine gute Idee von dir. Und was machen wir jetzt? Wie bereiten wir uns vor?"
„Gonz äfach. Isch kimma misch, dass sisch vun uns Leit dortt vasteckle un denn Sseckl dodebei vawische. Zappe. Des waas."
„Wie? Ich verstehe nicht. Heißt das, wir halten uns ganz raus, wir haben damit nichts mehr zu tun?"
„A, so viel Platz is dortt aa net zum Vasteckle."
„Ich dachte, wir, wir beide lauern dem Täter dort auf."
„Mia zwee? Fa waas?"

„Na, immerhin ist es ja unser Fall, der dort zum Abschluss gebracht wird."
„Schun."
„Bist du gar nicht gespannt, wer es war? Willst du nicht dabei sein, wenn der Täter überführt wird? Das haben wir uns doch verdient."
„Isch brauch des net, Aschdritt, isch muss des net hawwe. Außadähm, donn muss isch bloß widda was schaffe."
„?"
„Berischdales. Was schreiwe. Du weesch, wies is."
„Wir lassen uns die Früchte unserer Arbeit nehmen aus reiner Bequemlichkeit?"
„Gönau."
„Das glaube ich dir nicht, das sieht dir überhaupt nicht ähnlich. Da steckt etwas anderes dahinter. Bin ich dir zu nah gekommen?"
„Nää."
„Ich war doch am Ende ganz brav, als du bei mir warst. Oder?"
„Uff jedn Fall."
„Willst du nicht mit mir allein sein? Sei ehrlich!"
„Schun."
„Das klingt ja sehr überzeugend. Aber? Findest du nicht, wir sollten immer offen zueinander sein?"
„Doch, doch."
„Vertraust du mir, Günda?"
„Voll. Äh, isch mähn ubedingt."
„Entschuldige, wenn ich jetzt ernst werde. Aber ich glaube, das ist der rechte Moment dafür. Hast du mir etwas zu sagen?"
„Hä?"
„Ich finde, es ist an der Zeit. Oder?"
„Äh, doch, doch. Bstimmt."
„Also? Denk an unser erstes Date."
„?"
„Auf dem Hochsitz. Schon vergessen?"

„Nänää."
„Also? Ich höre!"
„Alla guud."
„Du …"
„Isch …"
„Du bist …"
„Isch bin …"
Hätte sie nicht in diesem Moment seine rechte Hand genommen, sie in ihre beiden gelegt, er hätte einfach geschwiegen. Aber so platzte das Geständnis aus ihm heraus.
„Isch bin äfach en Schissa. Isch hab Ängscht. Allää. Im Wald. Nachts. Isch kanns net hawwe."
Astrid Engel reagierte anders, als er es erwartet hatte. Sie war nicht geschockt oder enttäuscht. Sie schien eher verwundert.
„Ach so. Ich dachte …"
„Waas? Waas hosch du gedenkt?"
„Nicht so wichtig, Günda." Sie ließ seine Hand los. „Das verstehe ich gut."
„Ealisch? Do binnisch awwa beruischt."
„Kein Problem. Dann verstecke ich mich im Wald und warte."
„Des geht net!"
„Wieso? Ich habe keine Angst."
„Kummt net in Frooch."
„Warum nicht? Traust du mir das etwa nicht zu?" – *A nää!* Er wusste, was jetzt kam – „Bloß, weil ich eine Frau bin?"
Dieses Killerargument begegnete ihm nicht zum ersten Mal. Und wieder sah er sich dem hilflos gegenüber.
In seiner Kindheit hatten die Mädchen noch einen Knicks gemacht, die Buben einen Diener, wenn sie die Hand gaben, *awwa die schääne*. Man hatte *bitte*, *danke* gesagt und artig bei Tisch gewartet, bis alle gegessen hatten. *Derfisch uffstehe?*
Er war damals als Mann erzogen worden. *Kroine*[134]*? Des mache*

[134] Weinen

blouß die Meedlin. Mit was willsch du spiele, mit derre Bobb[135]*? Was bischen du fa ähna?* Dazu hatte es gehört, Frauen gegenüber höflich und zuvorkommend zu sein. *Wie än rischdische Kaffalia hald.*
Doch kaum hatte Kommissar Günda die Gelegenheit, das als Heranwachsender in der Praxis zur Anwendung zu bringen, hatten sich die Zeiten geändert. Pochten die jungen Mädchen darauf, selbstständig zu sein, gleichberechtigt, emanzipiert. Dazu passte es nicht, wenn ein Mann die Tür aufhielt, in den Mantel half. Wofür man noch vor Kurzem als wohlerzogen gepriesen worden wäre, das war nun Ausdruck von Diskriminierung, von Machotum. Und die Mädchen damals machten eines klar: *Kähn Mattschoo!*
Weil Kommissar Günda natürlich auch ein Mädchen kennenlernen und lieben wollte, galt es also, das um jeden Preis zu vermeiden. Doch das war nicht so einfach, wie es schien. Selbst gedankenlose Rücksichtnahme konnte fatale Folgen haben. Denn was immer man in jenen Zeiten einer Frau anbot zu übernehmen – Konserven öffnen, auf Leitern steigen, Koffer tragen –, man lief stets Gefahr, mit der Gewissensfrage konfrontiert zu werden: *Traust du mir das nicht zu, bloß weil ich eine Frau bin? Nää*, beeilte man sich dann zu erwidern, bereits reichlich schuldbewusst: *Doch, doch!*
Um darauf die endgültige Disqualifikation zu kassieren: *Und jetzt stehst du noch nicht mal dazu. Mach, dass forttkummsch, du Weschlumbe*[136]*!*

Diese Erfahrungen steckten tief in ihm drin. Daran hatte er sein Leben lang gearbeitet. Selbst wenn er es gewollt hätte, er hätte gar kein *Mattschoo* sein können. So betrachtet war es schon erstaunlich, wie gut ihm der Auftritt bei den drei Geschäfts-

---

135 Puppe
136 Waschlappen

führern gelungen war. Aber das war ja nicht er gewesen. Das war eine Rolle, die er zu spielen gehabt hatte. Das musste sie doch wissen, sie hatten es doch gemeinsam geplant. Sich im Vorfeld ausgemalt und amüsiert, wie das wohl laufen würde. Und es hatte ohne Zweifel fantastisch funktioniert. Wie konnte sie nun auf diesen Vorwurf kommen? Außerdem war Astrid Engel doch eigentlich zu jung, um mit dieser Macho-Allergie aufgewachsen zu sein. Vieles hatte sich in den vergangenen Jahrzehnten in dieser Hinsicht seltsamerweise wieder verändert. Geradezu ins Gegenteil verkehrt:
Unn, Schackeline? Was hoschn voa mim Leewe?
A, isch bin so bissl usischa: Moddl odda Topmoddl. Odda Subba-Moddl.
Hör mal, Jahrzehnte haben die Frauen gekämpft, dass sie nicht nur als Objekt gesehen werden. Was willst du werden? Objekt???
Nänää. Liewa Moddl.

Was also tun? Kommissar Günda wollte kein Macho sein, aber konnte er zulassen, dass sie alleine im Wald ausharrte? Musste er sie nicht doch begleiten? Ihm graute. Da würde er bestimmt eine ganz schlechte Figur abgeben. Es gab nur eine Lösung. Eine Notlüge:
„Aschdritt, dud ma leid: Voaschrift. Mia sin net zustännisch dortt, an de Luddarisch Brick."
„Ach so." Astrid Engel war enttäuscht.
Er bemühte sich, besonders sachlich zu klingen. „Mia derfe des gaa net. Des misse annare iwwanämme. Schaad."
„Na gut, da kann man nichts machen. Aber dann kümmere ich mich wenigstens um die Angelegenheit, instruiere die zuständigen Kollegen. Wo muss ich anrufen?"
Er war froh, dass sie so einsichtig war, und nannte ihr eine Dienststelle, die man mit der Überwachung der Lutherischen Brücke betrauen konnte.
„Awwa ähn Voadeil hot die Sach nadierlisch."
„Nämlich?"

„Mia hawwe frei, heit Oowett. Unn? Wie wäas? Machemawas, mia zwee?“
„Oh. Das tut mir leid, Günda. Mir fällt gerade ein, heute Abend kann ich nicht. Ich bin verabredet – mit einer Freundin.“
„Ou. Schaad. Awwa donn wäas jo eh net gange, des mim Wald.“
„Ach so. Ja, das stimmt. Dann hoffen wir mal, dass alles gutgeht. Ich muss los, wir sehen uns morgen.“

Kommissar Günda war unschlüssig. Was sollte er mit dem freien Abend anfangen?
Er entschied, nähere Überlegungen dazu bei einem *Bierle* anzustellen, schaute sich um und entdeckte zu seiner Freude einen Imbissstand: *Zua Broodworscht*[137].
„Unn? Junga Monn! Was derfsen soi?"
Die adrett-dralle Grillmeisterin, bestimmt zehn Jahre jünger als er, hatte auf Anhieb den richtigen Ton getroffen.
„Isch? Än junge Monn? Donge! Do nämmisch glei zwee vun denne Broodwärscht."
„So musses sei. Un dodezu?"
„Weck un bissl Sempf. Vun demm schaafe, wenns geht."
„Sebvaständlisch. Bierle?"
„Gärnn."

Ein versöhnlicher Auftakt für einen spannenden Abend. Denn was ihn neben dem kulinarischen Angebot an den Imbissstand gelockt hatte, das war die Aussicht, die dieser zu bieten hatte. Von dort hatte man einen vorzüglichen Blick auf den Eingangsbereich des Magic-Horn-Unternehmens. Denn Kommissar Günda hatte keineswegs vor, sich vom Geschehen zu verabschieden. Selbstredend würde er sich weiter um die Verdächtigen kümmern. Solange nicht der nächtliche Wald ins Spiel käme. Er fand, in seinem Alter musste er sich wahrlich nicht mehr alles zumuten. Das hatte er sich verdient. *Tschuldischung!*

Der Feierabend nahte, die ersten Mitarbeiterinnen und Mitarbeiter verließen das Gebäude. Die Führungskräfte arbeiteten nicht wesentlich länger, wie sich bald zeigte. Erst erschien *de Mick*, schaute auf die Uhr und blieb vor der Drehtür stehen. Für Kommissar Günda war das der Favorit für die Rolle

---

[137] Bratwurst

des Bösewichts. Führte er nicht auch bereits Werkzeug für später bei sich? Von Bensen hatte eine große Tasche geschultert, in der ohne Weiteres jede Menge *Sandl-Kroom*[138] Platz fände. *Gonz schää abgebrüht, dea Kärll!* Kommissar Günda beeilte sich mit dem Verzehr der Bratwürste, um bereit zu sein, dem Verdächtigen zu folgen. Doch kurz darauf spuckte die Drehtür auch die beiden anderen Geschäftsführer aus, ähnlich bepackt. Die drei schienen verabredet zu sein und marschierten in dieselbe Richtung. Kommissar Günda verleibte sich den letzten Bratwurstzipfel ein. Die Männer überquerten die Straße und kamen in seine Richtung. Er senkte den Blick. Erst hatte er befürchtet, sie würden ebenfalls den Imbiss ansteuern, aber dann wandten sie sich einem Taxi zu, das vielleicht gerade einmal 50 Meter von ihm entfernt auf Kundschaft wartete, und stiegen ein. Kommissar Günda sah seine Felle davonschwimmen. Zwar befand sich ein weiteres Taxi direkt dahinter, doch in diesem fehlte der Fahrer. Er wollte sich gerade mit dem vorzeitigen Ende der Verfolgungsjagd abfinden, als ihm die überaus aufmerksame Herrin der Würste zurief: „Unn, junga Monn? Brauche Sie vleischt ä Taxii?"

Kommissar Günda nickte dankbar.

Die Imbissbetreiberin gab dem Mann am benachbarten Stehtisch ein Zeichen.

Der ging, ohne Kommissar Günda eines Blickes zu würdigen, zu seinem Fahrzeug.

„Auf, junga Monn! Un vazehle Sie ma näckschd Mol bissl, was do lous waa!"

„Machisch. Donge un tschüssl!"

Kommissar Günda folgte dem Fahrer eiligen Schrittes und stieg in das zweite Taxi. Das erste drohte bereits außer Sicht zu geraten.

„Auf! Doo! Du aa. Wie dea."

---

[138] Kram, um im Sand zu spielen

„Taxi? Folgen?"
Kommissar Günda nickte. „Gönau. Prondo. Alla hopp!"
„Frau?"
Kommissar Günda schüttelte den Kopf: „Nää!", besann sich dann aber eines Besseren. „Doch! Gönau! Frau. Big Problähm. Auf jetzat."

Die Fahrt verlief kurzweilig. Der Fahrer wartete mit diversen Geschichten auf, die Kommissar Günda allesamt nicht verstand. Er hatte keine Ahnung, welche Sprache hier gesprochen wurde, und beschränkte sich auf anfeuernde Kommentare: „Auf, des packsch du! Drick druff! Iwwahool den Kaiisch!"
Doch der Abstand zwischen den Autos vergrößerte sich zusehends, und irgendwann war das geschehen, was Kommissar Günda hatte kommen sehen. Über die begeisterte Erzählung des Fahrers hatten sie das Taxi mit den drei Verdächtigen verloren.
„Stopp!"
Das Taxi steuerte die nächste Lücke am Straßenrand an.
Kommissar Günda reagierte ungehalten. „Taxii? Wue? Fortt! Grande Mallöa! Grouße Kees."
Der Mann sah ihn verständnislos an.
„Un jetzat?" Kommissar Gündas Stimme klang vorwurfsvoll.
Der Fahrer zuckte mit den Achseln und erwiderte: „Reg disch net uff, Alda!"
Er nestelte an einem Sprechfunkgerät und gab wieder diese seltsamen Laute von sich. Es ertönte eine ebenso unverständliche Antwort, begleitet von allerlei Nebengeräuschen, darunter Torjubel.
Das Fahrzeug setzte sich erneut in Bewegung, und Kommissar Günda staunte nicht schlecht, als er kurz darauf vor dem Eingang eines großen Fitnesszentrums am Rande von Schwetzingen soeben noch mitansehen konnte, wie die drei verdächtigen Geschäftsführer das Gebäude betraten.
„Sauwa!"

„Zwonzisch. Mitkumme fuchzisch."
Kommissar Günda lehnte dankend ab, zahlte und ging ebenfalls in Richtung Eingang, blieb jedoch unter dem Vordach stehen, von wo aus er beobachten konnte, wie seine drei Männer der jungen Frau am Eingangstresen etwas entgegenhielten, vermutlich Ausweise. Auch die Art, wie die Unterhaltung geführt wurde, ließ darauf schließen, dass sie hier Stammgäste waren. Die junge Frau stand auf, ging in einen Nebenraum und kehrte mit einer handlichen Packung zurück. *Die brauche wahrscheinz noch än Balle.* Kommissar Günda tippte auf Squash. Vielleicht auch Badminton. In jedem Fall würden die Herren eine Weile beschäftigt sein. Kommissar Günda seufzte.
Der Mann neben ihm schien darauf nur gewartet zu haben.
„Aa Reha?"

Zwischen den beiden Männern entspann sich sogleich ein Dialog. Wenn auch ein einseitiger.
„Ibbrigenz, isch bin de Bärnd. Un due? Hä?"
„Isch? Äh, de Günda."
Das genügte, um die vollständige Versehrtengeschichte von Bernd Lipsky zu erfahren. Kernproblem waren vor allen Dingen *die Bähna.* Gelenke, Knochen, *alles hie.* Etliche Ärzte hatten sich schon an ihm versucht, nicht einer hatte das Richtige getan. Es folgte ein niederschmetterndes Ranking der in der Region niedergelassenen Ärzte: „Die kannsch alle de Haase gewwe. Alle. Duasch die Bonk. Ähna wie de anna."
Kommissar Günda spähte zwischendurch immer wieder in das Gebäudeinnere. Keiner der Verdächtigen tauchte auf.
„Dodebei, geränscht[139] binnisch worre, isch kann da saache. Was isch schun geränscht worre bin. Umeeglisch. Un was hots gebrocht? Nix. Odda? Odda? Hä? Awwa dass ähns mol klaa is, obariere loss isch misch net. Net vun denne Hannebambl. Do

139 geröntgt

kannisch jo glei de Leffl[140] abgewwe. Odda? Hä? Odda? Hä? Günda?"
Mit jedem *Hä* stupste er Kommissar Günda an. Der nickte ergeben.
„Awwa mähnsch du, die schreiwe misch kronk? Mähnsch du des? Hä? Hä? Günda! Im Leewe net. Do mussisch schun mim Wersching[141] unnam Aam ookumme. Schaffe derfisch. Des derfisch. Du aa, odda? Odda? Hä?"
Geradezu unmenschlich sei das. Dabei fiel ihm doch schon lange alles schwer: *laafe*, *stehe*, *lieje*.
Zum Glick net des Babble, dachte Kommissar Günda.
„Un donn saache die vun de Kass: Sportt, des sollisch mache. Isch? Sportt? Mit denne Bähna. Mit demm Knie. Mit denne gabuddene Fieß. Sportt? Hä? Awwa was sollischn mache? Hä? Des froochisch disch. Odda?"
War er zu Anfang genervt, so faszinierte Kommissar Günda zunehmend die rhetorische Technik seines Gegenübers, jeden Satz, jedes Wort in eine Frage münden zu lassen. Noch hatte er kein System erkennen können, in welcher Reihenfolge *odda* und *hä* kombiniert wurden.
Plötzlich schwieg sein Gesprächspartner. Hatte er etwa seinen Einsatz verpasst? Vorsorglich nickte er mehrmals. Bernd Lipsky holte hörbar Luft: „Un jetz stehe mia doo. Mia zwee. Du aa. Odda? Odda? Hä?"
Kommissar Günda überlegte kurz. Vielleicht könnte ihm sein neuer Bekannter nützlich werden, etwa, wenn es galt, unauffällig in ein Gespräch vertieft zu erscheinen. Obwohl, unauffällig? Er setzte zu einer abschließenden Entgegnung an. Sein Gegenüber kam ihm zuvor: „Alla, isch muss donn mol widda. Swaa indressant mit dia. Odda? Hä? Odda?"
Stöhnend wandte er sich der Drehtür zu: „Sportt. Pff. Des

---

[140] Löffel
[141] Kopf

bringt doch nix. Hea ma uff. Sportt. Pff. Isch geh ind Sauna."
Als hätte er das Wichtigste vergessen, drehte er sich noch einmal um und schaute Kommissar Günda prüfend an: „Gehsch mit? Hä? Hä? Odda?"
Es hatte etwas von einem Hütchenspiel. Man könnte darauf wetten, wie viele *hä* und *odda* auftauchten und in welcher Reihenfolge.
„Isch hab nix debei, leida!", antwortete Kommissar Günda, erleichtert, eine triftige Ausrede gefunden zu haben. Er hatte nicht mit Bernd Lipskys Umsicht gerechnet: „Des mescht nix, die leiä dia än Debbisch[142], hä? Kää Probblähm, isch kläa des, odda?"
„Äh, vleischt späda, loss disch net uffhalde!" Kommissar Günda fürchtete nun doch um die weitere Gestaltung des Abends. „Isch muss korzz telefoniere. Äh, isch mähn long. Aiig long."
„Alla. Isch bin im Blockhaus. Hunnatzäh Graad. Drunna bringt des nix. Odda? Odda?"
Sprachs und entschwand mit einem letzten stummen *hä* auf den Lippen durch die Tür.
Kommissar Günda zückte sein Handy und wählte eine Nummer. Astrid Engel war derzeit nicht erreichbar.

[142] Handtuch

Das hätte sie nicht erwartet. Sobald es spannend wurde, sobald etwas Courage vonnöten war, traute ihr Kommissar Günda nichts zu. Wieso bloß? Weshalb hatte er Grund, derart an ihr zu zweifeln? Astrid Engel war immer noch empört, als sie sich in ihrem kleinen Apartment in Feudenheim mit einem Glas Rotwein auf die Couch setzte. Natürlich hatte sie die Verabredung mit der Freundin nur vorgeschoben. Aus Trotz und aus Verärgerung. Gleichzeitig plagte sie immer noch ihr schlechtes Gewissen, weil sie so falsch gelegen hatte mit Philipp Enderle. Wieso gab ihr Chef ihr nicht die Chance, das wieder gutzumachen?

Nachts allein im Wald, das war für sie alles andere als ein Problem. Schließlich war das nicht der südamerikanische Urwald. Dort hatte sie mit ihrem damaligen Freund bald zwei Monate verbracht. Wandern, klettern, zelten. Fern jeder Zivilisation. Mutterseelenallein. Sah man von den Wegelagerern und Drogenhändlern ab. Und von den wilden Pumas, Riesenspinnen und Würgeschlangen. Mit welchen Widrigkeiten hatte man hier schon des Nachts zu rechnen? Vielleicht ein paar Obdachlose, die im Wald campierten, die froh waren, wenn sie keiner sah. Vielleicht ein paar Jugendliche, die sich ein stilles Plätzchen suchten. Für was auch immer. Und sonst? Vermutlich stellten die zahllosen Mücken an der Lutherischen Brücke die größte Bedrohung dar.

Und deshalb sollte sie sich um die Früchte ihrer Arbeit bringen lassen? Es war doch der Höhepunkt, das verdiente Finale. Wenn auch ihre Kombinationsgabe in diesem Fall nicht hatte überzeugen können, sie könnte so wenigstens ihre Qualitäten in anderer Hinsicht unter Beweis stellen. Und wenn sie ehrlich war, sie war zudem sehr neugierig. Welcher der drei Herren war der Täter, wer hatte Melanie Kaltschmitt auf dem Gewissen?

Überdies, Kommissar Günda war doch selbst ein eigenwilliger Sturkopf. Hätte der sich zu Assistenzzeiten untergeordnet? Bloß weil ihn sein Chef angewiesen hätte, die Finger davon zu lassen?

Ganz gewiss nicht. Im Gegenteil. Dann erst recht!
Andererseits, er war so süß, wie er herumgedruckst hatte mit seiner Angst im finsteren Wald. Bestimmt würde er sich gekränkt fühlen, wenn sie als Frau dem trotzte. Und sie hatte es ihm schließlich versprochen. Obwohl… Genau besehen, versprochen hatte sie gar nichts.
Sie nahm das Telefon und wählte die Nummer, die ihr Kommissar Günda gegeben hatte. Es läutete einmal. Ein weiteres Mal. Dann legte sie auf.

Der Parkplatz vor dem Fitnesscenter, der bei seiner Ankunft voll besetzt gewesen war, leerte sich langsam. Die Nacht brach an. Auch Kommissar Günda wäre einmal beinahe Mitglied in einem Fitness-Club geworden. Er hatte sich zunächst eine Zehnerkarte gekauft. Nicht ohne Stolz auf seine eigene Initiative hatte er sich aus freien Stücken dazu entschlossen, etwas für seinen Körper zu tun. Sein Arzt hatte es ihm nicht verordnet, nur nahegelegt: *Hea, Günda! Dei Haxe, doin Ranze, isch deed saache, du gheasch mol zum Sportt!*

Mit schlechtem Gewissen erinnerte er sich nun in dieser Umgebung daran, dass sich auf dieser Karte auch nach nunmehr vier Monaten noch fünf freie Trainingseinheiten befanden.
Nach anfänglicher Euphorie hatte nämlich sein Trainingseifer rasch nachgelassen. Binnen weniger Wochen, so hatte es im Prospekt geheißen, würde man bei regelmäßigem Training im Handumdrehen zu seiner Strandfigur gelangen. Hatte er bereits nach dem ersten Probetraining unleugbar positive Veränderungen an sich festgestellt, so war weiterer Fortschritt selbst bei eingehender Betrachtung unter der Dusche immer mühsamer auszumachen.
Den Ausschlag, seine sportlichen Aktivitäten wieder einzustellen, hatte schließlich ein Kleidungskauf gegeben. Alle zwei Jahre suchte er seinen Stammladen in Mannheim auf und besorgte sich zwei neue Hosen. Eine mit Cord, eine *mit oohne.* Diesmal hatte er jedoch den Fehler begangen, nicht, wie seit Jahrzehnten üblich, ohne anzuprobieren nach seiner gewohnten Größe zu greifen. Zu verlockend schien die Aussicht, als nunmehr sportiver Typ gegenüber der Verkäuferin triumphierend verkünden zu können: *Ä-ä. Basst net. Zu grouß owwerum.*

Und so hatte er seit ewigen Zeiten wieder eine Umkleidekabine betreten und dort eine erschreckende Begegnung mit sich selbst. Sein Blick fiel in den Spiegel in einer ausgesprochen ungünstigen

Phase. Während des Anprobiervorgangs, und zwar nachdem er seine alte Hose aus- und bevor er die neue angezogen hatte. Vor sich im Spiegel sah er einen durchaus ansprechenden Herrn mittleren Alters – das Hemd hatte er angelassen. Fatalerweise war sein Blick dann jedoch nach unten gewandert. Was er dort entdeckte, ließ ihn erstarren. Zwei dünne Männerbeine präsentierten sich da in ihrer ganzen Jämmerlichkeit. Weiß, schlaff, geädert. Er fühlte sich an allerlei Getier erinnert: *Hinkl*[143], *Fresch*[144], *Flamingoo. Awwa kähna vun denne Briddi*[145] *Flamingoo.*

Lag es am grellen Neonlicht? Die milchige Farbe, das schmutzige Weiß erklärte das vielleicht, aber nahm das den Waden zugleich auch jede Form? Und wieso war ihm dies unter der Dusche noch nie aufgefallen? Gut, der Blick an sich herab war natürlich eingeschränkt *duasch de Ronze.* Hier nun betrachtete er seine Beine, wie die Welt sie sah. Zum Glück gab er der Welt dazu nie die Chance. Dass das eigene Gesicht auf Fotos immer seltsam fremd aussah, das war ein altbekanntes Phänomen. Im Spiegel, beim Rasieren, Zähneputzen, da sah man sich irgendwie anders. Traf man Vorkehrungen, lächelte, zeigte seine Schokoladenseite. Aber dass dieses Phänomen auch den gesamten Körper betreffen konnte, das war denn doch überraschend und zutiefst erschütternd. Dazu kam, dass er bisher lediglich die Waden in Augenschein genommen hatte. Soweit das die Socken erlaubten. Vorsichtig ließ er seine Augen nach oben wandern. Beruhigend. Die nächsten Zonen, die Knie, machten auf Anhieb einen normalen, ja durchaus gefälligen Eindruck. Gut, *bissl schrumblisch* waren sie schon, aber das war wahrscheinlich baubedingt, unvermeidbar. Es galt ja für den Körper, an dieser Stelle etliche Sehnen, Muskeln, Gelenke zu

[143] Hühnchen
[144] Frösche
[145] Pretty

koordinieren. Doch schon etwas *heescha*, bei den Schenkeln, zeigten sich Unregelmäßigkeiten, wo doch eigentlich große, gewaltige *Muschkle* das Bild hätten prägen sollen. Wo kamen die Dellen her? Wie waren sie entstanden? Hatte es eine Operation gegeben, an die er sich nicht erinnern konnte? Er hob das Hemd, überging die von der Feinripp-Unterhose verhüllte Region und fasste den Entschluss, reinen Tisch zu machen. Schonungslos sich der Realität zu stellen. Er drehte sich um, das Hemd immer noch gerafft und entledigte sich seiner Unterhose. Und da war er: *soin Bobbes.* In seiner Jugend hatte es nicht wenige Mädchen und Frauen gegeben, die den als *gonz schää knaggisch* gerühmt hatten. Nun war da nur noch eine breitflächige Kraterlandschaft, die er selbst bei heftiger Anspannung aller dort zur Verfügung stehenden Muskeln nicht zu ebnen vermochte.

Das war sie also, die Vorschau auf seine Strandfigur. Denn nach Aussage des Fitnessladens war er ja *nur noch sooo weit, nur ein klitzekleines bisschen* von der entfernt.

Wie sähe dann wohl die Vollendung aus? Die Dellen nur noch fingerbreit? Die Konturen doch wieder zumindest zu ahnen? Das leblose Gewebe lasch, aber rosig?

Er hatte seine alte Hose rasch wieder angezogen, wie gewohnt die neuen Beinkleider unbesehen gekauft und dazu erstmals Kniestrümpfe. Extra lang.

So dunkel, wie sie erwartet hatte, wurde es gar nicht. Die Wolken hatten sich verzogen, der Himmel war nah, und der Fastvollmond tauchte die Lutherische Brücke in fahles, unwirkliches Licht. Es war jedoch für die Orientierung allemal gut gewesen, dass sie nicht länger gezögert hatte, sich im letzten Tageslicht auf den Weg zu machen. Mit dem Gefühl, dass es ihr gutes Recht war, was sie tat. Für Vernunft und Gehorsam würde fürderhin noch genug Zeit sein.
Nach einigem Suchen hatte sich Astrid Engel für einen einfachen Hochsitz als Beobachtungspunkt entschieden. Hier konnte sie alle Zugangswege übersehen. Zwar waren es nur zwei schmale Waldpfade, die die Brücke über den Hardtbach verband, aber es gab weitere Möglichkeiten, zu diesem Ort zu gelangen, allem voran die beiden steil ansteigenden, schmalen Hochwasserdämme, die den Hardtbach schützend umgaben. Richtung Wiesloch wie auch Richtung Bundesstraße. So geschäftig das Treiben der Touristen hier tagsüber war, so still war es nun. Gelegentlich hörte man Geräusche von der entfernten, immer noch frequentierten Autotrasse. Dazu gab es immer wieder das ferne Rattern der Güterzüge von der anderen Seite her. Im Wald selbst tat sich nichts. Es sei denn, man lauschte. Schon bald vernahm Astrid Engel zahlreiche Laute. Den Wind in den Bäumen, das Ächzen der Äste, das Rauschen der Blätter. Mal ein scharfes Knacken, mal ein leises Summen. „Wald halt", flüsterte sie sich nicht ohne Stolz auf ihre Entscheidung zu. Auch hier vor Ort verspürte sie keine Angst. Sie war vielmehr weiter gespannt, welcher der drei verdächtigen Herren wohl auftauchen würde. Einen Favoriten hatte sie nicht, schon weil sie eigentlich keinem von denen zutraute, gewalttätig werden zu können, die Beherrschung zu verlieren. Aber wer ahnte schon, welche Abgründe in einem Menschen, zumal in einem Mann, lauerten. Rein vorsorglich griff sie nach ihrer Pistole und öffnete das Halfter. Auch wenn sie sich nicht vorstellen konnte, von ihr Gebrauch machen zu müssen, war es

gut, für alle Eventualitäten gewappnet zu sein. Immerhin galt es, den Mann zu stellen, der einen Menschen erschlagen hatte.

Aber zuerst würde sie sich etwas gönnen. Ein Antipasti-Teller vom Italiener wartete auf sie in einer Frischhaltedose, nicht mehr ganz so schön drapiert, aber gewiss lecker. Ein zarter Knoblauchduft entstieg dem Behältnis, und Astrid Engel spießte eine erste Ladung Oliven auf.

Angefangen hatte sein Unbehagen gegenüber der Dunkelheit im Wald mit einer Nachtwanderung. Kommissar Günda war keine acht Jahre alt gewesen, als er die Sommerferien im Schwarzwald verbracht hatte. Hatte verbringen müssen. *Weje de gude Luft.* In einem Kinderheim – so nannte man das damals –, und den Begriff fand er durchaus angemessen. Große Schlafsäle, Hafergrütze des Morgens und reichlich Disziplin rund um die Uhr. Ein riesiges, düsteres, geradezu unheimliches Haus am Waldrand, garniert mit ausgestopften Tieren an jeder Ecke. Viele Jahre später hatte er diesen Ort noch einmal aufgesucht und sich gewundert, wie klein alles in Wirklichkeit war. Mit Kinderaugen hatte das ganz anders gewirkt. Selbst die mickrige Eingangstür hatte er als gewaltiges Portal in Erinnerung.

Die Betreuerinnen und Betreuer waren streng und unnahbar gewesen, hatten vor allen Dingen auf die strikte Einhaltung der Hausordnung gedrungen. Bleibenden Eindruck hatte die Mittagsruhe hinterlassen, bei der es nicht einmal gestattet war, die Toilette aufzusuchen, was für Verzweiflung und das eine oder andere Malheur gesorgt hatte, ohne jemals die Aufsichthabenden milde zu stimmen.
Die Freizeitgestaltung war eintönig gewesen: Wandern, Fußballspielen, Wandern, Völkerball, Mensch ärgere dich nicht. Bettruhe deutlich vor Sonnenuntergang.

Mit einer Ausnahme: die von allen mit Spannung erwartete Nachtwanderung. Der Termin dafür war vorher nicht bekannt. Man hatte immer damit rechnen müssen, aus dem Bett geholt zu werden. Und eines Nachts war es dann endlich so weit. Alle sprangen sogleich voller Vorfreude und ganz aufgeregt aus ihren ächzenden, quietschenden Metallstockbetten, bei denen der Untenliegende mit ständiger Sorge nach oben blickte, wölbte sich ihm doch der den Obenschläfer tragende Drahtverhau von Mal zu Mal bedrohlicher entgegen.

Daran wurde nun kein Gedanke mehr verschwendet, die Nachtwanderung stand endlich bevor. Zur Einstimmung versammelte man sich vor dem Haus an der Lagerfeuerstelle, wo zunächst gemeinsam die wohlbekannten Lieder gesungen wurden: *Wo die bunten Fahnen wehen*, *Hejo, spann den Wagen an*, *Heut fahrn wir übern See*. Anschließend holte einer der Erzieher ein Buch hervor, aus dem er vorlas. Kommissar Günda wusste noch genau, wie schnell es daraufhin mucksmäuschenstill geworden war. Keiner kannte die Geschichte. Seine Mutter hatte ihm viele Märchen vorgelesen, am liebsten hörte er *Kalif Storch*, *Ali Baba und die 40 Räuber*, *Aladin und die Wunderlampe*. Sobald er selbst lesen konnte, versorgte sie ihn regelmäßig mit diesen Kinderbüchern, auf deren Buchrücken notiert war, ob sie für Jungen oder Mädchen geeignet waren und für welche Altersgruppe. Er war mächtig stolz, denn er las schon Bücher für die Alten. Für die Zehn- bis Zwölfjährigen!

Nie wurde offiziell bekannt, welche Geschichte in jener Nacht zum Besten gegeben worden war, aber im Nachhinein war er sicher, es musste etwas von Edgar Allan Poe gewesen sein. Jedenfalls war es um Friedhöfe gegangen, um Beerdigungen, um lebendig Begrabenwerden und allerlei Untote, die sich überall tummelten. Besonders gerne in dunklen Wäldern. Am liebsten des Nachts.

So bestens eingestimmt hatten sie sich also auf den Weg in den Wald gemacht. Kommissar Günda hatte in diesem Moment begriffen, *wisso dass dea so heeßt, de Schwarzzwald.*

Kaum in das Dunkel des Waldes eingetaucht, machten sich die Betreuer ihren Spaß mit der aufgeregten Meute. Sie sprangen kreischend hinter Bäumen hervor, jaulten wolfsgleich, kicherten ohne jeden Grund. Es war natürlich völlig undenkbar zuzugeben, dass man sich fürchtete. Schließlich war man ja unter Jungs, unter Männern. „Wer hat Angst?“, fragten die Anführer

immer wieder die hinter ihnen trottende Schar. Keiner bekannte sich.
„Sollen wir umkehren?“
„Nää.“
„Nie.“
„Bloß nicht.“
Hohn und Spott hätte man auf sich geladen, hätte man das in diesem Moment bejaht.
Zuerst liefen sie in der Gruppe auf einem breiten Weg, dann auf einem schmalen, schließlich schlug man sich auf Kommando ins Gebüsch. Dort hieß es: „Verteilen! In Zweiergruppen!“
Und auszuharren.
„Wir haben uns verirrt, wir wissen nicht den Weg nach Hause“, tönte es von irgendwo her. „Bleibt alle, wo ihr seid! Dann wird euch nichts passieren. Hoffentlich. Hahahahaha.“
Zum ersten Mal in diesen Ferien spielte Humor eine Rolle, wenn auch eine fragwürdige. Kommissar Gündas etwa gleichaltriger Begleiter griff nach seiner Hand. Er zog sie empört weg, weil er fürchtete, man könnte sie beobachten.
„Seid alle still. Damit sie uns nicht bemerken.“
„Wea?“, fragte Kommissar Günda laut und vernehmlich in das Dunkel.
„Na, dieser schreckliche Riese Timpetu“, rief jemand. „Er will uns alle auffressen.“
„A so. Dea. Kää Problähm. Dea mescht nix, dea will bloß spiele!“
Demonstrativ zeigte sich Kommissar Günda völlig entspannt. Und da kam er auch schon. Der fürchterliche Riese. Mit schweren Schritten stapfte er durch den Wald, lauthals gröhlend: „Hunger! Hunger! Hunger! Wo sind die Kinder? Ich will sie alle fressen!“
„On mia is nix droo“, gab Kommissar Günda leichten Herzens zu bedenken. „Mei Mudda sescht imma *Buu, was bisch du so rappldärr.*“

Sein Nachbar schluchzte derweil nur noch leise.
Der ausgehungerte Riese hatte sich inzwischen in ihrer Mitte aufgebaut und zeigte sein furchterregendes Gesicht. Wie sich später herausstellte, konnte man das deshalb so gut erkennen, weil der größte und kräftigste unter den Betreuern dafür den alten Taschenlampentrick benutzte. Er hielt sie sich ans Kinn und beleuchtete so seine auch bei Tageslicht wenig vertraueneinflößende Visage.
Der ganze Wald wurde nun erschüttert durch das kollektive Geschrei der Kinder. Nur Kommissar Günda blieb gelassen. Hatte jedoch die Augen vorsichtshalber geschlossen. Als er sie wieder vorsichtig öffnete, hing die grell erleuchtete Fratze direkt vor ihm. Die Nasen berührten sich fast. Jahrzehnte später sah er diese Szene noch einmal mit Sigourney Weaver in *Alien*.
„Hea", mahnte Kommissar Günda sein Gegenüber seelenruhig, „schun mol was vun Zääh butze gheat? Du miffelsch gonz schää aus de Gosch[146]!"

Zurück in der Heimstatt fand im Morgengrauen die Ehrung statt: „Wir haben einen Sieger! Günda hat gewonnen. Er war von allen der Tapferste, Mutigste, Unerschrockenste. Er ist unser Held des Sommers!"

So hatte er die Geschichte nach Ferienende seinen Mitschülern erzählt, und eine Zeit lang hatte er sie sogar selbst geglaubt. In Wahrheit jedoch war er der Junge gewesen, der in der Finsternis die Hand seines Nachbarn gesucht hatte. Und der Vollständigkeit halber hätte man erwähnen können, dass die Hand nicht zurückgezogen worden war. Vielleicht auch, weil es sich um die Hand eines Betreuers gehandelt hatte. Noch genauer, um die Hand einer Betreuer*in*. Kommissar Günda hatte sich früh deren Begleitung versichert.

---

[146] Maul

Gerade deswegen bewunderte er insgeheim seine Assistentin. Die hätte sich doch glatt *allää in de Wald ghoggt*. Mutig, das musste man ihr lassen. Aber zum Glück hatte er sie davon abbringen können. Er hatte sie doch davon abbringen können? Oder? Sie würde doch nicht auf die Idee kommen …? Er wählte noch einmal Astrid Engels Nummer. Weiterhin war sie nicht erreichbar. Vermutlich hatte er den Zeitpunkt verpasst, und sie war mit ihrer Freundin in einem Funkloch. Oder im Kino. Oder im Theater. Sie hatte natürlich alles Recht, ihr Handy auszuschalten. Schließlich hatte sie ja Feierabend. Er sandte ihr eine SMS: *Viel Spass heit Oowett!*

Ein leises Glucksen weckte ihre Aufmerksamkeit. Sie schaute in dessen Richtung. Der Hardtbach lag träge, das fast ruhende Gewässer reflektierte das Mondlicht gleichmäßig. Nur an einer Stelle hatten sich Kreise gebildet. Vermutlich ein Tier. Eine Kröte. Oder eine Ratte? Vielleicht war auch nur etwas von einem Baum herab ins Wasser gefallen. Sie stutzte. War es nicht auch denkbar, dass sich der Tagebuchsucher abseits der üblichen Wege der Lutherischen Brücke näherte? Der Hochsitz knarrte. Sie verharrte augenblicklich. Das Geräusch kam ihr unverhältnismäßig laut vor. Ihr Blick wanderte in den Wald. Das Schattenspiel der Bäume im Wind sorgte für ständige Bewegung. Mehrfach meinte sie, eine menschliche Gestalt auszumachen. Dann wurde es finster. Eine Wolke hatte sich über den Mond geschoben, um die Szenerie sogleich wieder in dieses seltsam gleißende Weiß zu tauchen. Astrid Engel spürte nun doch ein leichtes Unbehagen. Denn was jetzt zu hören war, das war nicht ein gelegentliches Knacken. Hier schien sich etwas durch das Gehölz Bahn zu brechen. Etwas? Oder jemand? Bestimmt gab es auch größere Tiere. Wölfe gewiss nicht, aber Rehe, Füchse, vielleicht Wildschweine. Hatte sie nicht gelesen, dass die durchaus rabiat werden konnten, wenn Menschen in ihr Revier eindrangen? Und doch kam ihr der Gedanke an Wildtiere in diesem Moment weniger beunruhigend vor als die Vorstellung, ein mutmaßlicher Mörder nähere sich von dieser undurchschaubaren, dichtbewachsenen Seite ihrem Standort. Ohne auf etwaigen Lärm zu achten. Weil er sich sicher fühlte. Oder weil er in Panik war, entlarvt zu werden? Weil er in dieser Lage sämtliche Vorsicht, aber auch alle Hemmungen vermissen ließ? Weil er davon ausgehen konnte, um diese Zeit hier im Wald alleine zu sein? Weil er diesen Platz gut kannte. Im Unterschied zu ihr. Vielleicht wurde dieses Gebiet bei Einbruch der Dunkelheit für den Publikumsverkehr gesperrt, gerade im Hinblick auf die kulturhistorische Bedeutung der Lutherischen Brücke, um Verwüstungen vorzubeugen. Das hatte sie nicht

bedacht und überprüft. Gab es nicht bestimmt einen triftigen Grund, weshalb diese Beobachtungsaufgabe speziellen Polizeikräften überantwortet war? Weil dieser Ort unsicherer war als andere? So fernab von der Zivilisation. Wer würde sie hier schon hören können? Sie ertappte sich, wie sie ein weiteres Mal nach ihrer Waffe griff, bevor sie ihr Handy aus dem Rucksack holte. Und erschrak. Es gab kein Netz.
Sie zwang sich zur Besonnenheit. Ein Anruf machte, nüchtern betrachtet, ohnehin keinen Sinn. Zu weit entfernt war die nächste Polizeidienststelle; in ihrer Planung hatte sie sich nie auf diese Möglichkeit, Hilfe zu rufen, verlassen. Sonst hätte sie ja gleich zu Hause bleiben können. Rasch hatte sie sich wieder gefangen.
Dann fiel ihr etwas anderes auf: Das Knacken war verstummt. War sie bereits entdeckt worden? Konnte der Täter sie sehen, sie aber nicht ihn? Dann wäre es ein Leichtes, sie zu überwältigen. Der Hochsitz war alles andere als stabil. Ein kurzes Rütteln, und sie würde den Halt verlieren, hinunterstürzen, ohne sich auf die unsanfte Landung vorbereiten zu können. Der Täter hätte leichtes Spiel. Sie steckte das Handy wieder in den Rucksack und umklammerte mit beiden Händen das rustikale Geländer. Andererseits, wieso sollte der Täter damit rechnen, sie hier anzutreffen? Wenn er dies täte, würde er wohl kaum hierher kommen, um nach dem Tagebuch zu suchen. Es sei denn, er hätte keine andere Wahl, weil dieses Dokument eindeutig Belastendes gegen ihn enthalten könnte. Würde sie ihn dann allein durch ihr Polizeisein beeindrucken können?

Astrid Engel fröstelte. Sie zog die dünne, dunkle Decke aus dem Outdoorladen enger um sich. Schnell wurde ihr warm. Und dann sah sie ihn. Begleitet von einem schmatzenden Geräusch näherte sich auf dem Damm von der Umgehungsstraße aus eine Gestalt in einem dunklen Overall, die Kapuze tief ins Gesicht gezogen, sodass sie ihn nicht erkennen konnte. Er lief auf ihrer

Seite des Hardtbachs. Der Damm war feucht, in der Nähe der Brücke geradezu matschig mangels Sonnenlichteinfall, was das Laufgeräusch erklärte.
Als der Mann etwa fünf Meter von ihr entfernt war, hielt sie die Luft an. Sie hatte geglaubt, auf diesem Hochsitz viel weiter vom Weg entfernt zu sein. Nun aber konnte sie den schweren Atem des Mannes hören. Ein Blick in ihre Richtung, und er würde sie entdecken. Er ging nun direkt unter ihr vorbei, stur auf den Weg starrend. Astrid Engel sah, dass er ebenfalls einen Rucksack trug. Er lief ohne Hast, jedoch zielstrebig, betrat schließlich die Brücke. Vorsichtig atmete sie aus. Der Mann verharrte kurz, ging zum Geländer und schien in ihre Richtung zu spähen. Hatte er sie wahrgenommen? Sollte sie sich jetzt zu erkennen geben, ihn stellen? Dafür war es eindeutig zu früh. Er könnte behaupten, er sei ein Spaziergänger, der eine laue Nacht im Wald genießen wollte. Zufällig war er ein weitläufiger Bekannter einer kürzlich Ermordeten. Na und? Neugier hätte ihn hergeführt, ein bisschen Sentimentalität dazu. Da fehlte doch jedes brauchbare Indiz für eine Verstrickung. Er musste zumindest mit der Suche nach dem Tagebuch beginnen. Sie atmete bewusst flach. Die Geräusche im Wald waren verstummt, als beobachteten alle Bewohner die Szene. Es fiel Astrid Engel schwer, Genaueres auszumachen, die Brücke mit ihrer üppigen Bedachung tauchte den Mann in einen dunklen Schatten. Sie konnte seine linke Hand erkennen. Die glitt in die Hosentasche und fischte etwas heraus. Kurz darauf flammte ein Feuerzeug auf. Sie erkannte das Glimmen einer Zigarette. Welcher der drei Geschäftsführer hatte geraucht? Soweit sie sich erinnern konnte, in ihrer Gegenwart keiner. Kleine Rauchwölkchen verließen die Brücke im Mondlicht. Es hatte in der Firma Aschenbecher gegeben, das war ihr noch aufgefallen. In einem Büroraum. Aber in welchem? Kommissar Günda würde das bestimmt wissen.
Ein schnippendes Geräusch, die Zigarette flog ins Wasser, und mit einem kurzen Zischen erstarb das Glimmen. Ihr Blick folgte

dem Zigarettenstummel, der bald langsam an ihr vorbeitrieb. Als sie wieder auf die Brücke sah, war der Mann verschwunden.

Die drei Geschäftsführer hatten sich nach dem Sport erkennbar frisch geduscht im Thekenbereich des Fitnesscenters niedergelassen und mit Speisen und Getränken versorgt. Den Gläsern nach, mit Weizenbier. Zwar hatten sie zügig konsumiert, aber weitere Runden geordert und keine Anstalten gemacht aufzubrechen. Kommissar Günda hatte längst *die Nas voll ghabt vum rumdrigge*, wäre am liebsten nach Hause gegangen, noch lieber seinerseits Richtung Theke, hätte er nicht schon geraume Zeit *soä koomisches Gfiehl ghabt*. Und so hatte er sich per Handy ein Taxi bestellt und sich von diesem an die Stadtgrenze von Sandhausen bringen lassen.

„Wasse bleedi Nuss! Awwa goldisch."

Kommissar Günda fluchte leise vor sich hin, als er Astrid Engels Auto bei den Sandhausener Dünen entdeckte. „Selwa die Schuld!" Sollte sie doch ihren hübschen Kopf durchsetzen und alleine auf ihren Täter warten. Musste er auf seine alten Tage nachts durch den Wald stiefeln, bloß um sich als *Kaffalia* zu zeigen? Er hatte doch bereits zugegeben, dass er ein *Ängschthas* war, was solls? Er musste ihr nichts vormachen, nichts beweisen. Er war, wie er war. *Un Schluss!* Immerhin war sie Polizistin. Sie sollte Risiken einschätzen und Gefahren bewältigen können. Überhaupt, keiner der Verdächtigen machte einen gemeingefährlichen Eindruck. Alles Maulhelden. Wenn einer von ihnen sich entlarvte und an der Brücke auftauchte, um das Tagebuch zu suchen, dann hätte der vermutlich selbst die größte Angst. Wahrscheinlich würde er sich bereitwillig festnehmen lassen, und Astrid hätte ihren Erfolg, ihre Genugtuung. Bestimmt nähme sie es doch weit mehr übel, wenn nun ihr Vorgesetzter auf der Brücke auftauchte. Dann hätte sie doch wieder das Gefühl, er traute ihr das nicht alleine zu. Alles in allem, er würde völlig unnötig den Erfolg der Aktion gefährden, wenn er sich auf den Weg durch den nächtlichen, einsamen Wald machte. Mit

Sicherheit würde er den Täter warnen. Damit wäre keinem gedient. Für Kommissar Günda war die Sache also klar, er konnte sich getrost auf den Heimweg machen.
„Schää wäas“, flüsterte er. „Nadierlisch net.“ Die konnte einem ganz schön auf den Wecker gehen, die Intuition. „Do stimmt was net. Isch spüa des. Isch muss zu derre dabbisch Luddarisch Brick. Soffortt! Soen Kees. Imma isch!“

Und so machte er sich auf den Weg. Ohne Waffe – *Vagesse!* Ohne Taschenlampe – *Aa vagesse!* Ohne Routenplaner – *Kää Ahnung, wie des dud, des Glumb!* Fritjof Freese hatte ihm zwar irgendwann erklärt, dass Kommissar Gündas Smartphone über eine solche Funktion verfügte, aber er hatte das abgetan: *Des brauch isch net. Färzz!*
Nun, vor dem dunklen Wald stehend, fiel ihm das wieder ein, aber er hatte keine Geduld, sich in dieser Situation mit einem elektronischen Gerät herumzuschlagen. Außerdem erinnerte er sich, dass er in seiner Jugend in dieser Gegend des Öfteren *Maiglegglin* gesucht hatte. *Fa die Muddi. Zum Muddadaag.* Und er hatte doch eigentlich immer einen ganz guten Orientierungssinn gehabt.
Er warf einen letzten Blick auf die Sandhausener Dünen.
„Alla hopp!“, stöhnte er leise, als er den dunklen Wald betrat.

Astrid Engel lauschte und schaute sich vorsichtig um. Wieder hatte eine Wolke den Mond verdunkelt. War der Mann bereits in ihrer Nähe? Musste sie jeden Augenblick mit einem Angriff rechnen? Sie konnte sich nicht entscheiden, ob sie sich lieber am Geländer festhalten oder nach ihrer Waffe greifen sollte. Der Wind trug aus der Ferne das in diesem Moment geradezu ohrenbetäubend lärmende Geräusch eines Güterzuges heran. So würde sie nicht einmal hören können, wenn jemand die Stufen zu ihr hochstieg. Wankte ihr Hochsitz nicht gerade? Konnte das ein Zug verursachen? Oder machte sich jemand an ihrem Ausguck zu schaffen? Sie wagte es kaum, nach unten zu schauen. Mühsam gewöhnten sich ihre unruhigen Augen an die Dunkelheit. Der Platz vor ihr war allem Anschein nach immer noch leer. Der Zug entfernte sich hörbar. Plötzlich sah sie erneut ein Glimmen. Nur wenige Meter von ihr entfernt. Es bewegte sich. Und es blieb nicht das einzige. Zwei weitere winzige Lichter tauchten auf. Sie hielt sich die Decke vors Gesicht und unterdrückte mühsam einen Schrei. Waren es am Ende alle drei Geschäftsführer, die an diesem Mord beteiligt waren? Aber ja, es lag auf der Hand. Wie hatte sie nur so naiv sein können? Wahrscheinlich hatten die drei einen Wettbewerb um Melanie Kaltschmitt ausgetragen. Sie hatten erst ganz normal irgendwo in einer Bar gefeiert, dann aber, als sie sich nicht für einen entscheiden wollte, hatten sie vorgeschlagen, die Party an einem *exklusiveren* Ort fortzusetzen. So waren sie schließlich wie auch immer hier im Wald gelandet, und das Verhängnis hatte seinen Lauf genommen. Astrid Engel kannte genügend Typen, die es einfach nicht ertragen konnten, wenn sie abgewiesen wurden. Wer weiß, wozu die Männer in dieser Verfassung fähig waren. Und Melanie hatte letztlich wohl alle drei verschmäht. Das waren diese selbstbewussten Burschen nicht gewöhnt, sie waren in ihren Grundfesten erschüttert, bis ins Mark getroffen. Bestimmt war Alkohol im Spiel gewesen oder anderes, und dann hatte eben einer die Beherrschung verloren. Vielleicht gar keine

Absicht. Ein unglücklicher, aus dem Ruder geratener Ausraster. Aber sie hatten natürlich zusammengehalten. Solange sie dichthielten, konnte keiner belangt werden. War sie jetzt nicht in einer ganz ähnlichen Situation wie Melanie? Mit dem Unterschied, dass die damals das Opfer von gekränkter männlicher Eitelkeit geworden war, sie jedoch sähe sich drei Männern gegenüber, die jetzt gar nicht mehr zurück konnten, weil sie Angst haben mussten, durch ihre Entdeckung alles zu verlieren, Job, Karriere, Frau, Familie. Sie zog ihre Waffe und hoffte, sie könnte damit die Männer in Schach halten. Die glimmenden Punkte tänzelten nun auseinander, einer bewegte sich Richtung Wald, ein anderer schob sich zum Wasser, der dritte blieb fast regungslos. Sie wurde umzingelt. Mit einem Mal hörte sie ein Geräusch, das sie überhaupt nicht einzuordnen wusste. Wie ein Ratschen. Es kam von der Brücke. Ein vierter Mann? Waren die anderen drei also schon hier gewesen, als sie eintraf? Hatten sie beobachtet, alles vorbereitet, um sich ihrer zu entledigen? Nach ihrem Auftritt in der Firma konnten sie damit rechnen, dass sich Kommissar Gündas Interesse für das Schicksal seiner Assistentin in Grenzen hielt. Aus Sicht der Männer wäre Kommissar Günda wohl geradezu erleichtert, wenn sie verschwände. *Die nervige Mitarbeiterin hat das Handtuch geworfen, hat sich geschämt und deshalb aus dem Staub gemacht. Bestens!* Für die Männer musste es so aussehen, als ob Kommissar Günda das mit einem Achselzucken quittieren würde. Suchaktion? Fehlanzeige. Dass dem nicht so war, dass ihre Leiche sogar vermutlich sehr bald gefunden würde, weil Kommissar Günda alle Hebel dazu in Bewegung setzen würde, sie aufzuspüren, das glaubte, das hoffte sie zwar, aber das nützte ihr in diesem Moment nichts. Sie war erledigt. Sie konnte sich nur noch teuer verkaufen, und das würde sie tun. Abwarten machte jetzt keinen Sinn mehr, ihre einzige Chance lag in der Offensive. Als sie gerade dazu ansetzen wollte, kam der Mond wieder hinter den Wolken hervor. Das Glimmen wurde

schwächer und sie suchte vergebens nach den dazugehörigen Rauchern. Dann war es ihr schlagartig klar: Glühwürmchen! Sie hatte sich von Glühwürmchen ins Bockshorn jagen lassen.
Nein, es gab hier im Wald außer ihr nur eine Person: den Täter. Und der machte sich hinter der Brücke an etwas zu schaffen. Was sie gehört hatte, das war vermutlich der Reißverschluss seines Rucksacks. Sie war überrascht und beruhigt, wie schnell ihr Selbstbewusstsein zurückkehrte. Hier war sie die Ordnungsmacht, die Autorität. Noch dazu mit einer Waffe. Und der Täter ahnte nichts von ihrer Anwesenheit. Er wähnte sich unbeobachtet und in Sicherheit. Das würde ihm zum Verhängnis werden. Weiter hinten flammte ein Licht auf. Durch die Brücke sah sie nun wieder den Mann im Overall, erkannte, dass der eine Stirnlampe trug. Er machte sich an seinem Rucksack zu schaffen und entnahm einen länglichen Gegenstand. Einen zusammenklappbaren Spaten. Es wurde ernst. Astrid Engel wartete, bis der Mann zu graben begann. Im Schutz der damit verbundenen Geräusche stieg sie vorsichtig vom Hochsitz, in der Linken eine leuchtstarke Taschenlampe, jederzeit einsetzbar. Behutsam setzte sie Fuß vor Fuß und bewegte sich langsam in Richtung Brücke, den nun emsig arbeitenden Overall nicht aus den Augen lassend. Das Quietschen des Matsches unter ihren Füßen kam ihr unerträglich lärmend vor, doch das täuschte bestimmt, denn der Mann grub unbeirrt weiter. Sie hörte, wie der Spaten auf den Boden, der Fuß mit Schwung auf das Metall gesetzt wurde und die Erde kurz darauf irgendwo mit einem Klatschen landete. Begleitet von Ächzen und Stöhnen. Offenkundig war der Tagebuchsucher alles andere als trainiert. Sie musste grinsen. Wahrscheinlich drei Mal die Woche im Fitness-Studio, aber kaum im Leben körperlich gefordert, schon außer Atem. Typisch. Alles Blender.

Donge!

Nachts durch den Wald stiefeln. Ständig Zweige im Gesicht, Spinnweben. *Was farre bleedi Idee!* Den schmalen Weg konnte Kommissar Günda im Mondlicht zwar einigermaßen erkennen, nicht jedoch die zahllosen Hindernisse, insbesondere Wurzeln, die ihn ein ums andere Mal stolpern ließen. Er verbiss sich ein Fluchen, denn er war ohnehin schon viel zu laut. Sämtliche Waldbewohner waren bestimmt längst geweckt und ihm auf der Fährte. Gut, das war hier kein Dschungel, aber wer weiß, was sich in den letzten Jahren hier alles angesiedelt hatte. Bären? Wölfe? Schlangen, die sich irgendwelche Reptilienfreunde für die Dreizimmerwohnung angeschafft hatten, um eines Tages festzustellen: *Ou, was guggtn doo ausm Klo? Des is doch die Klabba vun meinare goldische Klabbaschlang. Haldemol, Liewi! Unn fortt waa sie. Kamma mache nix. Muss ma gugge zu.*

Ganz zu schweigen von den Hexen und Trollen, an die Kommissar Günda selbstverständlich nicht glaubte. Warum wollten die ausgerechnet jetzt ihre Existenz unter Beweis stellen?

Normale Menschen hatten des Nachts im Wald nichts verloren. Hier trafen sich Räuber, Halunken, Spießgesellen, um ihren nächsten Coup auszubaldowern. *Losst Eisch net steere. Isch such bloß mei Aschdritt.* Ob die das überzeugend finden würden?

Dieser Wald lebte. Und nichts und niemand war ihm freundlich gesinnt. Überall, hinter jedem Baum stand einer, wartete auf ihn. Die Kannibalenmutti hatte den Kochtopf bestimmt schon auf dem Feuer. Und der Oberkannibale leckte sich die Lippen: *Hmmm, legga, awwl*[147] *kummda, de Günda, unsa Nachtesse!*

---

[147] (so)eben

Als sie die Lutherische Brücke erreicht hatte, duckte sich Astrid Engel. Im Schutz der Brüstung schlich sie sich in dieser Haltung weiter an den Mann heran, der ohne innezuhalten unvermindert weiterarbeitete. Es hörte sich so an, als sei er ungeduldig geworden. Vermutlich hatte er mit einem schnelleren Erfolg gerechnet. Sie hatte das andere Ende der Brücke erreicht, als die Geräusche verstummten. Hatte er sie bemerkt? Sie kauerte sich rücklings hinter die Holzwand und zückte ihre Pistole. Nach ihrer Schätzung war der Mann höchstens drei Meter von ihr entfernt. Sie rechnete jeden Augenblick damit, dass er auftauchen würde. Wie würde er reagieren, wenn er sie erkannte? Sollte sie ihm zuvorkommen? War es dafür bereits zu spät? Unvermittelt setzte das Graben wieder ein. Er hatte sich wohl lediglich eine Pause gegönnt.

Nun war es an ihr, die Initiative zu ergreifen. Es galt abzuwägen. Da, wo sie sich jetzt befand, konnte sie nicht sehen, ob er fündig geworden war. Wer sagte überhaupt, dass er je fündig werden würde? Kam es darauf letztlich an? Genügte es nicht, ihn hier am Tatort bei seinem Tun zu ertappen? Zu gerne hätte sie sich in diesem Moment mit ihrem Vorgesetzten beraten, aber Kommissar Günda war weit weg. Sie hatte alleine zu entscheiden. Und sie entschied: Zugriff. Jetzt! Sie erhob sich langsam, die Waffe in der rechten Hand. Auf Höhe der Balustrade sah sie ihn, konnte ihn genau beobachten, jedoch noch immer nicht erkennen, denn er drehte ihr den Rücken zu. Astrid Engel stand nun aufrecht. Die Situation hatte etwas Unwirkliches. In aller Ruhe konnte sie von der Brücke aus diesen Mann unweit von ihr beobachten. Er war vertieft, angespannt und kämpfte offensichtlich mangels Kondition mit seiner Arbeit. Das war ebenso bizarr wie lächerlich. Wie lange sollte sie dem noch zuschauen? Jeden Moment könnte er sich umdrehen, und schon stünde sie im Licht seiner Stirnlampe. Vorsichtig stellte sie den Halogenscheinwerfer ab und richtete ihn auf den Mann. Sie schob den Schalter nach vorn, und ein

greller Strahl tauchte ein Areal von gut fünf Metern vor ihr in weißes Licht. Augenblicklich verharrte der Overall in der Bewegung und warf einen langen Schatten.
„Polizei! Drehen Sie sich um! Ganz langsam! Ich bin bewaffnet.“

Es dauerte quälende Sekunden, bis der Mann sich ihr zuwandte. Als sie endlich sein Gesicht sehen konnte, begriff sie, dass er viel zu erschöpft war, um geschockt zu sein.
„Sie?“, sagte sie tonlos. „Sie sind das?“

Kommissar Günda war der Verzweiflung nah. Warum musste dieser Fall auch an der Lutherischen Brücke spielen? Wie viel einfacher und nervenschonender wäre es, man befände sich beispielsweise auf der Alten Brücke in Heidelberg. Zur Absicherung wären zwei Mann auf der Neuenheimer Seite postiert, zwei in der Altstadt, und er würde gemächlich mit seiner Assistentin *denn Sseckl vahaffde*. Gut, vielleicht würde der im letzten Moment versuchen, über den Neckar zu entkommen, spränge gar kurzerhand in den Fluss. Aber dort würde ihn bereits die Wasserschutzpolizei erwarten. *Kää Schangs!*
Sie würden den Täter in einen Streifenwagen verfrachten, und anschließend gäbe es Gelegenheit, mit Astrid Engel die Heidelberger Altstadt zu erkunden. Die Klassikerrunde: *Kleiner Mohr*, *Großer Mohr*, *Weinloch*. Er war schon ewig nicht mehr dort gewesen, gab es das alles überhaupt noch?

Aber nein. Stattdessen musste er hier durchs Unterholz staksen. Ein willkommenes Opfer für allerlei dürstendes Getier. Wahrscheinlich ernährte er bereits ganze Zeckenstämme. Er war *mied*, hatte Hunger, *Dorscht* und *kää Ahnung*, ob er sie nun endlich bald erreichen würde, *die dabbisch Brick*. Am Ende war er schon kurz vor *Hoggene*[148]. Obwohl, dann hätte er Straßen überqueren müssen, wenn er sich recht erinnerte. Was, wenn er bloß im Kreis gelaufen war? So weit war die Brücke doch gar nicht von den Sandhausener Dünen entfernt. Wie lange war er schon unterwegs? Die Sonne musste bald aufgehen. Vielleicht sollte er sich einfach ein halbwegs geeignetes Plätzchen suchen und dort ein Nickerchen machen. So müde wie er war, würde er wahrscheinlich *ratze bis hinnewedda*.
Wenn da nur nicht die Sorge um *soi Schätzl* wäre.

---

[148] Hockenheim

Astrid Engel war überrascht, aber auch beruhigt. Mit diesem Herrn sollte sie keine Probleme bekommen.
„Also? Was machen Sie hier? Herr Enderle!"
Der Angesprochene schwieg.
„Haben Sie gefunden, was Sie gesucht haben?"
Er schien zu überlegen. Dann brach es aus ihm hervor: „Sie hat mich verraten."
„Wer? Melanie Kaltschmitt?"
„Sie hat uns beide verraten. Alles, wofür wir die ganzen Jahre gearbeitet haben. Alles hingeworfen für einen blöden Job."
„Für das Magic Horn."
„Es ging ihr auch nur um Geld. Das hätte ich nicht von ihr gedacht. Von ihr nicht."
„Sie kennen Melanie schon lange?"
„Wir haben uns im ersten Semester kennengelernt."
„Sie haben sich gut verstanden?"
Er nickte.
„Wir haben alle Scheine zusammen gemacht. Ich habe ihr bei ihrer Diplomarbeit geholfen, sie hat mich bei meiner Doktorarbeit unterstützt."
„Sie wussten also, dass sie gerne hierher kam, an die Lutherische Brücke?"
„Es war ihr Lieblingsplatz. Wir waren hier oft. Sie konnte hier Stunden verbringen, vor allem abends, manchmal auch nachts. Sie saß immer auf der Brüstung, da, wo Sie jetzt stehen, und hat die Beine baumeln lassen. Und dann haben wir uns erzählt von unseren neuesten Forschungen. Und wir haben uns vorgestellt, was passiert, wenn wir bedeutende Entdeckungen machen. Wie das die Weltgeschichte verändern wird. Und wie wir dann berühmt werden."
„Es klingt, als waren Sie ein gutes Team."
„Wir waren das beste Team, das man sich vorstellen kann. Ich wollte ihr nichts tun. Sie war doch die einzige, die an mich geglaubt hat."

Philipp Enderle sackte in sich zusammen. Der Spaten glitt ihm aus der Hand, er weinte hemmungslos.

Die ganze Zeit über hatte Astrid Engel die Waffe auf ihr Gegenüber gerichtet. Nun ließ sie sie sinken und steckte sie zurück ins Halfter. Es kam ihr lächerlich vor, dieses Häufchen Elend mit Waffengewalt in Schach zu halten. Langsam ging sie auf ihn zu. Er kauerte schluchzend am Boden, sein ganzer Körper wurde von Wogen der Verzweiflung geschüttelt.
Sie kniete sich zu ihm und legte ihm die linke Hand auf die Schulter: „Melanie hatte sich verändert."
Er nickte.
„Sehr verändert."
„Hm."
„Seit sie für die Magic-Horn-Leute arbeitete, waren Sie ihr nicht mehr so wichtig."
„Um mich geht es doch gar nicht. Es geht um meine Forschungen. Es kommen doch nur ein paar Orte infrage. Ich war so kurz davor, fündig zu werden." Philipp Enderles Stimme zitterte. „Und sie hätte nichts anderes tun müssen, als die möglichen Fundorte zu schützen. Durch ihren neuen Job hätte sie alle Möglichkeiten dazu gehabt. Ich habe sie darum gebeten. Nur ein paar Monate, höchstens ein Jahr. Aber ihr war ja dieser Protzbau wichtiger."
„Handelt es sich um eine archäologische Entdeckung?"
„Entdeckung?" Er schnaubte verächtlich. „Eine archäologische Sensation! Es wäre eine absolute Weltsensation!"
„Aber sie war nicht bereit, auf Ihre Ausgrabungen Rücksicht zu nehmen."
„Die warten doch schon alle. Die stehen doch längst parat. Bagger, Kräne, Planierraupen. Ruckzuck ist alles zubetoniert. Da finden Sie nie mehr was."
„Und das konnten Sie nicht ertragen."
„Ich wollte sie nicht verletzen. Aber sie lachte über mich und

meine Ideen. Die ganzen Jahre hat sie mich unterstützt, mich ermuntert, nicht nachzulassen. Und plötzlich lachte sie bloß noch. *Das sind Hirngespinste!*, sagte sie. Genauso gut könnte ich eine Nadel im Heuhaufen suchen. Ich sollte mich endlich von diesen Fantastereien verabschieden."
„Und da haben Sie die Fassung verloren und zugeschlagen."
„Ich weiß auch nicht warum. Ich wollte es nicht. Aber es ist doch mein Lebenswerk."
„Es ist gut, dass Sie reinen Tisch machen, Herr Enderle, glauben Sie mir. Sie könnten mit dieser uneingestandenen Schuld nicht leben. Sie sind dafür viel zu sensibel."
Er schluchzte bestätigend.
„Ich werde Sie mitnehmen."
„Ja."
„Sie werden sich vor Gericht verantworten müssen. Dort wird sich klären, ob es sich um einen Mord handelt. Wenn Sie Glück haben, ist es vielleicht nur Körperverletzung mit Todesfolge. Hatten Sie in dieser Nacht Alkohol getrunken?"
„Ein bisschen. Zu Hause."
„Ich muss Sie verhaften, Herr Enderle."
„Ich weiß."

Er tat ihr leid. Ein lebensuntüchtiger, unbeholfener Mensch kauerte da vor ihr, der für einen winzigen Moment die Beherrschung verloren hatte, weil ihm etwas genommen worden war, wofür er jahrelang gearbeitet hatte. Und so war eine Seite an ihm zutage getreten, die tief in ihm verborgen gewesen war und die niemand für möglich gehalten hätte.
„Eines noch, Herr Enderle. Der Vollständigkeit halber und mehr aus privatem Interesse: Um was handelt es sich? Was hofften Sie zu finden? Sofern ich das als Laiin überhaupt verstehe."
Er blickte sie an, und seine Augen gewannen wieder an Glanz.
„Sie haben vielleicht gehört, dass hier ganz in der Nähe der

Homo heidelbergensis gefunden wurde. Gar nicht so lange her, 1907."
„Ja, in Mauer. Mein Chef hat mir erzählt, dass der Finder damals abends in der Kneipe gerufen hat, er habe den Adam entdeckt! Und was suchen Sie?"
„Ich? Ich suche die Eva. Seine Eva. Meine Eva. Und ich werde sie finden. So wahr ich hier stehe."

Astrid Engel sah dieses Häufchen Elend vor sich im Matsch, der Overall verschmiert vom Schlamm, mit seiner flackernden Stirnlampe, seinen treuherzigen, verheulten Augen. Wie ein großer Wissenschaftler wollte er klingen, aber er wirkte nur umso verschrobener, dass sie einfach nicht anders konnte und losprustete: „Und ob Sie sie finden, Ihre Eva. Sie müssen nur aufpassen, dass Sie sie nicht verwechseln. Mit Petra. Nicole. Oder Yvonne. Hahaha, bestimmt werden Sie sie finden. Ganz bestimmt. Entschuldigung, aber das ist einfach zu …"
Sie konnte den Satz nicht mehr vollenden. Philipp Enderles unvermittelt heftiger Stoß ließ sie jeglichen Halt verlieren, sie taumelte und trudelte den Damm hinunter. Mit einem heiseren Schrei stürzte er sich hinterher, den Spaten nun plötzlich wieder in der Rechten. Astrid Engel war nicht in der Lage, sich abzufangen, und rollte ins Wasser. In Panik rappelte sie sich wieder auf. Sie sah Philipp Enderle auf sich zustürzen, sie wusste, sie musste weg. Der Hardtbach konnte nicht tief sein, es sollte ihr gelingen, die andere Seite zu erreichen, aber die Uferregion war derart glitschig, dass sie immer wieder ausrutschte und nur stolpernd vorankam. Philipp Enderle war nun direkt hinter ihr. Auch er geriet ins Straucheln, aber mit der Schaufel konnte er sie erreichen. Er holte aus. Wie in Zeitlupe agierte er. Wurde ruhig. Besonnen. Völlig klar. Das schmutzige Metall des Spatens würde sie mit voller Wucht erwischen. So wie Melanie. Er lächelte. Sie hatte keine Chance. Niemand machte sich ungestraft über seine Eva lustig.

„Des deed dia basse!!!“ Unversehens stampfte ein massiger Körper heran und warf sich mit voller Wucht auf Astrid Engels verdutzten Verfolger. Philipp Enderle verlor das Gleichgewicht und taumelte in den Hardtbach. Auch der deutlich schwerere Angreifer konnte sich nicht auf den Beinen halten und landete direkt daneben. Astrid Engel drehte sich um. Beide Kontrahenten waren vom Zusammenprall benommen. Philipp Enderle kam als erster zu Bewusstsein und schleppte sich ans Ufer. Ungläubig sah er Astrid Engel an. Seine Stirnlampe verlosch zischend. Dann brach er zusammen.

Jetzt endlich erkannte sie, wer sie gerettet hatte. Im Trüben trieb kein anderer als ihr Chef, mit dem Gesicht im Wasser. Ihre anfängliche Rührung wich rasch der Besorgnis um ihn. Sie watete auf ihn zu und bekam seinen Arm zu fassen. Es kostete sie beträchtliche Mühe, ihn zu drehen und wenigstens seinen Oberkörper ans Ufer zu ziehen.

„Günda?“
Sie stützte beide Hände auf seinen Brustkorb und drückte mehrmals kräftig.
„Günda, hörst du mich?“
Er reagierte nicht. Sie legte ihre Lippen auf seine. Da endlich öffnete er seine Augen.
„Aschdritt? Was meschen du fa Sache!“

Das Ketscher Kino war bis auf den letzten Platz gefüllt. Kommissar Günda hatte noch gar nicht sehen können, wer alles gekommen war. Er selbst saß in der ersten Reihe und war nun doch erleichtert. Denn ganz so sicher war er sich nicht gewesen, wie der Film schlussendlich geraten war, ob er sich nicht doch blamieren würde. Doch der nicht abebben wollende Beifall sprach Bände. Alle schienen begeistert.
Harald Heist hatte sich erhoben und trat vor das Publikum.
„Meine Damen und Herren, ich freue mich, dass Sie heute Vormittag zu unserer inoffiziellen Filmpremiere gekommen sind, und noch mehr freue ich mich, dass Ihnen unser Werk offenbar ganz gut gefallen hat."
Erneut brandete Beifall auf.
„Erlauben Sie mir, an dieser Stelle ein paar Worte über dieses unglaubliche Projekt zu verlieren. Ich bin jetzt bald 30 Jahre im Geschäft, aber so etwas habe ich noch nicht erlebt. Und Sie können sich vorstellen, woran, besser gesagt, an wem das lag. Natürlich an unserem Hauptdarsteller. Es sollte eigentlich nur ein ganz normaler Krimi werden wie jeder andere. Aber wir haben sehr schnell gemerkt, das geht mit diesem Mann nicht. Wir hatten ein Drehbuch – das konnten wir getrost wegschmeißen. Wir hatten eine Geschichte – die konnten wir vergessen. Eines steht fest: dieser Mann ist ein miserabler Schauspieler. Zum Glück. Denn er ist einfach ein richtig guter Typ. Meine Damen und Herren: Kommissar Günda!"
Der so Gepriesene schaute fragend zu seiner Nachbarin. Die nickte ihm aufmunternd zu: „Los, los, Günda! Du bist gemeint. Auf die Bühne mit dir!"
Etwas *schennant* erhob sich Kommissar Günda und gesellte sich zaghaft zu seinem Regisseur. Im Publikum erhoben sich die ersten, bald skandierte der ganze Saal: „Günda! Günda! Günda!"

Als der Beifall verklungen war und alle wieder Platz genommen hatten, wandte sich Harald Heist an seinen Schützling: „Seien wir ehrlich, Günda. Unser Start war nicht gerade einfach. Du hast einige von uns zur Verzweiflung getrieben. Mich eingeschlossen."

„Isch? Ealisch? Wisso?"

„Genau so! Durch die Art, wie du redest."

„Hä? Isch babbl doch gonz nommaal."

„Genau das war ja unser Problem." Er drehte sich zum Publikum. „Wir haben ihn oft überhaupt nicht verstanden."

Gelächter im Plenum.

„Denn vasteht kähna!"

„Was hat er gesagt?"

„Dazu kam, er hat sich an nichts gehalten, an keinen Text, an keine Regieanweisung. Wie eine Diva. Kurz und gut, wir waren ganz schön am Ende. Bis wir erkannt haben, dass genau darin die große Chance liegt. Alle wollen im Film, im Theater, auf der Bühne und im Kino authentisch wirken. Er *ist* es einfach. Als wir das verstanden hatten, haben wir ihm gesagt: Bleib, wie du bist, Günda! Mach, was du willst! Rede, wie dir der Schnabel gewachsen ist. Wir alle stellen uns auf dich ein. Sei einfach du selbst! Pappel einfach drauflos!"

„Babble, Harald! Babble heeßt des."

„Und vor allem tu so, als ob keine Kamera läuft. Und das hätte mehr als schiefgehen können. Denn wir haben alles gefilmt. Aber bald haben wir gemerkt, wir müssen uns keine Sorgen machen. Der Mann ist ein Naturtalent. Der vergisst die Kamera einfach. Dafür brauchen andere Jahre, Jahrzehnte. Du kannst das. Stimmts, Günda?"

„Kää Problähm, isch bin hald guud im Vagessales."

„Und so hat sich unsere Story ganz anders entwickelt als ursprünglich geplant. Natürlich auch dank der Kolleginnen und Kollegen, die sich auf dieses Experiment eingelassen haben. Die waren ganz schön gefordert. Wie oft musste ich mir das Gejammer anhören: *Was will er jetzt wieder? Was hat er nun wieder verändert? Ich versteh den nicht, was spricht der für eine komische Sprache?*

Wo soll das hinführen, wo wird das enden? Aber irgendwann hat sich das verändert, hat sich alles gewandelt. Aus Skepsis wurde Begeisterung. Mal ehrlich, Leute, kann es sein, das hat uns allen richtig Spaß gemacht, oder? Das war wie früher! Wo gibts das noch in einer Zeit, in der alles reglementiert ist, wo immer einer mit der Stoppuhr steht und mit dem klammen Budget droht. Wo alles auf Sicherheit gedreht wird. Nur keinem wehtun. Immer auf die Quote achten. Alles gleich, konfektioniert. Eins wie das andere. Machen wir dafür unsere Arbeit? Film ist Kunst! Wir haben es bewiesen! Wir waren besser und noch dazu billiger. Warum? Weil wir uns nicht um die üblichen Konventionen geschert haben. Wer weiß, ob wir jemals nochmal so frei arbeiten können? Das war für uns doch eine echte Erholung vom öden, knallharten Fernsehgeschäft, stimmts?"

Der herzliche, einhellige Beifall gab ihm recht.

„Bevor ich jetzt gleich alle zu mir auf die Bühne bitte, möchte ich noch eine überaus wichtige Frau hervorheben, die sich für diese Produktion ebenfalls als Glücksgriff erwiesen hat. Eine echte Wieder-Entdeckung. Sie hat unseren Hauptdarsteller zu Höchstleistungen angetrieben: Sandy Bergmann alias Astrid Engel!"

Nun applaudierte Kommissar Günda am lautesten.

„Ganz ehrlich, Sandy, hast du jemals mit einem solchen Kollegen zusammengearbeitet?"

Kopfschütteln.

„Hast du auch nur einen Moment bereut, dich darauf eingelassen zu haben?"

Heftiges Kopfschütteln.

„Aber jetzt mal unter uns, was war für dich das Schwierigste in der Zusammenarbeit? Seine Sprache? Sein Humor? Das Sicheinstellenmüssen, das Reagieren, die unerwarteten Wendungen? Der Mann war ja für jede Überraschung gut."

„Na ja, wenn ich ganz ehrlich bin, es war nicht so einfach, ihn aus dem Wasser zu ziehen."

„Hä? Isch? Schwea? Im Leewe net“, widersprach Kommissar Günda vehement. „Isch hab bei derre Produkzioon zäh Kilo abgenumme. Mindeschdens.“

„O!“

„O!“

„O!“

Im Publikum regte sich Widerspruch.

„Des glaabsch jo selwa net!“

„Zehn Kilo verloren? Dann sollten wir beim nächsten Mal einen Menüplan erstellen, sonst verschwindet er bald ganz von der Bildfläche. Und das wollen wir doch alle nicht, oder? Apropos nächstes Mal. Ich weiß, die Frage beschäftigt jeden von uns. Es gibt, glaube ich, niemanden hier, der sich nicht eine Fortsetzung wünscht, aber noch wissen wir nicht, ob es weitergeht. Wir müssen jetzt erst einmal abwarten, ob wir einen Sendeplatz für unseren Krimi finden. Wenn das dann gut läuft, sollte einem zweiten Fall eigentlich nichts im Wege stehen. Es sei denn …“

Er drehte sich fragend zu Kommissar Günda.

„Hä? Was guggschn misch so oo, Harald?“

„Nun, Günda, ohne dich können wir nicht drehen. Wärst du denn überhaupt bereit für eine Fortsetzung?“

„Ach Gott, wie willischn saache … Hajo! Isch machen eisch, de Günda!“ Er unterbrach den aufkeimenden Beifall. „Awwa unna ähna Bedingung.“

„Nämlich?“

„Aschdritt!“

„Moment, das klären wir gleich: Sandy, wie siehts aus? Wärst du dabei?“

Die schaute erst zu Harald Heist, dann ins Publikum und drehte sich schließlich zu Kommissar Günda. Dem gab sie ansatzlos und ohne Umschweife *en digge, fedde Schmatza. Voll uffs Geschl.* Dessen Gesichtsfarbe reagierte umgehend und überdeutlich. Was im Publikum sehr gut ankam.

„Roud wie ä Tomaat, do mussisch glei ä Foddo mache.“

„Goldisch!"
„Hea, Günda Osram, gibts disch eigendlisch aa in Hallogäähn?"
„Sie sehen, die Zeichen stehen gut für eine Fortsetzung, und bis dahin arbeiten wir einfach weiter. Wie ich gehört habe, wird Kommissar Günda schon sehnlichst in seiner Sokodo erwartet."
Einige Blicke richteten sich auf Theisen, der eher säuerlich lächelte.
„Hahjoh! Tschief! Mir könnes gar net erwarte!"
„Freese? Waasch du des graad? Isch sach da ähns: Losses!"
Auch der Nachwuchsdialektsprecher haderte mit seiner Leistung: „Das war bloß die Nervosität, Tschief! Ich hab ganz viel geübt."
„So, dann bitte ich jetzt alle zu mir: Schauspieler, Techniker, das gesamte Team. Für das große Abschlussgruppenbild!"

Nur noch ein harter Kern war übrig von der After-Show-Party. Harald Heist wusste aus Erfahrung, dass die meisten aus dem Team nach einer Produktion dann doch so bald wie möglich den Nachhauseweg antreten wollten, und hatte dem mit der Filmpremiere als Matinee Rechnung getragen.

So viel Zuwendung von den unterschiedlichsten Menschen hatte Kommissar Günda wohl in seinem ganzen Leben nicht erhalten. Jeder wollte sich von ihm persönlich verabschieden. Er war *gonz schää durschenanna* vom Küsschen hier und Küsschen da. Nach seinem Gefühl mussten seine Wangen bereits wund sein.

„Du hast uns ja ganz schön reingelegt, Günda!"
„Hä? Wie neiglegt, Harald? Isch? Wisso?"
„Na ja, mit deiner Lutherischen Brücke, die du uns als die große Touristenattraktion in der Region verkauft hast."
„Des hawwisch gaa net. Isch hab gsacht des wären Geheimtipp. Unn? Hawwisch zu viel vasproche? Geheima gehts net, odda?"
„Aber", klinkte sich Fritjof Freese ein, der es sichtlich genoss, sich unter den Film- und Fernsehschaffenden zu tummeln, „ich habe gehört, die Lutherische Brücke soll demnächst zum Weltkulturerbe vorgeschlagen werden."
„Toll. Dann wird sie bestimmt umbenannt in die *Günda'sche Brücke.*"
„Kummt net in Frooch."
„Nicht so bescheiden, Günda. Warts ab, wenn unser Krimi im Fernsehen läuft, dann will die ganze Welt diese Brücke sehen."
„Net weje demm, Harald. Weje de Grammadick. Des geht net. Wenn schun, donn muss des heeße *Demm Günda soi Brick.*"
„Und wieder was gelernt. Muss ich mir gleich notieren. Apropos, hast du eigentlich schon den Vertrag unterschrieben?"
„Abba. Noch net. Machisch noch."
„Ach so. Entschuldige." Harald Heist legte die Hand auf Kommissar Gündas Schulter. „Das war taktlos. Da habe ich

eben nicht dran gedacht, tut mir leid. Ich kümmere mich, ich schicke dir am besten meinen Anwalt, dass der dir das vorliest."
„Fa waas?"
„Na hör mal, ich finde es ja toll, dass du mir vertraust, aber du willst das ja wohl nicht blind unterschreiben. Du sollst schon wissen, was drin steht."
„Alla guud, les ischs halt."
„Bitte? Was machst du?"
„Lese. Buchstaawe. Wördda. Sätzlin. Kennsch des net? Skamma als brauche."
„Heißt das etwa, du kannst doch lesen?"
„Sebvaständlisch!"
„Günda, du bist ein Schlawiner."
„Ä-ä, Harald, kroddevakeat. Isch bin halt än Miime. Än Scharaggdamiime[149]."

Die ganze Zeit über hatte Kommissar Günda verstohlen zu seiner Assistentin gelinst. Er konnte einfach nicht anders. Es war ein guter, ein schöner Tag gewesen. Der Film hatte ihn überrascht, gerührt, ein wenig stolz gemacht und seine Bedenken zerstreut. Was Harald Heist aus den Aufnahmen gemacht hatte, wie die Figuren in ihre Rollen passten, wie die ganze Geschichte erstaunlich rund und plausibel wirkte. Einzig sich selbst fand er *schun so bissl koomisch*. Sah er wirklich so aus? War er nicht wesentlich schlanker, drahtiger? Was ihn jedoch am nachhaltigsten beschäftigte, das war seine Partnerin. Sie beide als Paar. Wie sie harmonierten, wie gut sie zusammenpassten. Auch optisch. Wenn ihn nicht alles täuschte, war so mancher im Publikum *schun so bissl neidisch*. Was Wunder. Man merkte einfach, wie es knisterte zwischen ihnen. Wie sie erst Vorbehalte hatte, ihm gegenüber fremdelte, aber dann doch sehr bald ihre Sympathie unverhohlen zeigte. Und spätestens mit der

---

[149] Charaktermime

Reißverschlussepisode sogar weit mehr als das. Er hatte es während der Dreharbeiten spüren, aber nicht so detailgetreu sehen können – *noch dezu mit de Aare zu* – auf der Leinwand indes war es glasklar: Es hatte einfach gefunkt zwischen ihnen beiden. Und dann dieser Kuss! Er spürte immer noch ihre Lippen auf seinen. Harald Heist musste die Szene im Hardtbach gekürzt haben. Erheblich. Nach Kommissar Gündas Erinnerung hatte diese Berührung eine kleine Ewigkeit gedauert. Mindestens Minuten. Und so hatte es danach spontanen Beifall gegeben, das gesamte Team hatte gejohlt. Vor Begeisterung. Vor Rührung. Dieser Kuss würde in die Filmgeschichte eingehen und stand künftig in einer Reihe mit Clark Gable und Vivien Leigh. *Vom Winde verweht.* Die Musik dazu war eine persönliche Empfehlung des Starküssers: *Let's swim to the moon.*

„Na, Sandy, machst du dich auch auf den Weg?"
„Ich muss, Männer! Schön wars. Danke, Harald, dass du mich zu diesem tollen Projekt überredet hast."
„Ich bin froh, dass ich auf die Idee gekommen bin. Hat sich eigentlich der Typ vom ZDF gemeldet wegen der Sitcom?"
„Ja, wir treffen uns nächste Woche."
„Das freut mich für dich. Sehr."
Harald Heist machte Anstalten, seine Hauptdarstellerin in die Arme zu nehmen, sie wollte es jedoch bei einem förmlichen Händeschütteln belassen.
„Danke nochmal."
„Wir sehen uns."
„Ganz bestimmt, Harald. Herr … Wie war nochmal Ihr Name?" Sie wandte sich an den neben ihm Stehenden.
„Freese, Fritjof Freese."
„Richtig. Tja, Herr Freese, tut mir leid. Vielleicht klappt es ein anderes Mal mit der Fernsehkarriere. Sorry, aber wir brauchten das Original, und Ihr Chef ist einfach eine Wucht. Alles Gute."
Auch Freese wirkte etwas enttäuscht, denn ihm war ebenfalls

nur ein Händedruck vergönnt.
Dann war die Reihe an Kommissar Günda. Er musste sich wundern. Da war er nun *schun soen alde Sseckl* und hatte doch weiche Knie *wie än Tihneetscha*[150]. War *uffgregt un naffòòs wie beim ärschde Rondewuu.* Dabei war es doch ohnehin kein Geheimnis, wie sie zueinander standen. Jeder hatte das gesehen. Sie mussten niemandem etwas vorspielen. Und jetzt? Würden sie gemeinsam entschwinden. Erst einmal einen langen Urlaub machen. Irgendwo am Strand, mit Wind, Wellen, Weite. Und ganz viel Liebe.
„Was stehst du denn so da, Günda. Mein Chef. Mein Retter. Meine Schulter. Mein Held. Komm her!“
Sie schlang ihre Arme um seinen Hals. Zaghaft legte er seine um ihre Taille.
„Ich danke dir“, sagte sie leise. „Für alles. Vor allem dafür, dass ich wieder *ich* sein darf.“
Wie er ihre Nähe genoss. Längst war seine Aufregung einem unbeschreiblichen Wonnegefühl gewichen. Die Augen geschlossen, erwartete er nun die Berührung ihrer Lippen. Und da waren sie auch schon. Er spürte sie. Ganz zart. Erst auf der rechten Wange. Dann auf der linken. Und gleich auf seinen Lippen.
„Machs gut, Günda“, flüsterte sie. „Machs gut!“

[150] Teenager

„Eine tolle Schauspielerin!", schwärmte Harald Heist. „Erste Sahne. Weit unterschätzt. Ich glaube, das wird ihrer Karriere nochmal einen richtigen Schub geben. Und dabei warst du ja erst gar nicht begeistert, Günda. Weißt du noch, wie du reagiert hast, als ich dir gesagt habe, da müsste ein bisschen Erotik ins Spiel? Ich habs noch im Ohr: *Oh, du liebe Zeit!*, hat er gesagt. *Oh, du liebe Zeit!*"
Freese lachte: „Ja, so kenne ich ihn, meinen Chef. Mit Erotik kann man ihn jagen."
„Darauf habe ich mir Sandy zur Brust genommen. *Gib mal ein bisschen Gas*, hab ich gesagt. *Zeig, was in dir steckt! Zieh mal ein paar Sonderregister! Lass mich nur machen*, hat sie geantwortet. Und dann kam sie mit dieser klassischen Reißverschlussszene an. Großartig! Und du bist voll drauf eingestiegen. Da habe ich das erste Mal gedacht: *Hut ab, Günda!* Den Schüchternen hast du toll hingekriegt. Man hätte wirklich meinen können, du hast dich verliebt."

Keiner der drei Männer hatte bemerkt, dass sich im Hintergrund eine Frau zu ihnen gesellt hatte. Während Harald Heist von seiner Hauptdarstellerin geschwärmt hatte, war sie näher gekommen. Kommissar Günda, der sich plötzlich sehr allein und verloren fühlte, hatte den Blick ziellos durchs Foyer schweifen lassen und entdeckte sie als erster.
„Marioon? Bisch du des? Waasch du aa doo voahien?"
„Ja!", erklärte Freese nicht ohne Stolz. „Ich habe sie mitgebracht. Darf ich vorstellen? Marion, äh, Frau Helche. Wirtin im berühmten Roten Ochsen von Glickerbach, angehende Event-Managerin und seit Neuestem meine Privatlehrerin."
„Hä?"
„Ja, da staunen Sie, Tschief. Und Sie werden gleich noch mehr staunen. Sie bringt mir Kurpfälzisch bei. Theorie und Praxis. Tja, dann verabschieden wir uns auch mal. Ich bringe Sie nach

Hause, Marion. Und von mir aus machen wir im Anschluss gleich eine kleine Lektion."

„Ä-ä. Heit net. Isch bin schun va-abredet. Mim Tschief. Gell, Tschief? Odda hawwe Sie des etwa vagesse?"

Sie hakte sich bei ihm ein.

„Äh… Nää… Nadierlisch net." Kommissar Gündas Miene hellte sich auf. „Du bischen Schatz, Marioon! Weesch du des? Du bischen Schatz! Un was fan grouße!"

Alles war verschwunden. Die Scheinwerfer, die Kabel und Kameras, die zahllosen Gerätschaften, Kisten und Stative, der Wohnwagen, die Pappteller und Getränkebecher, alles weg. Die Produktion hatte dafür gesorgt, dass nichts mehr darauf hindeutete, was hier vor Kurzem stattgefunden hatte. Erheblich dazu beigetragen hatte auch Leo Siebert, seit zwei Jahren Rentner und so etwas wie der Manager dieser neu-historischen Stätte. Jedenfalls war er seit den Dreharbeiten von offizieller Stelle aus für die ordnungsgemäße Übergabe des Geländes verantwortlich. Er nahm seine Aufgabe ernst. Sehr ernst. Und er hatte Zeit.

Stundenlang und immer wieder hatte er die Reinigungskräfte auf Mängel hingewiesen. Umsichtig und unerbittlich hatte er auf dieses und jenes gedeutet: *Des is aa vun eisch! – Des waa noch net so! – Des gheat aa noch gmacht!*

Zähneknirschend hatte Harald Heist persönlich darüber gewacht, dass dessen Anweisungen allesamt befolgt wurden. Hatte eigens Mülltüten, darunter allein 500 für Hundekot verteilen lassen, ahnend, dass eine Diskussion über die Verantwortung für die Hinterlassenschaften fruchtlos sein würde. Hatte seufzend genickt, als Leo Siebert darauf bestanden hatte, dass nach sorgfältiger Säuberung der Büsche und Sträucher sämtliche Wege im Umkreis von fünfzehn Metern um die Lutherische Brücke erst gefegt, dann geharkt wurden: *Do hebdan Resche!*

Kurze Diskussionen hatte es um Brombeersträucher gegeben, von denen Leo Siebert behauptete, die seien *gwachse wie bleed, seitdähm dass ia do seid. Wahrscheinz weje denne Scheiwerfa. Fuaschbaa. Des kenne mia net brauche!*

Schließlich machte sich Heist mit einem kleinen Team persönlich daran, diese zu entfernen. Denn immerhin ging es um eine nicht unerhebliche Kaution, über deren vollständige Rückerstattung offenbar allein Leo Siebert zu entscheiden hatte.

Worauf dieser immer wieder gerne hingewiesen hatte: *Mia kenne des nadierlisch aa selwa mache. Awwa, isch sachs glei: Des koscht!*
Einzig als Leo Siebert verlangt hatte, die Lutherische Brücke zum Abschluss feucht zu wischen, war Harald Heist der Kragen geplatzt: „Entschuldigung! Feucht wischen? Eine Holzbrücke im Wald?"
„Des mache mia imma. Regglmäßisch."
Man einigte sich schließlich auf eine großzügige Spende für *des näckschde Feschtl.*

Und so war die Lutherische Brücke an diesem Montagmorgen ein beschauliches Plätzchen, dessen Abgeschiedenheit ein einsamer Mann sichtlich genoss. Die Hände auf das Geländer gestützt, blickte er versonnen in das träge dahinfließende Wasser unter ihm. Unweit stand ein Reiher. Auch er regungslos, bis ihn das entfernte Kläffen eines Hundes aufschrecken und davonfliegen ließ. Nichts davon hatte der Mann bemerkt, denn er war nicht nur in Gedanken versunken, er trug überdies Ohrhörer und lauschte dieser eigenartigen Kombination von Umgehungsstraße, Eisenbahn, Waldgeräuschen und Rory Gallagher. *Going to my Hometown.*

Deshalb entging es ihm auch, als sich ein anderer, deutlich jüngerer Mann zu ihm gesellte.
„Tschief?"
Keine Antwort.
„Hallo, Tschief, hören Sie mich?" Die Stimme wurde eindringlicher.
Immer noch keine Reaktion.
Der junge Mann tippte seinem Nachbarn auf die Schulter. Der fuhr zusammen und riss sich den rechten Stöpsel aus dem Ohr.
„Hä? Jetz binnisch awwa vaschrogge[151]. Hea mol, hackts,

---

151 erschrocken

Freese? Schiagaa[152] heedisch en Härzzkaschba[153] gekriggt weje dia!"
„Entschuldigung, Tschief, aber ich habe mir Sorgen um Sie gemacht."
„Fa waas?"
„Na ja, Sie haben sich nicht gemeldet."
„Unne? Isch hab vleischt Ualaub."
„Ich weiß, aber das sieht Ihnen so gar nicht ähnlich. Ich hab mir überlegt …"
„Des is schun schlescht."
„Ob Sie überhaupt jemals zurückkommen?"
„Zrick? Wu noo?"
„Na, zu mir, zu uns, zu unserer Abteilung."
„Welli?"
„Wie?"
„Welli Abdeilung?"
„Sind Sie tatsächlich schon so weit weg von allem? Bedeutet Ihnen das alles gar nichts mehr? Die Sokodo …"
„Awa. Isch wollt bloß mol heere, ob du des jetz bessa kannsch, seitdähm dass du Unnarischt kriggsch vun de Marioon. Un isch muss saache: Isch kanns net hawwe! Als noch net. Sookoodooo heeßt des, Sookoodooo!"
„Da bin ich schon mal beruhigt. Sie sind doch der Alte."
„Ä-ä, Freese. Des glaawisch net."
„Stimmt, Sie werden jetzt berühmt, es wird jede Menge Artikel über Sie geben, die Presse wird sich auf Sie stürzen, das Fernsehen, Talk-Shows, Groupies …"
„Oh liewi Zeit! Des brauchisch net."
„Damit müssen Sie leben, Tschief. Also, kommen Sie wieder zurück?"
„Fa waas?"

[152] Beinahe
[153] Herzinfarkt

„Na, Fälle lösen, Verbrecher jagen."
„Des kannsch du doch alläa, Freese. Dodefoa brauchsch du misch doch gaa nimmi."
„Bitte? Wie meinen Sie das?"
„Jetz mol unna uns. Gonz ealisch. Hosch du misch mol oogrufe?"
„Ja."
„Wie oft?"
„Ein Mal."
„Sicksch. Hosch du disch sunscht irgendwie gemeld bei mia? Weil du misch gebraucht hosch? Weil du was wisse wolltsch? Nää. Eewe. Meiiksch was? So gehts halt in derre Welt."
„Moment!"
„Brauchsch gaa net oofange, mia Hoonisch[154] um die Gosch zum schmiere. Sei ealisch, Freese!"
„Also gut."
Und dann erzählte ihm Fritjof Freese, was sich tatsächlich in Kommissar Gündas Abwesenheit abgespielt hatte.
„Nix? Iwwahaupt nix?"
Wie viele Fälle es für ihn zu lösen galt.
„Kähn ähnzische? Des gibts jo net."
Und woran das nach Freeses Einschätzung lag.
„De Theisen? Dea Owwahannebambl? Dea steckt do dehinna?"
„Ich glaube schon. Vor ein paar Tagen kam auch ein Schreiben. Es gäbe da eine neue Stelle. In Mannheim. Ich würde mich ziemlich verbessern. Das Anforderungsprofil würde genau zu mir passen. Das kann natürlich Zufall sein."
„Ou. Unn?"
„Na ja, natürlich habe ich darüber nachgedacht. Und wenn Sie sich jetzt auch umorientieren …"
„Hajo. Unna uns, isch hab schun gedenkt, vleischt isses rum, die Sach. Long genung waa isch jo debei, bei de Bollezei. Also bei

[154] Honig

de rischdische, bei de eschde. Awwa Freese, jetz, wu du des so vazehlsch …"
„Ja, Tschief?"
„Weesch, uff was isch Luscht heed?"
„Na?"
„Des denne nochmol rischdisch zum beweise. Allene. Voa allem demm Owwaweschlumbe. Unn, wie siehts aus? Wäasch du debei?"
„Wenn Sie noch für mich Verwendung haben? Auch wenn ich sprachlich immer wieder jämmerlich versage."
„Kumm mol hea, Freese! Loss disch mol drigge!"

Mein Dank gilt einmal mehr Dr. Anna E. Wilkens, meiner umsichtigen und einfühlsamen Lektorin in Berlin.

Ganz besonders und immer wieder danke ich Helga Föll und Bettina Gantert, die mich unterstützen, verstehen und inspirieren.

Meine Muttersprache ist Hochdeutsch, aber meine Heimatsprache ist Kurpfälzisch. Ich bin über die Sprache nach Hause gekommen. Bei allen, die dazu beigetragen haben, bedanke ich mich von Herzen.

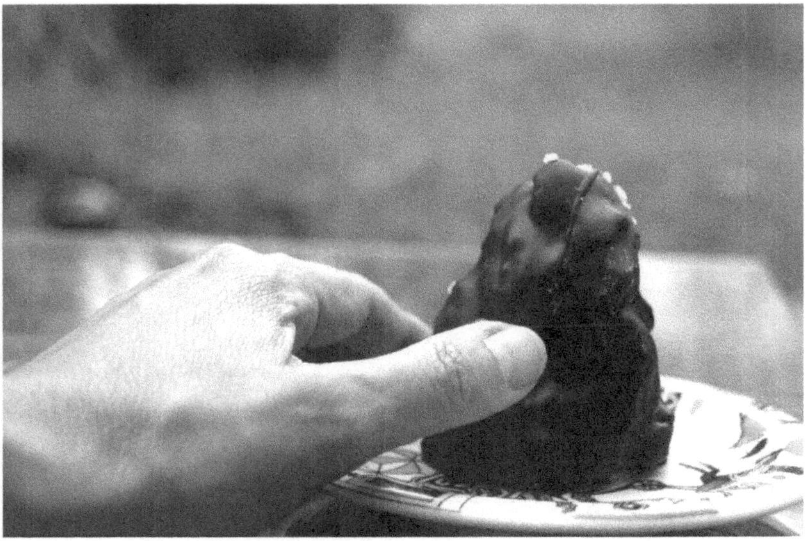

Matterhorn? Ä-ä.
Magic Horn? Abba.
Granatsplitter. Legga!

www.arnim-toepel.de

Lektorat: Dr. Anna E. Wilkens, Berlin
Gestaltung: Bettina Gantert, Mannheim
Foto: Vitus Töpel
Druck: CPI Clausen & Bosse

ISBN 978-3-9817294-1-2

Bisher erschienen:

De Schorle-Peda

ISBN 978-3-9812773-8-8

Muffzekopp

ISBN 978-3-9812773-9-5